제29회 전태일문학상 수상작품집

세상 맨 끝 방

제29회 전태일문학상 수상작품집

세상 맨 끝 방

2021년 11월 6일 초판 1쇄 인쇄
2021년 11월 13일 초판 1쇄 발행

지은이 김정현 외
펴낸이 윤철호·고하영
펴낸곳 (주)사회평론아카데미
편집 최세정·이소영·엄귀영·김혜림
디자인 김진운
마케팅 최민규

등록번호 2013-000247(2013년 8월 23일)
전화 02-326-1545
팩스 02-326-1626
주소 03993 서울시 마포구 월드컵북로6길 56
이메일 academy@sapyoung.com
홈페이지 www.sapyoung.com

ISBN 979-11-6707-033-3 03810

제29회
전태일문학상
수상작품집

세상 맨 끝 방

김정현 외 지음

사회평론

여전히 우리 곁에 살아 있는 문학

21세기에 접어들면서 기술문명을 꿈꾸었던 인간의 욕망은 많은 부분 실현된 듯 보입니다. 1960년대 전태일이 살았던 시간과는 비교할 수 없을 정도로 세상은 급변했습니다. AI와 더불어 사는 세상, 사물인터넷이 생활 깊숙이 파고든 세상은 그것이 없던 시절, 인간이 도달하려고 꿈꾸었던 세상입니다.

하지만 그 그늘에서 또 다른 차별이 심화되어 가고 있습니다. 스물셋 청년 전태일이 꿈꾸었던 세상은 어떨까요? 그가 노동자와 더불어 살아가려 했던 세상은 평범하기 그지없는 세상이었지만, 지금도 여전히 많은 숙제와 아픈 상처 들을 내장한 채 계속되고 있습니다.

1970년 11월 13일에 전태일의 분신항거가 있고, 13년 뒤인 1983년에 『전태일평전』이 세상에 나왔습니다. 세상의 부조리한 일들을 기록하며 마음을 다지고 이 땅의 노동자들을 위해 마침내 결단을 내렸던 육성이 담긴 '전태일의 수기' 노트가 없었다면 『전태일평전』은 세상에 나오지 않았을지도 모릅니다. 그때와 지금의 양상이 같을 수 없지만 전태일문학상은 여전히 "노동자·민중을 비롯한 약자, 소수자의 삶"을 보여 주고 있으며 이것이 전태일문학상의 존재 이유일 거라는 한 심사위원의 말이 가슴에 와닿습니다.

　올해로 전태일문학상은 29회째, 전태일청소년문학상은 16회째 이어져 오고 있습니다. 올해부터는 심사 방식이 바뀌었습니다. 예심을 없애고 단심제로 전환하면서 각 부문 3명의 심사위원이 1차, 2차로 나누어 최종 선정작을 좁히는 방식으로 진행했습니다. 전태일문학상은 생활글과 르포를 통합해 심사하고, 전태일청소년문학상은 산문과 독후감을 통합해 심사를 진행했습니다.

　전태일문학상은 207명이 809편의 시를, 100명이 126편의 소설을, 63명이 86편의 생활글을, 3명이 3편의 르포를 응모했습니다. 시 부문은 전체적으로 수준이 고루 높은 가운데 "실존적 성찰을 선명하게 드러내"며 "세상의 맨 끝으로 계속해서 내몰리는 오늘날의 개인에 관한 뜨거운 물음"을 담고 있다는 평을 받은 「세상 맨 끝 방」 외 3편을 응모한 김정현 님이, 소설 부문은 "감당할 수 없는 슬픔을 고요로 위장하며 살아올 수밖에 없었던 어느 야만의 시절"에 관한 이야기를 담은 단편 「영국여인숙」의 정경진 님이, 생활글 부문은 경력단절의 중년 여성이 처한 노동 현실을 재치 있고 섬세하게 서술한「구직 실패기」의 김설영 님이, 르포 부문은 보도연맹 사건으로 억울하게 희생당한 할아버지와 '빨갱이'라는 낙인이 찍힌 채 살아야 했던 가족사를 다룬「갈매기섬엔 갈 수 없다」의 이행림 님이 수상의 영예를 안았습니다.

전태일청소년문학상은 79명이 237편의 시를, 114명이 115편의 산문을, 개인 6명과 단체 한 팀이 총 7편의 독후감을 응모했습니다. 시 부문은 "지금의 관점에서 지나간 기억과 문장 들을 새로이 길어 올리려는 시도"들과 "보이지 않는 존재들의 목소리를 애써 가시화하는 작품"들이었다는 전체 평을, 산문 부문은 "어둠 속에서도 실낱같이 빛나는 인간적 가치들을 발견해내고, 그 작은 불꽃이 더 나은 미래를 향한 단단한 근거가 될수 있다는 설득력을 보여" 줬다는 전체 평을 받았습니다. 독후감 부문은 "우리 시대의 청소년들이 전태일 정신을 어떻게 받아들이고 스스로의 삶에 적용하고 있는가"를 보는 글이기에 편수가 적었음에도 심사위원들은 신중하게 논의해야 했습니다.

전태일청소년문학상은 응모자가 감명 깊게 읽은『전태일평전』의 구절을 작품 끝에 덧붙여야 한다는 특이점이 있습니다. 이시대에 여전히『전태일평전』이 읽히고 사유의 근거가 될 수 있다는 믿음을 준 모든 청소년 응모자들에게 고마움을 전합니다.

    매해 공동 주최하는 경향신문사와, 해마다 수상작품집을 출간하고 있는 사회평론사, 후원을 아끼지 않는 민주화운동기념사업회와 한국작가회의, 어려운 상황에서도 흔쾌히 심사를 맡아 주신 심사위원들께 고마움을 전합니다. 여러 단체의 열정과 정성이 모여 올해도 전태일문학상과 전태일청소년문학상을 무사히 치를 수 있었습니다.

    스물셋 아름다운 청년 전태일이 온몸을 불태워 항거했던 세상은 인간의 차별이 없고, 노동의 차별이 없는 세상이었습니다. 코로나19라는 미증유의 팬데믹 속에서도 전태일의 정신은 살아 있습니다. 여전히 우리 곁에 전태일문학상·전태일청소년문학상이 계속되어야 하는 이유입니다.

                                            2021년 10월
                          전태일문학상·전태일청소년문학상 운영위원
                               김건형 박미경 유현아 이혜정 홍명진

차례

김정현

●

세상 맨 끝 방 외

김정현

- 서울과학기술대학교 문예창작학과 석사과정 수료
- 2012년 제15회 신작희곡페스티벌 당선
- 2018년 『광주일보』 신춘문예 시 부문 당선

세상 맨 끝 방

아무것도 쓰여 있지 않았다 새기려 할수록 점점 지워져만 갔
다 내 몸 곳곳

허기(虛飢)의 냄새 같은 게 통증처럼 쌓여 있었다 지하철 한
구석,

한나절 깨부쉈던 건물 부스러길 입 안 가득 우물거리다 집
앞까지 오면

어느새 밤의 입구였다 무심히 내다 버렸던 생일을 허겁지겁
식어 빠진 미역국에 말 때

마음 언저리 슬며시 켜졌던 어떤 불빛은 내가 불어 보기도
전에

꺼져 버렸다 가만히 엎드려 베개에 얼굴을 묻으면 누군가의
살갗에서 맡았던 냄새 설핏,

구겨진 가슴 한쪽이 욱신욱신하면서도 조금 펴지는 듯도 했

지만

결국 슬픔도 나를 잠시 어루만지다 슬며시 떠나 버렸다

종일 나르던 벽돌 한 장처럼 쓰러져 간신히 잠이 들면 아침
은 매번 추락하듯

당도해 있었다 새벽 끝자락 뭉뚝한 절벽 꼭대기 내가 사는
방 한 칸에서 내려다본 이 도시는

푸르스름하게 입 벌린 채로 혼곤히 잠들어 있는 무저갱처럼
생겼고

나는 언젠가 가파르게 뿌리내린 계단에서 선연히 굴러떨어
지며

심장 한편에 가까스로 불을 밝히려는 어둑어둑한 사람의 영
혼만 하염없이 바라보다,

비로소 내 이름 적힌 집 한 채 쓸쓸히 얻을 것 같았다 아무도

내가 어디 사는지는 알지 못했지만 누구나 다 아는 듯해 나

는 늘,

남몰래 번진 곰팡이처럼 눅눅하게 빈방을 떠났다가 아릿아릿

빈방으로 되돌아오곤 했다

망치질하는 사람

벽에 구멍을 내고 있네 사내가 커다란 망치를 들고 벽을 내리칠 때마다 서로 붙들고 각자의 구멍 메웠을 벽돌들은 붉은 심장처럼 덩어리져 하나둘 벽에서 떨어지며 산산조각 나네 언젠가 한번쯤 제대로 집 한 채 이루고 싶은 사내의 머리 위론 먼지투성이 벽돌 가루 쏟아지네 최후의 일격인 양 사내는 어떠한 망설임 없이 방 한 칸에서 자신을 기다릴 단 한 사람 위해 벽을 벽돌을 벽돌과 벽돌 사이의 모서리를 깨부수네 벽돌을 타고 사방으로 뻗어 나갔던 길들이 시간의 파편으로 사라지는 월요일 아침에 사람들은 작은 벽돌들로 일어선 거대한 다세대 주택 단지를 무심히 가로질러 붉은 담장의 골목길 빠져나가네 철근에 간신히 붙들린 벽돌 한 장이 공중에 덜렁이며 사내의 심장을 붙잡아도 한번 시작된 망치질은 좀체 멈출 수 없고 단지 벽에 큰 구멍을 냈을 뿐인데 기어이 가슴 한편이 욱신욱신하는 건 무슨 이유일까? 여태 모퉁일 빠져나가지 못한 사내만이 아직도 자기가 만든 텅 빈 구멍에 못 박혀 단단히 허공을 넓히고 있고 어느새 뜨겁게 달궈진 망치는 자꾸만 숨 고르며 한껏 무너져 내린 벽에라도 자신의 몸을 슬며시 기대고만 싶네

미역

하루하루가 생일이나

진짜,

내 생일을 가진 적이 없다

유령 같은 몰골로

흐느적대며

이미 수천수만 년

그렇게

지내 왔다 어느 밤,

누군가

나를 비닐봉지 속에서

한 움큼 끄집어내

단 한 방울의 눈물 흘린다면

그날이

바로 내 생일일까

어떤 생물은

생의 의미 따윈 잊어버린 채

밤새도록

물속에서

검은 영혼을 불리고

설핏,

새벽에 두 눈 떴을 때

생일이긴 하나

도무지

생사(生死) 알 길 없는

누군가의

기일(忌日) 같기도 했는데

안녕도 없이

불쑥,

행불인으로 떠나보내

오래도록 메말라

힘겹게

비틀려 있던 마음은

조금씩

풀리고 있었다

국자

　자꾸만 나를 빠트린다 그건 삶일까 아님 죽음일까 종일 마르
지 않는 생각에 나를 기어이 거꾸로 뒤집어엎으면 이상하게도
나는 애초부터 물음표를 정확하게도 닮아 있고

　밤새 벽에 걸려
　한 방울씩 떨어뜨리는 건
　누군가를 향한
　울음이 절대 아닌데

　나는 어쩐지 나보다 허리가 좀 더 구부러진 어떤 이를 위해
서만큼은 생각이나 질문 따윈 까맣게 잊고 단지 아침이 밝아
올 때까지 뚝뚝 눈물 흘려 줄 수 있을 것만 같고

　전쟁과 가난 그리고 전염병 속에서도 우리를 쥐고 흔드는 건 여전히 사랑이라는 굶주린 신의 장난일까. 나는 그의 집을 몇 번 가 본 적이 있다. 한번 다녀오면 너무 가팔라서 더는 오르고 싶지 않은 그곳에서 그는 여전히 밥 먹고 옛날 시트콤을 시청하며 뒤늦은 웃음을 멍하니 터트리고 있을 것이다. 그게 사랑하는 이를 먼저 보낸 기억이 있는 그의 송가(頌歌)라는 걸 나는 잘 알고 있다. 「세상 맨 끝 방」은 그를 위해 쓰였지만 그의 시가 아니었으면 하는 마음으로 세상에 내놓는다. 누군가와의 사랑이, 혹여 그 사랑이라는 게 욕망일지라도 그를 미세한 숨결처럼 오래도록 지탱해 주었으면 한다.

정경진

•

영국여인숙

정경진

- 1974년생
- 숙명여대 대학원에서 상담교육 전공
- 현재 심리상담전문가(한국심리학회 정회원)로 활동 중
- 『성공하는 직장인의 7가지 대화법』, 『내 인생을 바꾸는 3분 스피치』,
  앤솔러지 『그러나 스스럼없이』 출간

작은언니의 운전은 평소와 달랐다. 양쪽 사이드미러를 살피며 수시로 차선을 바꾸고 있었다. 약속 시간 한참 전부터 기다리고 있을 엄마에게 빨리 가려고 서두르는 것임을 알 수 있었다. 나 역시 걱정이 앞섰다. 그러나 언니를 살피며 말했다. 괜찮을 거야. 지난가을, 큰언니는 엄마가 치매 진단을 받았다며 깊은 한숨을 쉬었다. 엄마와 얘기를 나누다 보면 터무니없이 억지를 쓰거나 처음 듣는 얘기라고 화를 내서 혹시나 했는데, 막상 치매라고 하니 가슴이 털컥 내려앉았다. 그래도 엄마는 안부 전화 끝엔 매번 말했다. 아직은 멀쩡하다!

작은언니는 나를 흘끔 보고는 그제야 픽, 웃으며 속도를 줄였다. 나도 따라 웃으며 말했다.

"엄마는 왜 하필이면 거기에 가고 싶어 하는 걸까?"

"글쎄, 몇 달 전부터 그렇게 영국여인숙, 영국여인숙, 하셨다잖아."

작은언니의 말에 나는 잠시 생각에 잠겨 있다가 흘려버리듯 말했다.

"사실, 나는 그렇게까지는 아니야."

"그래? 나는 가끔 거기 꿈을 꾸곤 하는데, 꿈속에서 늘 운다니까."

나는 작은언니에게 나도 그렇다고 말하려다 뭔가 울컥하여 그만두었다. 대신 그래도 무화과 하나는 끝내줬지, 꿀이 가득했잖아, 하고 애써 밝게 말했다.

이야기를 나누는 사이, 큰언니가 사는 신도시에 들어섰다. 마침 큰언니에게서 전화가 왔다. 엄마는 아까부터 주차장에서 기다리고 있다며, 언제 도착하느냐고. 우리는 약속 시간 10분 전 큰언니가 사는 아파트 주차장에 도착했다. 곧이어 큰언니와 엄마가 뒷좌석에 탔다. 엄마는 바스락거리는 비닐봉지를 바닥에 내려놓으며 언성을 높였다.

"해 다 넘어가믄 출발할래?"

뒤돌아보는 나에게 큰언니는 눈을 찡긋하며 너스레를 떨었다. 엄마가 너희 주려고 새벽부터 딸기도 씻고 고구마도 쪘다, 두 시간 전부터 나가야 한다고 다그치시는 것을 겨우 말렸다, 그러시는 엄마를 생각해서 더 서둘렀으면 좋았을 텐데, 아무튼 너희도 아침부터 나오느라고 애썼다. 작은언니가 룸미러로 뒷자리의 큰언니와 눈을 맞추면서 우리 주 여사를 누가 말리겠어요, 하고 차를 움직였다. 우리는 아파트 단지를 빠져나와 강변북로를 탔다. 토요일이라 그런지 벌써 차가 꽤 많았다.

만남의 광장을 지나자 속도가 붙었다. 엄마는 비닐봉지에 든 고구마와 딸기를 꺼내 운전하는 언니 입에 넣어 주라며 나에게 건네주었다. 작은언니는 아침을 굶었는지 맛있게 받아먹었다. 나는 새벽부터 잠을 설쳐서 눈이 스르르 감겼다. 잠깐 졸고 있는데 엄마 목소리가 들렸다.

"손님이 많을 때는 얼마나 재미졌는지 모른다. 방 아홉 개가 다 찼는데도 손님이 오고 또 오고 또 오고. 자정 넘으믄 일등여인숙으로 보냈제. 그때는 돈이 들어와도 쓸 시간이 없었다니까."

엄마를 배려하는 큰언니의 고조된 말소리도 들려왔다.

"그럼, 손님 많았지, 병무청 옆이라 젊은 남자들이 득실득실했잖아. 그때 우리 엄마 얼마나 당찼는지 몰라, 지금 내 나이보다 젊었는데도. 우리 엄마 고생 참 많았지."

큰언니의 말에 엄마는 아까보다 더 소리를 높였다.

"내가 그 동네에서 제일 먼저 컬러텔레비전을 샀지. 그 비싼 백색 전화기도 가지고 있었고, 동네 유지들도 우리 집 일은 다 봐주곤 했었잖어. 하긴 나중에 제일 중할 때는 다 모른 척하더구먼. 남자 새끼들이 죄다 약해 빠져서는……."

그 뒤로 엄마는 피곤했는지 한동안 코까지 골면서 눈을 붙였다. 그러곤 깨어나 느닷없이 화장실을 가야겠다고 다그쳤다. 작은언니는 서둘러 휴게소로 들어갔다. 작은언니가 엄마와 화장실에 간 사이, 큰언니는 심각한 얼굴로 말했다.

"엄마가 오늘만 같으면 너무 멀쩡하셔서 너희가 안 믿을 거야. 아니 글쎄, 지난 일요일에는 예배 끝나고 두 시간이 더 지났는데 안 오시는 거야. 전화도 안 받으시고. 걱정돼서 교회에 가 봤는데도 안 계시더라고. 권사님한테 연락해 보니까 전에 살던 아파트에 가 보라는 거야. 점심 먹자니까 이삿짐 싼다고 서둘러 가셨대. 이사 온 지 3년도 넘었는데, 설마 하는 마음으로 가 봤거든. 이게 웬일이야, 경비실에서 다투시더라고. 현관 비밀번호가 바뀌었다면서 도둑이 들었다고 노발대발하셨대. 겨우 진정시켜서 모시고 왔다니까."

"도둑? 경비 아저씨 황당하셨겠다. 아무튼, 이제부터 걱정이네."

그때 앞좌석과 뒷좌석 문이 동시에 열렸다. 작은언니가 아이스 아메리카노 석 잔을 나에게 건넨 뒤, 엄마는 화장실 때문에 안 드신대, 하며 시동을 걸었다. 오월인데도 벌써 여름이 온 듯 차 안은 답답했다. 큰언니는 아이스 아메리카노에 꽂힌 빨대를 입에 대면서 말했다.

"요즘은 봄이 없어졌다니까. 그나저나 유월부터 우리 엄마, 놀이방에 가서야 하는데 옷부터 한 벌 사 드려야겠네."

손부채질을 하던 엄마가 발끈했다.

"야야, 나 거기 안 갈란다. 늙은이들끼리 우두커니 앉아서 남 흉만 보고. 난 그런 데 싫다."

나는 뒤를 돌아보며 큰언니에게 무슨 말이냐고 물었지만, 엄마는 큰언니 말을 막으며 너네는 알 거 없다고 단호하게 말했다. 큰언니도 더는 말하지 않았다. 고속도로로 진입한 차는 이내 차선을 바꿔 속도를 냈다. 한동안 차 안은 조용했다. 우리는 휴게소 두 곳에 더 들른 뒤 G시에 도착했다.

"벌써 1시가 넘었구나. 미주야, 운전하느라 수고했어. 엄마도 먼 길 오시느라 힘드셨죠?"

말을 하면서도 몇 번씩 하품을 하던 큰언니는 엄마의 어깨를 주무르는 시늉을 했다. 엄마는 두 손을 모으고 주님, 이곳까지 안전하게 지켜 주심에 감사드립니다, 하고 낮은 소리로 기도한 다음 배에 손을 갖다 대며 말했다.

"야야, 배고프다. 영광회관에서 불백 먹자. 그 집이 연탄에 구워 맛이 좋거든."

40년 세월이 흘렀는데 엊그제 다녀온 식당인 양 말하는 엄마를 보고 우리는 일시에 웃었다. 작은언니는 그런 엄마에게 눈을 흘겼다.

"거긴 진작 없어졌겠지."

큰언니는 작은언니 말을 자르며 엄마 손을 잡았다.

"우리 엄마 불고기백반 드시고 싶으시구나. 가 봅시다. 혹시 또 모르잖아."

우리는 차에서 내려 백합나무 가로수가 있는 천변을 걸었다. 작은언니와 내가 앞장을 서고 뒤로는 큰언니가 엄마에게 팔짱을 낀 모양으로 부축을 하며 뒤따라 걸었다. 우리는 누가 먼저라 할 것도 없이 연신 그대로야 그대로, 하면서 주변을 두리번거렸다. 건너편에는 'G 전통시장'이라고 쓰인 간판이 보였다. 놀랍게도 기억 속의 시장과 겉모습은 그다지 달라 보이지 않았다. 엄마는 건너편을 바라보며 걷다가 잠깐씩 멈춰 서서 혼잣말하듯 중얼거렸다. 밥 먹고 시장 한 바퀴 돌자. 재민이네는 장가보냈겠지? 수뎅집 여자는 안 아픈가 몰라.

영광회관은 시장이 끝나는 부근에 있을 터였다. 그 시절 엄마는 영광회관을 지날 때마다 내가 저걸 해야 하는데, 하며 한참을 서서 안을 들여다보곤 했다. 가끔 우리를 데려가 불고기 백반을 먹으면서도 자신이 하면 양념을 더 넣었을 거라며 영광회관에 미련을 버리지 못했다.

영광회관 자리에 영광회관은 없었다. 대신 그 자리에 '영광보리굴비'가 있었다. 그럴 줄 알았다는 표정으로 큰언니는 엄마의 눈치를 살피며 말했다.

"그래도 영광은 그대로네. 우리 그냥 보리굴비 먹읍시다. 아빠 고향도 영광이니까……."

나도 엄마 팔을 잡으며 거들었다.

"그래그래. 엄마 굴비 좋아하시잖아. 시원한 물에 밥 말아서 먹으면 맛있겠네."

엄마는 여기가 맞나, 하고 되뇌며 주변을 살피고는 못 미더운 표정으로 가게에 들어갔다.

우리는 신발을 벗고 좌식 테이블에 앉았다. 육십 대 중반으로 보이는 주인 여자가 식혜와 물수건을 가지고 나왔다. 엄마는 주인 여자를 보고 퉁명스럽게 물었다.

"굴비밖에 없소?"

여자는 쟁반을 들고 한쪽 무릎을 접은 채 대꾸했다.

"굴비 집에 왔응께 굴비만 있제. 뭐가 있다요?"

여자 또한 만만치 않게 답했지만 엄마는 개의치 않고 물었다.

"영광회관은 언제 없어졌당가?"

여자는 한쪽 손으로 바닥을 짚으면서 일어섰다.

"워메, 영광회관을 다 안다요. 저는 우리 아저씨랑 여기서 굴비 시작한 지가…… 가만있자, 햇수로 25년이 넘었어라. 영광회관 할매는 중풍 걸려서 장사 그만뒀다고 하대요."

주인 여자가 주방 쪽으로 들어가고 쯧쯧 혀를 차는 엄마에게 작은언니는 식혜를 권했다.

"엄마, 식혜 좀 드셔 봐. 엿기름을 많이 넣었는지 엄마가 해 주던 맛이랑 똑같네."

잠시 뒤, 주인 여자가 보리굴비 정식을 가지고 왔다. 여자는 일회용 장갑을 끼고서 굴비를 먹기 좋게 발라 주었다. 얼음을 넣은 녹차 물에 밥을 말아서 보리굴비를 먹었다. 고소하고 꼬들꼬들한 보리굴비가 차가운 녹차 물을 만나니 씹을 새도 없이 그냥 넘어갔다. 뒤이어 연한 녹차 향이 입 안을 깔끔하게 해 주었다. 여자는 장독에 통보리를 넣고 그 사이사이에 해풍에 말린 보리굴비를 넣기 때문에 기름기와 비린 냄새가 없어져서 맛도 깊고 쫄깃하다고 했다. 우리는 밥 말았던 물까지 다 마시고 나서야 숟가락을 내려놓았다.

영광보리굴비를 나와 자연스럽게 왼쪽 이면도로로 걸었다. 〈엄마 찾아 삼만리〉를 보며 펑펑 울었던 천일극장 자리에는 '임대문의'가 붙은 새 건물이 들어서 있었다. 걷다 보니 어느새 병무청 앞이었다. 붉은색 타일로 된 외관이 꽤 낡아 보였다. 작은언니가 사진을 찍자고 해서 포즈를 취했다. 가운데에 엄마가 서고 큰언니와 내가 엄마의 팔짱을 끼었다.

"엄마, 좀 웃어 봐."

엄마는 마지못해 웃어 보였지만 뭔가 불안하고 급해 보였다.

"해 다 넘어 가긋다. 영국여인숙 문 닫겄어."

"맞다, 맞다. 우리 엄마 영국여인숙에 애인 숨겨 놨지. 빨리 가 봅시다."

큰언니가 장난스럽게 말하자 엄마는 야가, 야가, 뭔 말을 한대, 하며 앞장을 섰다. 우리는 병무청에서 십여 미터 지점의 '민주로18길'이라는 작은 푯말이 붙어 있는 골목으로 들어섰다. 골목이 휘어 있어서 중간쯤에 있을 영국여인숙은 보이지 않았다. 세월이 세월인 만큼 없어졌다고 해도 이상한 일은 아니었다. 골목 안으로 한 걸음 한 걸음 들어갈수록 왠지 모르게 마음이 복잡해졌다. 옛 모습 그대로이길 바라는 마음과 흔적도 없이 사라졌으면 하는 마음이 동시에 들었다. 차라리 가지 않는 게 낫지 않을까, 하는 마음도 들었다. 언니들 표정도 크게 다르지 않아 보였다. 모두 조용히 걸을 뿐이었다. 거친 벽과 전봇대는 그대로였다. 한여름 쭈쭈바를 사 먹었던 형제상회는 벽으로 메꿨는지 보이지 않았다. 영국여인숙으로 가는 골목이 이렇게 길었던가, 하는 생각이 들 때쯤 앞서 걷던 작은언니가 탄식하듯 외쳤다. 아! 있다, 있어! 정말로 영국여인숙이 그 자리에 있었다. 아니, 영국여인숙 건물이.

당시, 병무청 옆 활처럼 휜 골목의 중간쯤 들어서면 일등여인숙과 영국여인숙이 나란히 있었다. 골목 끝까지 가면 바로 찻길이, 길 건너편에는 대학병원 장례식장과 응급실로 들어가는 문이 있었다. 우리 집은 영국여인숙이었다. '영국'이라는 이름은, 배운 사람이 지어야 한다며 아빠가 지은 이름이었다. 그 시절, 아빠는 비틀스에 빠져 있었고 비틀스의 나라인 영국에 막연한 로망을 갖고 있었다. 그래서 여인숙 앞에 영국을 붙였다. 처음에는 이상했지만 부를수록 뭔가 근사한 느낌이 들었다.
영국여인숙의 대문을 들어서면 가운데에 동그란 화단이 보였다. 분꽃이며 봉숭아꽃, 맨드라미나 수국 같은 색색의 꽃들이 피어 있는 화단이었다. 화단을 중심으로 왼쪽은 우리가 사는 안채였다. 안채에는 방이 두 개였는데 하나는 마루와 벽장이 딸린 안방이었고, 다른 하나는 창문에 민트색 창살이 달린 방이었다. 그 방의 창문 안쪽으로는 앉은뱅이책상이 있었는데 여덟 살이 되고부터는 나도 그 책상에 앉아서 일을 했다. 초저녁잠이 유난히 많은 엄마나 작은언니를 대신해 두어 시간 앉아 있으면 되는 일이었다. 손님이 오면 숙박계를 내주고 돈을 받은 다음 방 번호를 알려 주었다. 가끔은 "아가씨 불러 줘." 하는 손님도 있었는데, 그럴 때는 엄마를 깨워서 넘겨야 했다. 중학생 큰언니는 책상 지키는 일이 싫다며 화를 내는 바람에 제외되었다. 안채 앞쪽으로는 어른 키 두 배가량의 석류나무와 감나무 사이에 칠이 벗겨진 평상이 놓여 있었다. 영국여인숙에 가끔 방문하는 도청 대공 과장이나 파출소 소장은 주로 그 평상에 앉아 수박을 먹거나 이야기를 나누다 가곤 했다. 평상 너머에는 사랑채가 있었다. 사랑채에는 넓은 1호실과 그 절반 크기의 2호실, 3호실이 나란히 있었다. 1호실에는 이 집에 딱 하나뿐인 침대와 화장대가 있었다. 엄마는 주로 1호실에서 이불을 꿰매거나 손질했고 나는 엄마 몰래 침대에서 뛰거나 공주놀이를 했다. 사랑채 끝에는 무화과나무가 있었고 몇 걸음 떨어진 곳에 화장실 두 칸이 있었다.

다시 민트색 창살이 달린 방으로 시선을 옮기면, 왼쪽에 아치형 문이 이국적인 5호실이 있었다. 5호실을 기점으로 찔레꽃이 핀 장독대를 지나 뒤란으로 꺾으면 영국여인숙의 음지가 시작되었다. 이곳은 햇빛이 들지 않아서 늘 어둡고 축축한 느낌이 들었다. 이곳에 6호실부터 10호실까지 다섯 개의 방들이 다닥다닥 붙어 있었다. 이상하게도 손님들은 꽃들이 피어 있는 밝은 사랑채의 방보다는 이쪽 방들을 선호했다.

영국여인숙에는 여섯 명의 여자와 한 명의 남자가 살고 있었다. 아빠는 한 달에 한 번씩 왔다. 당시 아빠는 지역 신문사 기자였고 자신의 가족과 집은 따로 있는 것 같았지만 한 번도 물어본 적은 없었다. 아무튼 아빠는 영국여인숙에 살지 않았다. 사십 대 중반이었지만 아직도 미인이라는 말을 듣는 엄마와 이제 막 사춘기가 되어 툭하면 짜증을 내는 큰언니, 순한 성격의 초등학교 5학년 작은언니와 별명이 애어른인 1학년 나, 이렇게 네 식구가 안채를 사용했다. 10호실에는 얼굴이 넓적하고 엉덩이가 큰 성자 언니가 살았는데, 남자들한테 그다지 인기 있는 타입은 아니었다. 성자 언니는 낮에 여인숙 허드렛일을 도왔지만 밤에는 손님을 받았다. 이국적인 5호실에는 근처 국립대학 간호학과 여학생이 달방을 살았다. 어느 날 그녀의 엄마가 봉숭아 꽃잎 같은 그녀와 함께 이불 짐을 싸 들고 와서는 병원도 학교도 바로 앞이라 다니기 좋은 곳이라며 달방을 달라고 했다. 엄마는 이곳에 병무청 남자 손님들이 많아서 여자 달방은 받지 않는다고 했지만, 그녀의 엄마는 5호실이 마음에 든다며 선불을 내고는 서둘러 가 버렸다. 그날 이후로 엄마는 밥상에 숟가락 하나 더 놓으면 된다며 5호실 언니를 불러 매일 밥을 먹게 했다. 5호실 언니는 엄마의 이런저런 질문에 늘 "예."

라고 낮고 짧게 답하며 살짝 웃기만 했다. 나는 그럴 때의 5호실 언니가 야리야리하고 신비하게 느껴져 조용히 따라 해 보곤 했다. 영국여인숙의 유일한 남자는 윤씨였다. 어른들이 윤씨, 윤씨 하니까 나도 그냥 윤씨로 부르게 되었다. 윤씨는 삼십 대 후반이었지만 조금 모자라는 사람이라 늘 헤벌쭉 웃고 다녔다. 그는 골목이나 마당의 눈을 치운다든지, 힘을 써야 하는 일을 잘해서 우리 집에 살게 되었다. 윤씨는 10호실 바로 옆 계단 위 창고 방에서 지냈다. 가끔은 성자 언니 방에서 나오는 것을 본 적도 있었다.

겉모습은 조금 변해 있었으나 분명 영국여인숙이었다. 벽에 'Cafe, 그날 오후'라는 간판이 붙어 있었지만 마당에 동그란 화단은 그대로였다. 한산했던 거리에 비하면 'Cafe, 그날 오후'에는 사람들이 제법 많았다. 대개는 이삼십 대 젊은 여성들이었다. 우리는 먼저 안채로 들어갔다. 방 두 개와 부엌을 터서 카운터와 주방으로 쓰고 있었다. 아이스 아메리카노 둘, 녹차라테 둘을 주문했다. 뒤란 쪽은 문 없이 트여 있었다. 해가 잘 들지 않는 뒤란에는 방들의 벽을 허물어 테이블들을 놓았고 벽 쪽으로 조명을 켜 놓아 이국의 정취가 느껴졌다. 우리는 안채와 붙어 있는 5호실에 자리를 잡았다. 폴딩 도어가 접혀 있어서 마당이 그대로 다 보였다. 화단 중간에는 진한 분홍색의 작약이 한창이었다. 노란 수술이 한 타래의 털실처럼 달려 있는 작약은 오월에 피는 꽃 중에 가장 아름다웠다. 나는 테이블에 음료를 내려놓고 뒤란에 있는 화장실에 다녀왔다. 엄마와 언니들에게 10호실이 화장실이라고 알려 줬더니 알아서들 잘 다녀왔다. 엄마는 오래전처럼 화단 이곳저곳을 들여다보았다. 나는 푹신한 의자에 기대어 생각에 잠겼다. 오늘 아침 서둘렀던 것부터 어릴 적 풍경까지 퀼트처럼 이어져 자연스럽게 떠올랐다.

"기억나? 안방 벽에 솜이불 둘러놓고 밖에도 못 나갔던 거."

작은언니는 녹차라테 한 모금을 마시고 큰 눈을 더 크게 뜨면서 말을 받았다.

"그럼. 군인들이 쳐들어와서 엄마한테 총을 겨눴잖아. 대학생들 내놓으라고. 나는 그때 엄마가 죽는 줄 알았어. 지금도 총소리하고 벌건 하늘만 생각하면, 확 소름이 끼친다니까."

작은언니는 '소름이 끼친다니까' 부분에서 얼굴과 어깨를 부르르 떠는 시늉을 했다. 나는 작은언니의 몸짓에 저절로 한숨이 나왔다. 그러면서 영화의 장면이 바뀌기 전에 소리가 먼저 나오는 것처럼 30년을 관통한 그날의 소리들이 생생하게 들리는 것 같았다.

햇빛 좋은 오월 어느 날, 일등여인숙 아줌마가 숨 가쁘게 들어오면서 "어이, 동생! 어이, 동생!" 하고 엄마를 불러 댔다. 1호실에서 이불을 꿰매던 엄마가 "워메, 우리 형님 숨넘어가긋네. 뭔 일 있어요?" 하고 대꾸했다. 일등여인숙 아줌마는 1호실 옆

작은 마루에 걸터앉으며 "거시기 있잖어. 새끼들하고 안 죽을라믄 얼른 잠자는 방에다가 솜이불 쟁여 놓으랑께." 가슴께를 두드리고는 트림까지 하면서 말했다. "그게 뭔 말이라요? 찬찬히 말해 보셔라." "워메, 답답해라. 자네는 소식도 못 들었능가? 공수부대가 내려와서 죄다 쏴 버린다잖어. 지금 도청이랑 그 앞 도로랑 사람들이 죽어 나가서 난리도 그런 난리가 없다잖어. 길 건너 병원 마당에도 시체가 쌓였다는구만. 여기는 도청도 가찹고 대학병원도 가차우니까 군인들이 높은 데 올라가서 마구 갈긴다는구만. 암 소리 말고 솜이불을 천장까지 쟁여 노믄 총알이 못 뚫는다니까 어서 쟁여. 누가 문 두드려도 열어 주지 말고. 나는 우리 아저씨하고 둘이 있응께 괜찮지만은 이 집은 새끼들하고 자네들뿐이잖어. 나 가네." 일등여인숙 아줌마는 후루룩 말을 뱉고는 가 버렸다. 엄마는 꿰매던 이불을 한쪽으로 치워 놓고 안방으로 가서 장롱 속 솜이불들을 모두 꺼냈다. 자개와 쇠 장식이 붙어 있는 빨간색 앞닫이 세트와 5단 서랍장을 도로 쪽 벽으로 붙였다. 그 위에 솜이불들을 개서 차곡차곡 올렸다. 창문이 가려지니 방이 어두워졌다.

그날부터 언니들과 나는 학교에 가지 않았고 대문을 걸어 잠근 뒤, 낮이고 밤이고 안방에서 꼼짝하지 않았다. 밥을 먹을 때는 평소에 접어 놨던 동그란 상을 펴서 성자 언니와 윤씨 그리고 5호실 언니까지 다 함께 먹었다. 반찬은 김치와 된장에 묻어 놓은 깻잎과 간장이 전부였다. 밖에서는 간간이 총소리가 났고 해 질 녘도 아닌데 하늘은 벌건 색으로 물들었다. 아침마다 마당에서 검지만 한 탄피 네댓 개는 모을 수 있었다. 학교에 가면 아이들에게 보여 줘야지, 다들 부러운 눈으로 나를 우러러보겠지. 생각만으로도 의기양양해져서 아침마다 열심히 빈 화분에 탄피들을 모았다.

그러던 어느 아침, 엄마는 사태가 어떻게 돼 가는지 묻기 위해 일등여인숙으로 갔다. 나도 따라나섰다. 골목에는 신발짝이나 안경 같은 물건들이 나뒹굴고 있었다. 거친 시멘트 벽에는 검붉은 자국이 묻어 있었는데, 엄마 말로는 핏자국 같다고 했다. 거친 글씨들이 인쇄된, 뭉텅이의 삐라도 뿌려져 있었다. 밤새 사람들이 쫓겼던 모양이었다. 일등여인숙 아저씨는 러닝셔츠와 파자마만 입고 마당에 앉아 있었다. "학생이고 시민이고 다 죽어 나가는데 방송국에서는 미인대회나 해 싸니까 사람들이 열불 나서 그놈의 방송국 불태웠다고 하드만." 아저씨 말이 끝나기도 전에 엄마는 한숨을 쉬며 집으로 돌아왔다. 밤새 신발이 벗겨지면서 도망갔을 사람과 안경이 벗겨지도록 쫓겼을 사람, 그리고 활활 불탔을 방송국을 떠올리자 겁이 나고 가슴이 먹먹해졌다.

아침을 먹고 엄마가 시켜서 화단에 물을 주고 있는데, 5호실 언니가 잠깐 학교에 다녀온다며 나갔다. 분명 잠깐 다녀온다고 했는데, 나팔꽃이 오므라드는 시간까지 돌아오지 않았다. 엄마는 대문 안쪽을 왔다 갔다 하면서 "이 썩을 년!" 하고 중얼거렸다. 골목에서 사람 소리가 날 때마다 숨을 죽이고 대문에 귀를 갖다 댔다. 바람 한 점 없는 늦은 오후, 불안과 찔레꽃 향이 마당 안에 묘하게 고여 있었다. 나는 들어가 있으라는 엄마의 말을 듣는 둥 마는 둥 화분 안에 넣어 둔 탄피를 꺼내서 셌다.

"아줌마! 아줌마!"

난데없이 골목이 소란스러워졌고 5호실 언니 목소리가 들렸다. 엄마가 대문을 열자 5호실 언니가 급하게 들어왔다. 여자 한 명과 남자 한 명도 따라 들어왔다. 언니는 사냥꾼에게 쫓기는 눈을 하고는 침을 삼키며 말했다. "아줌마! 저희 좀 숨겨 주세요. 빨리요." 엄마는 연신 "워메, 워메." 하며 걱정스러운 눈빛으로 망설이더니 언니 일행을 안방 벽장 속에 밀어 넣었다. 그러고는 벽장 앞에 한겨울 추울 때나 피는 목단꽃이 화려하게 수놓인 병풍을 쳤다. 엄마는 우리에게 "너희들 쉿! 알았제? 누가 물어도 암말 말어." 하며 입단속을 시켰다. 나는 엄마의 표정을 보면서 큰일 났구나 싶었지만, 한편으로는 재미있다는 생각도 들었다.

그때, '쿵! 쿵! 쿵!' 대문이 부서져라 두드리는 소리가 났다. 엄마는 우리를 보고 연신 쉿! 하고 손가락을 입에 갖다 대면서 대문으로 향했다. 무장한 군인들이 열 명도 넘게 들어왔다.

맨 앞에 선 눈썹이 진한 군인이 엄마에게 총을 겨누며 물었다. "숨겨 둔 학생들 어디 있나?" 엄마는 애써 아무렇지도 않은 척 말했지만 목소리가 떨렸다. "어, 어, 없어요. 숨겨 둔 학생이라뇨. 보시다시피 우리 애들하고 저하고……." 군인은 여전히 엄마에게 총을 겨눈 채 나에게는 기분 나쁜 미소를 지으며 물었다. "꼬마야, 착하지? 대학생 언니 오빠들 지금 어디 있지?" 나는 순간적으로 오줌을 싸 버렸다. 내 바지 밑단에서 노랑물이 새어 나오자 군인은 엄마한테서 총을 거두고는 나머지 군인들에게 눈짓하며 말했다. "싹 다 뒤져!"

엄마는 우리들을 안방으로 데리고 가 목단꽃 병풍 앞에 앉혔다. 엄마는 우리만 알아들을 수 있는 목소리로 기도문을 외웠다. "하늘에 계신 우리 아버지, 아버지의 이름이 거룩히 빛나시며, 아버지의 뜻이 하늘에서와 같이 땅에서도 이루어지게 하소서……." 나는 젖은 바지가 찝찝했고 발이 저렸지만 군인들이 무서워 꼼짝도 못 했다. 군인들은 방이란 방은 모두 뒤진 다음 성자 언니와 윤씨를 끌고 왔다. 자다 깬 윤씨는 손을 머리에 올리고서 연신 "잘못했어요. 살려 주세요."를 외쳤다.

키가 작고 눈이 부리부리한 군인이 군화를 신은 채 안방으로 들어왔다. 그는 방 안을 유심히 살펴보았다. 나는 숨이 넘어갈 지경이었다. 그는 병풍을 턱으로 가리키면서 엄마에게 물었다. "이 병풍 뒤에는 뭐가 있소?" 엄마는 병풍이 기울어지도록 뒤로 몸을 젖히면서 손사래를 쳤다. "아, 아, 아무것도요. 아무것도 없어요." "아줌마, 왜 이렇게 떨어요? 누구 숨겨 두기라도 했어요?" 눈이 부리부리한 군인이 씩 웃으며 엄마 쪽으로 바짝 다가섰다. 나는 순간 "공산당이 싫어요!"를 외쳤던 이승복 어린

이가 떠올랐다. 이 험악한 군인이 엄마를 해친다면 나도 군인한테 뭐라고 한마디 하면서 덤벼야 한다는 생각에 심장이 터질 것만 같았다. 그때 밖에서 '지지직' 하는 무전기 신호음이 들렸다. 몇 번 반복된 '지지직' 소리에 이어 "7공수 33대대 요원들은 즉각 도청 앞으로……." 명령 소리가 기계음과 섞여 울렸다. "집합! 수색 중단하고 도청 앞으로 간다. 실시!" 엄마에게 총을 겨눴던 눈썹이 진한 군인의 한마디에 열 명이 넘는 군인들은 일시에 행동을 멈췄다. 그는 부리부리한 눈알을 굴리면서 "에이, 씨팔!" 하고 내뱉고는 대열에 맞춰 대문을 나갔다. 우리는 모두 지옥문을 빠져나온 듯 그 자리에 기대거나 누웠다.

그날 저녁, 엄마는 주먹밥을 뭉쳐 물과 함께 벽장에 넣어 주었다. 또 창고에 있던 요강을 주면서 5호실 언니 일행에게 "자네들, 내일 일찍이 집에들 가소. 여기 있다가는 우리 새끼들까지 명대로 못 살겠네." 하고 말했다. 다음 날 엄마 말대로 새벽같이 5호실 언니 일행은 집을 떠났다. 엄마는 5호실 언니에게 5천 원을 쥐여 주며 "딴 데 가지 말고 고향 집으로 가소." 하고 부탁하듯 말했다. 그날도 그다음 날도 총소리가 들렸고 우리는 솜이불로 벽을 두른 방에서 밥을 먹고 잠을 잤다. 엄마는 종일 부엌에서 빨래를 하고 찬장 그릇들을 꺼내 닦았다. 큰언니와 작은언니는 트랜지스터라디오를 작게 틀어 놓고 인생극장 〈달려오는 사람들〉을 들었다. 성자 언니와 윤씨는 민화투를 쳤고 나는 지기만 하는 윤씨 옆에서 아는 체를 하며 시간을 보냈다.

"시민 여러분, 사랑하는 우리 형제, 자매 들이 계엄군의 총칼에 죽어 가고 있습니다. 우리는 사수할 것입니다. 시민 여러분, 우리를 잊지 말아 주십시오."

아침부터 밖에서 확성기 소리가 울렸다. 일등여인숙 아줌마가 대문을 두드렸다. "어이, 동생! 주먹밥 싸서 우리도 나가세. 시민들도 학생들도 무장했다니까 우리는 밥이라도 먹여야제." "아이고, 형님. 말도 마셔요. 저는 못 가요." 한껏 열의에 차 있는 일등여인숙 아줌마에게 엄마는 양손으로 가슴을 누르면서 어제의 일을 얘기했다. "그려, 그려. 그럼 자네는 새끼들 지키고 있어." "죄송해요. 저는 그냥 주먹밥만 싸 줄 테니까 아저씨랑 다녀오셔요. 제발 조심하시고요." 엄마는 주먹밥을 만들어 아줌마에게 보낸 뒤 쉬지 않고 일을 했다. 뜨거운 물을 끓여 차례로 우리를 씻겼고, 손님방 이불 홑청을 뜯어 삶고 풀을 먹였다. 일부러 몸을 피곤하게 하려는 듯 종일 일한 엄마는 해가 지지도 않았는데 잠이 들었다. 우리도 따라서 잠을 잤다.

얼마나 잤을까. 오줌이 마려워서 일어나려는데 밖에서 요란한 소리와 함께 대문이 부서질 것같이 심하게 흔들렸다. 열어 달라며 두드리는 소리가 아니라 아예 부수고 들어오려는 모양이었다. 벌떡 일어난 엄마는 우리에게 그대로 있으라고 말하고는 마당으로 나갔다. 우락부락한 남자들 소리가 났고 공포에 질려 우는 여자 소리도 들렸다. 남자 한 명이 제일 좋은 방을 달라고 했다. 남자들은 족히 대여섯 명 정도로, 그중 한 사람이

"내가 먼저 들어갈 테니 너희들은 차례를 기다려라." 하면서 시시껄렁한 동네 건달처럼 얘기하자 나머지는 실실 웃으며 "예, 알겠습니다." 하고 답했다. 여자는 어억, 어억, 숨넘어가는 소리를 내며 살려 달라고 했지만, 머지않아 더 이상 소리는 들리지 않았다. 한참 뒤에 엄마가 새파랗게 질려서 들어왔다.

"엄마!" 작은언니가 다급하게 부르자 엄마는 언니 입을 틀어막았다. "5호실 학생이 잡혀 왔어야. 군인들이 1호실부터 3호실까지 들어갔으니 너희들은 절대 마당에 나가지 마라." 군인들이 우리 집에 들어왔다니, 그것도 5호실 언니와 함께. 언니는 이제 죽는 건가. 조만간 총소리가 날 것 같았다. 엄마는 뒤란과 통하는 부엌문으로 나가 성자 언니를 데려왔다. "성자야, 5호실 학생이 잡혀 왔어야. 지금 군인 대가리하고 1호실에 있어." 엄마 목소리가 떨렸다. "워메, 워메, 개는 암것도 모르게 생겼두만. 어째야 쓰까⋯⋯ 경찰에 신고할까요? 가만가만, 군인이 높은가? 경찰이 높은가?" 성자 언니가 엄마에게 진지하게 물었다. "아, 맞다. 서장님한테 말하믄 뭔가 답이 있을 거여." 하며 엄마는 어딘가로 전화를 걸었다. 여러 차례 다이얼을 돌렸지만 신호가 가지 않는지 수화기를 입으로 불었다가 손으로 쳤다가를 반복했다. 우리는 모두 침도 삼키지 않고 엄마가 하는 행동만 바라보았다. "염병! 미친 것들이 전화도 끊어 놨어야. 어째야 쓰까. 워메, 답답해라." 엄마는 가슴팍을 치면서 수화기를 내려놓았다.

"아줌마! 아줌마!"

갑자기 밖에서 드센 남자 목소리가 들렸다. 엄마는 잘못하다 들킨 사람처럼 깜짝 놀라며 튕겨 나갔다. "예! 가요! 가요! 워메……." 엄마는 괜찮을까. 문틈으로 살짝 마당을 내다보았다. 엄마는 보통의 손님들에게 하는 것처럼 마른 수건과 플라스틱 대야에 물을 부어 1호실에 넣어 주었다. 2호실과 3호실에도 똑같이 마른 수건과 물을 채운 대야를 넣어 주었다. 1호실 앞에는 총을 든 군인이 서 있었고 방 안에서는 여자의 울음 섞인 이상한 소리와 짐승 같은 남자 목소리가 들렸다. 2호실과 3호실은 불이 켜져 있었으나 소리는 없었다. 총을 든 군인은 엄마를 불러 낮은 목소리로 몇 마디를 했고, 엄마는 머리를 조아리며 "예, 예." 한 뒤에야 겨우 방으로 돌아왔다. 엄마는 방으로 들어오자마자 이불을 펴고 불을 끄며 우리에게 얼른 자라고 했다. 우리가 수군거리자 화를 내며 억지로 잠을 재웠다. 잠결인지 꿈결인지 엄마와 성자 언니 목소리가 간간이 들렸다. 딸 같은 5호실 학생이 죽을지도 모른다는 얘기였다. 나는 자면서도 눈물이 났다.

아침 일찍 눈이 떠졌다. 남자들은 없었다. 엄마는 1호실과 2호실 그리고 3호실을 소독하듯이 청소하고 있었다. 이불 홑청과 베갯잇을 삶고 방바닥을 여러 번 닦아 냈다. 물을 팔팔 끓여 사랑채 토방과 화장실에 뿌렸다. 다행히 5호실 언니는 죽지 않고 자기 방에서 자고 있었다. 언니는 이틀 동안을 꼬박 잤다. 그 사이 엄마는 미음을 끓여 5호실에 넣어 주었지만 언니는 한 술도 뜨지 않았다. 언니가 잠에서 깨어 엄마에게 목욕을 할 수 있느냐고 물었다. 엄마는 우리에게 해 줬던 것처럼 물을 끓여 찬물을 적당히 섞은 다음 부엌으로 언니를 불렀다. 언니는 한참이나 씻었다. 중간에 울음소리도 들렸다. 그 소리에 나도 슬퍼졌지만 엄마 말대로 죽지 않은 것만 해도 다행이었다. 하지만 그날 저녁 5호실 언니는 어디론가 사라졌다. 언니가 자주 입었던 보라색 블라우스도 두꺼운 책들도 그대로 놔 둔 채.

다시 우리 집에 평화가 왔다. 거리에도 평화가 왔는지 사람들이 밖으로 다니기 시작했다. 5호실 언니만 며칠째 돌아오지 않았다. 일등여인숙 아줌마가 5호실 언니를 걱정하는 엄마에게 말했다. "대학병원 장례식장 마당에 무연고 시체가 많다던데. 한번 가 보세." 나도 엄마의 월남치마 끝을 붙잡고 대학병원 장례식장 마당에 들어섰다. 순간 "흡!" 하고 손으로 코를 막았다. 걸레 썩는 냄새가 나서 토할 것 같았다. 뒤집혀서 눕힌 남자와 안경이 깨진 채로 얼굴이 짓이겨진 남자가 모로 겹쳐 있었다. 그 옆에 양 갈래로 땋은 머리를 한 교복 입은 여학생과 신발이 벗겨진 남학생이 같은 방향으로 눕혀 있었고, 대머리에 피가 굳어서 모자를 쓰고 있는 것처럼 보이는 아저씨가 옆으로 비스듬히 치워져 있었다. 엄마는 한 손으로 내 눈을 가리고 걸었지만 손가락 사이로 보일 것은 다 보였다. 수십 명 아니 수백 명은 됨 직한 죽은 사람들 속에서 5호실 언니는 찾을 수 없었다.

일등여인숙 아줌마는 엄마의 등을 토닥이며 물었다. "자네가 그 학생, 집에 가라고 돈을 줬다면서?" "예." "다행이네. 여기에 없어서. 분명히 집으로 갔을 거야. 걱정 말고 돌아가세." 나도 5호실 언니가 고향 집으로 돌아갔기를 간절히 기도했다. 집으로 돌아온 엄마는 한동안 말이 없었다. 밥때가 되면 부엌에서 혼자 중얼거렸다. "살아 있제? 괜찮어. 그날 아무 일도 없었어. 암만, 아무 일도 없었제."

그 뒤로 나는 5호실 근처를 지날 때마다 이상한 기분이 들었다. 모두가 두려워 꼼짝도 할 수 없었던 그날 밤의 소리들이 뒤섞여 나는 것 같기도 했고, 장례식장 마당에서 맡았던 냄새가 나는 것 같기도 했다. 그사이 찔레꽃이 지고 수국이 피었다. 5호실 언니가 떠오를 때면 나는 아무도 없는 곳에서 자주 울었다. 그러다 혹시나 언니가 돌아왔을지도 모른다는 생각에 숨을 몰아쉬며 5호실 문을 열어 보았지만, 언니는 없었다. 나는 어떤 아픔 같은 것들이 내 안에 들어찬 것을 느꼈다. 그 뒤로도 오랫동안 가슴이 아렸다.

"엄만 어디 가셨지? 또 화장실 가셨나? 안 그래도 엄마 성인용 기저귀 사 드렸는데 흉측하게 그게 뭐냐고 화를 내시더라. 불편한가 싶어서 내가 한번 해 봤더니 세상 편하더라고."

큰언니 말에 작은언니가 맞장구를 쳤다.

"하여튼 우리 엄마 은근히 까탈스럽다니까. 그런데 차에서

했던 말이 뭐야? 놀이방이라니?"

큰언니가 얼음 하나를 입 속에 넣으며 가라앉은 목소리로 말했다.

"아, 그거. 낮에 아무도 집에 없는데 엄마가 외출하고 들어오실 때 현관문 번호를 몇 번이나 잊어버리시더라고. 내가 퇴근할 때까지 놀이터에 앉아 계셨나 봐. 안 되겠다 싶어서 알아봤더니 어르신 놀이방이라는 데가 있다더라고."

작은언니가 재빨리 아는 체를 했다.

"알아. 주간보호센터라고 내 친구 엄마도 거기 가시더라. 그런데 치매 등급 받아야 할걸."

큰언니는 짧게 한숨을 쉬며 말을 이었다.

"맞아. 공단에서 사람이 나와서 엄마 상태를 체크해야 해서 엄마한테 설명해 드렸더니, 그 뒤로 공단 얘기만 나오면 아직은 멀쩡하다고 화를 내시는 거야."

이제야 엄마가 '아직은 멀쩡하다'라고 했던 말이 이해되었다. 바로 작은언니가 물었다.

"그래서 공단 사람들은 왔어?"

큰언니는 고개를 끄덕였다.

"그래. 오긴 왔어. 처음에는 엄마에게 이를 닦아 보라고 하더라. 엄마는 기가 막힌다는 듯이 소금을 잔뜩 넣어서 이를 닦았지. 공단 사람이 이번에는 보료에서 일어나 보실래요, 하는 거야. 엄마는 어이없는 표정으로 일어났지. 여기까지는 늘 하던 거니까 잘하셨어. 그런데 어르신, 올해 연세가 어떻게 되세요, 하고 물으니까 말씀을 잘 못하시더라고. 한참을 있다가 겨우 내가 올해 팔십이 넘었나, 하시더라고. 그리고 또 어르신, 이름은 어떻게 되세요, 하니까 뭐 그런 걸 물어! 하더니 막 화를 내면서 그 사람들을 쫓아 버렸어."

작은언니는 못 믿겠다는 듯이 중간중간에 "설마, 설마."를 내뱉었다. 나도 큰언니가 좀 과장을 하는 것 같아서 의심의 눈빛으로 바라봤다.

"에이, 설마. 엄마가 이름까지 잊어버렸다는 건 좀 오버 아니야?"

큰언니는 우리를 나무라는 투로 계속 말했다.

"진짜라니깐. 그게 지난겨울이야. 치매 약을 먹고, 의사 소견도 제출했는데 결국 등급은 안 나오더라. 인지가 조금 떨어져도 신체 활동에는 문제가 없어서래. 엄마 혼자서 집에도 들어오시고 봄에 아파트 근처에서 쑥도 캘 수 있다면서."

작은언니와 나는 동시에 한숨을 쉬었다. 조금 있다가 작은언니가 또 물었다.

"아까는 현관 비밀번호도 잊었다면서?"

큰언니가 비밀을 얘기하듯 테이블 쪽으로 상체를 가까이하면서 작게 얘기했다.

"그래. 그래서 올 삼월에 다시 공단에 전화해서 그 사람들이 왔지. 그전에 주위에 알아보니까 등급 받기가 엄청 까다롭다는 거야. 평소에 엄마가 우기거나 이상한 말씀 하시는 것을 녹음해 놓고 그걸 들려주라는 거야. 그래서 이번 달 초에 겨우 5등급 받았어. 그런데 막상 등급이 나왔는데도 안 가겠다고 버티시니까 걱정이지. 너희한테는 등급 받아 놓고 말하려고 여태 얘기 안 했어."

작은언니가 고개를 끄덕이며 휴대전화 패턴을 풀었다.

"벌써 4시가 다 돼 가네. 근데 엄마는 아직도 화장실에 계시나?"

그러고 보니까 한참이나 엄마가 보이지 않았다. 10호실이 화장실로 바뀌었다며 신기해했고, 둥근 화단을 쭉 둘러보고 있었는데 그 뒤로는 보이지 않았다. 우리끼리만 이야기에 빠져 있느라 엄마를 살피지 못했음을 깨달았다.

순간, 가슴이 쿵! 내려앉았다.

우리는 먼저 카페 곳곳을 살폈다. 뒤란과 남자 화장실까지 뒤졌다. 어디에도 없었다. 우리는 각자 흩어져 동네를 찾아본 다음, 먼저 엄마를 찾은 사람이 연락하기로 했다. 나는 G 시장으로 달려갔다. 재민이네와 수뎅집을 가기 위해서였다. 재민이네는 시장 오른쪽 귀퉁이에 있는 떡집이었다. 엄마는 시장에 갈 때마다 거기서 삼사십 분은 족히 이야기를 나눴기에 정확히 기억이 났다. 지금은 정육점이 되어 있었다. 정육점 주인에게 할머니 한 분 보셨냐고 물었지만 못 봤다고 했다. 다음은 수뎅집을 가야 했는데 어딘지 좀 헷갈렸다. '수뎅집'은 스테인리스

그릇을 팔던 가게인데 엄마식으로 부르던 이름이었다. 그릇 가게가 모여 있는 곳으로 가서 한 곳 한 곳 가게 안을 들여다보며 물어보았다. 다들 모른다고 했다. 그때 큰언니에게서 전화가 왔다. 공중목욕탕과 골목들을 돌다 실종신고를 하러 파출소에 가는 길이니, 못 찾으면 그곳으로 오라고 했다. 나는 다시 시장을 헤맸다. 다행히 갈치를 팔던 한 상인이 엄마를 봤다고 했다.

"머리 허연 분 말이죠? 삼십 분 전쯤에 갈치 만 원어치 사 가셨는데, 뭔 일 있소?"

다리에 힘이 풀렸다. 도대체 왜? 갈치를 사서 어딜 가셨단 말인가. 큰언니에게 전화하자 일단 파출소로 오라고 했다.

큰언니는 조서를 쓰는 경찰관 앞에 앉아 있었다. 방금 내 전화를 받고 시장에 경찰관 두 명을 보냈다고 했다. 작은언니한테 전화를 걸었지만 받지 않았다. 카페에서 엄마가 없어진 것을 모르고 이야기를 나눈 시간 이삼십 분, 엄마를 찾아 헤맨 시간 약 삼십 분. 엄마는 한 시간 가까이 생선을 사서 어디로 갔을까. 엄마 휴대전화로 계속 연락을 해 보았으나 신호조차 가지 않았다. 휴대전화의 GPS를 추적하면 되지 않을까 싶어 경찰관에게 물어봤더니, 배회감지기를 소지하고 있는 노인들만 찾을 수 있다고 했다. 엄마가 혹시 버스라도 탔으면 어떡하지 하는 생각이 들었다. 혹시 아빠의 산소가 있는 영광으로 간 건 아닐까. 하지만 거긴 가 본 적도 없을 텐데. 아니면 엄마가 다녔던 언덕 위의 교회? 거기라면 갈 수도 있을 것이다.

다행히 얼마 뒤 작은언니에게서 전화가 왔다. 엄마를 찾았다고. 큰언니와 나는 대학병원 후문으로 갔다. 그곳은 장례식장과 응급실이 있는 곳이었다. 엄마는 초점 없는 눈으로 장례식장 앞 화단 가에 앉아 있었다. 작은언니는 바닥에 쪼그리고 앉아 엄마를 올려다보고 있었다. 엄마 옆에는 검은 비닐봉지가 두 개 놓여 있었다. 봉지 안에는 갈치 조각과 기다란 무 한 개가 들어 있었다. 큰언니가 엄마 어깨에 손을 올리면서 나직하게 말했다.

"엄마, 왜 여기 있어요. 어서 가요."

하지만 엄마는 조용했다. 이상한 것은 엄마의 표정이 평소와는 완전히 달라 보였다는 것이다. 쩡쩡하던 모습은 온데간데없고, 무언가가 빠져나간 것 같은 휑한 눈은 바닥도 아니고 허공도 아닌 어딘가를 하염없이 바라볼 뿐이었다. 이번에는 작은언니가 엄마의 등을 천천히 쓸어내리며 이제 그만 일어나자고 했다. 엄마는 그 어떤 소리도 듣지 못하는 사람처럼 미동도 없었다. 나는 엄마 옆으로 가서 앉았다. 가까이서 보니 생기도 표정도 없는 엄마의 눈이 젖어 있었다. 불현듯 명치 깊은 곳에서 오래된 무언가가 일렁이기 시작했다. 너무 오래 기억에서조차 밀어냈던 그 묵직한 무언가. 하지만 당장은 그것을 무엇이라 정의해야 할지 몰라 엄마의 얼굴을 물끄러미 바라만 볼 뿐이었다.

그때, 시장으로 엄마를 찾으러 갔던 경찰관 두 명이 왔다. 한 명은 키가 컸고 다른 한 명은 의무경찰인지 얼굴이 앳돼 보였다. 그중 키가 큰 경찰관이 큰언니에게 물었다.

"자녀분들 맞으시죠?"

큰언니는 고개를 끄덕였다. 경찰관은 실종자 귀가 확인 서류를 내밀었다. 그러곤 엄마의 이름표와 우리 연락처가 적힌 메모지를 주머니에 넣어 놓거나, 옷에 직접 바느질을 해서 표식을 붙여 놓으면 오늘 같은 날 도움이 된다고 했다. 앞으로는 이런 날이 더 많을 것이니 주의를 기울여야 할 것이라고도 했다. 큰언니는 서류에 사인하며 경찰관에게 고맙다는 인사를 했다. 그때 엄마가 작은 소리로 말을 했고 앳돼 보이는 경찰관이 엄마 가까이로 귀를 가져다 댔다.

"경찰관님, 우리 학생이 안 들어왔어요. 그날 학생이 밤새 울었는데 내가 모른 척했어요. 무서워서…… 우리 새끼들 지킬라고…… 학생은 내내 잠만 자더니, 일어나서 목욕만 하고 나갔어요. 내가 밥을 해 줬어야 했는데…… 희멀건 미음만 끓여 줬더니 마음이 상했나 봐요. 얼굴은 목화솜 같고…… 말수도 없는 학생이에요. 경찰관님, 우리 학생 좀 찾아 주세요."

엄마는 고개를 거북이처럼 쑥 집어넣고는 죄지은 사람처럼 말했다. 앳된 얼굴의 경찰관이 아 네, 하면서 우리를 쳐다보았다. 도무지 무슨 말인지 모르겠다는 표정이었다. 일순, 나는 아득하게 내 주위를 맴돌던 슬픔의 정체를 깨달았다. 꿈을 꾸면서도 공연히, 자주 눈물이 났던 이유 또한 이해되었다. 감당하기 힘든 공포와 잔혹을 견디고, 납득되지 않는 일들을 삼키면서, 고요로 위장했던 세월이 쌓여 깊은 슬픔이 되었다는 것을.
엄마도 나도 이렇게 살아왔구나 싶은 생각이 들자 목울대가 뜨
거워지며 숨이 가빠졌다. 언젠가 그날처럼 어디선가 썩는 냄새
가 역하게 났고, 바닥에 불규칙하게 누인 사람들이 환영처럼
어른거렸다.

마음 밭을 일구며 쓰겠습니다.

  청년 전태일이 그랬듯, 누구나 가슴속에 미처 완성하지 못한 이야기가 있습니다. 저도 그랬던 것 같습니다. 너무 오래되고 익숙해져서 이제는 새롭지 않은, 하지만 아직도 나에게 크고 작은 영향을 주는 이야기 말입니다. 그런 이유로, 심리상담이라는 일을 하게 됐는지도 모릅니다. 심리상담은 '나'라는 사람을 도구로 인생의 미해결 과제와 진실을 나누는 일이니까요. 그런데 언제부턴가 상담실에서만이 아닌, 다른 방식으로도 세상과 만나고 싶다는 생각을 하게 되었습니다. 고민 끝에 마흔다섯 가을, 소설을 쓰기 시작했습니다.

  저를 아는 사람들은 늘 두 가지 반응을 보입니다. 하나는, "그래, 잘하고 있어." 다른 하나는 "왜 어려운 길만 찾아가니? 그냥 편하게 살아." 대학원 진학을 하겠다고 했을 때도, 소설을 쓰겠다고 했을 때도 같은 반응이었습니다. 신기한 것은, 그들의 반응이 제 마음속 갈등과 일치한다는 것입니다. 컨디션이 좋고 일이 잘 풀릴 때는 저 스스로 잘하고 있다는 격려를, 그렇지 않을 때는 왜 사서 고생하느냐는 자책을 하곤 하니까요. 그런데도 그냥 밀고 나가는 것을 보면 저란 인간도 과히 평범하지는 않은 것 같습니다. 그런 생각이 들 땐 괜히 혼자 웃습니다.

  중학교 3학년 가을, 처음으로 소설을 썼습니다. 라디오에서 베를린 장벽이 무너지는 장면을 접한 뒤 가슴이 일렁여서 도저히 잠을 이룰 수가 없었습니다. 한반도의 통일을 취재하는 기자의 시점으로 소설

한 편을 뚝딱 썼던 것 같습니다. 팔이 아플 때까지 손으로 꾹꾹 눌러 쓰던 그 밤의 기억이 아직도 생생합니다. 고등학교에 들어가 교지편집부 활동을 했으나, 그 뒤로는 오랫동안 글과 거리를 두고 살았습니다. 특히, 소설과는 더욱. 이렇게 공부할 게 많은 바쁜 시대에 허구인 소설이나 읽는다는 게 한가한 사람들의 놀이쯤으로 여겨졌으니까요. 지금 생각해 보면 겁을 먹었던 것 같습니다. 내 안의 이야기에 직면한다는 게, 알고는 있지만 깊이 생각해 보지 않은 것들과 맞닥뜨려야 한다는 게 두려웠던 것 같습니다.

그러던 어느 날 불현듯 더는 미룰 수 없다는 생각이 들었습니다. 밀린 숙제처럼 소설 습작에 들어갔고 꾸준히 썼습니다. 하지만 언제부터인지 슬슬 고민이 되었습니다. 내가 쓰는 소설이 얼마나 사람들의 마음을 움직일 수 있을까, 하는 우려 때문입니다. 그런데 수상 소식을 들은 뒤, 소설을 써 보자 마음먹었던 처음의 그 순간으로 돌아간 기분이 들었습니다. 기본을 다지면서, 마음속 이야기들을 풀어내자고. 지레 겁먹고, 걱정하고, 주저하는 것보다는 뚜벅뚜벅 걸어가는 게 맞는 거라고, 조금은 멋진 생각도 들었습니다. 제 등을 다독이듯 다가온 '전태일문학상'에 감사드립니다.

역시 수상 소식을 듣고 제일 먼저 부모님이 떠올랐습니다. 늘 벼락같았으나 이젠 너무나 약해진 엄마, 오래전 하늘나라로 가신 아버지. 유난히 책을 좋아하셨던 아버지와는 이제야 더 깊이 만날 수 있을 것 같습니다. 중학교 3학년 때의 백정영 선생님, 고등학교 때의 서자원 선생님, 김명권 교수님과 오철수 시인님께도 고마운 마음을 전합니다. 그리고 생명력 있는 글을 쓰도록 이끌어 주신 이평재 선생님께 깊이 감사드립니다. 예술서가 문우들도 고맙습니다. 늘 초심을 잃지 않도록 마음 밭을 일구며 글을 쓰는 작가가 되겠습니다.

김설영

·

구직 실패기

김설영

- 1970년 서울 출생.
- 유년기를 서울에서, 초중고 성장기를 안양에서 보냈고,
  스무 살 이후의 대부분을 수원에서 살았다.
  오래전, 한신대학교 문예창작학과에서 공부했다.

*

나는 두 달 가까이 일을 쉬고 있었다.

간단한 집안일만으로도 나는 쉽게 지쳤다. 도마 위의 삶은 고기를 써는 것, 싱크대 상부장에서 그릇 꺼내는 일, 와이셔츠 다림질, 건조대에 빨래 너는 것, 개킨 이불을 옷장에 넣는 것……. 일상적인 일들이 버거웠다.

과일가게에서 사과 상자, 배 상자, 바나나 상자를 들어 나르고, 수박을 옮기던 반복 노동의 후유증이었다.

내과에선 혈압, 청진, 심전도 모두 정상이라며 안정제를 처방해 줬다. 흉통은 낫지 않았다. 오래 다닌 이비인후과의 의사는 등 통증까지 있다면 심각하다고 했다. 정형외과에서 찍은

엑스레이엔 폐 안쪽에 석회화된 부분이 크게 보였다. 도립병원엔 정밀 검사 장비가 부족했다. 대학병원 폐센터에서 의사는 말했다.

"문제는 폐라는 거죠. 폐라는 부위는요, 함부로 여는 게 아닙니다. 이게 뭣 때문인지 검사는 할 수 있죠. 열어 봐서 아무것도 아니면 어쩌죠? 그 후유증은요?"

가족력을 참고해 본 결과 어렸을 때 나도 모르게 폐결핵을 앓은 흔적일 수 있다고 했다. 6개월 후에도 석회화 부분이 커지면, 그때 가서 정밀 검사를 하자고 했다.

병원을 전전했지만, 흉통에 숨 쉬기 어려운 단서를 잡아내질 못했다. 확실한 진단이 없으니 확실한 처방도 얻지 못했다. 안정제와 진통제 외엔 별다른 약을 먹은 것이 없었다.

딱 수박 들어 나르던 높이, 빈 팔을 가슴께로 올리기만 해도 통증이 되살아났다.

얼마 되지 않는 내 노동 값은 병원을 들락거리고 물리치료를 받는 동안 흔적 없이 사라졌다.

일하면서도 파스 값이 많이 들어갔다. 누군가 근육이완제와 진통제를 먹으면 좀 낫다고, 시장에서, 마트에서 무거운 물건 드는 노동하는 사람들은 흔히 먹는다고 해서, 그것도 먹었다. 안 그러면 일을 할 수 없었다.

"우린 4대 보험, 주휴수당, 퇴직금 없어. 월화수목금토일, 휴일도 없지. 아줌마가 얼마나 오래갈지 모르겠지만, 설날, 추석

하루씩은 쉬게 해 줄게. 불만 있소? 있으면 돌아가고!"

나는 이것저것 가릴 처지가 아니었다. 일자리, 아니 아르바이트 자리도 절실한 중년의 경력단절 여성이었다. 나는 과일가게에서 들고 나르고 포장하고 파는 일을 했다.

아침 10시면 과일을 실은 트럭이 왔다. 사과, 복숭아, 토마토, 포도, 바나나……, 과일 상자들을 내렸다. 트럭 적재함의 절반은 수박이었다. 수박을 안은 채 넘어졌다.

"우린 일꾼이라고 안 봐줘. 수박 깨면 파는 값으로 물어내는 거요!"

내 몸은 깨질지언정 수박은 깨져서는 안 되는 물건이었다. 10킬로, 12킬로, 14킬로 하는 수박을 포대기로 감싼 신생아 안 듯 가슴에 품고 날랐다.

여름은 수박의 계절이었다. 오전에 온 과일 트럭이 오후에도 왔다. 1.5톤 트럭 적재함에 수박이 차곡차곡 쌓여 있었다. 나는 트럭 아래에서 수박을 받았다. 과일가게 안과 과일가게 앞 평상에 수박을 쌓아 올리는 사장에게 건넸다.

"모모야, 이번엔 네가 올라갈래?"

과일가게 사모가 트럭 적재함에서 내려왔다. 이번엔 내가 트럭 짐칸에 올라섰다. 시장 골목이, 어지럽게 널린 전선들이 조금 더 잘 보였다.

그 후로는 트럭 위에 종종 올랐다. 복숭아 냄새, 포도 냄새, 참외 냄새를 실컷 맡았다. 5킬로, 10킬로, 20킬로들이 상자에 담겨 있는 다른 과일들에 비해, 둥근 수박은 여전히 옮기는 난도가 높았다.

일거리 앞에 두고 몸 사리는 성격이 아니었으므로, 일손이 모자랐으므로, 더더군다나 일당 받고 일하는 노동자였으므로, 돈값을 해야 했다.

어느 날 저녁에 극심한 통증이 몸을 훑었다. 가슴께에서 뚝, 하고 무언가 부러지는 듯한 소리가 났다. 사흘을 내리 참고 일했다.

오전에 물건을 내리고 진열을 마치고 시장 상인회에 다녀왔다. 온누리상품권 100장을 과일가게 여주인에게 건네주다 쓰러졌다. 온몸에 진땀이 흘렀다. 나는 가슴을 움켜쥐었다.

"모모! 왜 그래!"

"며칠 전부터 이상하게 가슴이 조여요. 숨도 가쁘고, 이상하네, 왜 이리 숨 쉬기가, 히, 힘들지?"

사모가 돈통에서 5만 원짜리 한 장을 꺼냈다.

"이거 갖고 병원 가. 가서 오지 마. 진료받기 전엔 절대 오지 마!"

내 노동은 그날로 종료되었다. 그래도 일을 쉬니 통증의 빈도와 정도가 줄어들었다. 나는 다시 일을 알아봐야 했다.

*

"몸 쓰는 일 말고, 어디 작은 사무실이라도 앉아서 할 수 있는 일을 찾아봐."

"누가 사무직 일 하고 싶지 않대? 어느 훌륭한 회사가 나 같은 경력 하나 없는 아줌마를 써 주겠어. 젊은 애들도 판판 놀고 있는 세상에."

이 넓고 넓은 세상에 나를 위한 일자리 하나 없겠느냐고 큰소리 뺑뺑 치고 싶지만, 자신 없었다. 전업주부로 십여 년 살았는데, 그 생활을 지속할 수도 없었다. 남편은 성실했지만, 혼자 벌어 가족을 부양하기에 충분치 않았다. 바야흐로 맞벌이 필수 시대 아닌가.

*

'인크루트', '사람인', '교차로', '벼룩시장'의 구인광고를 살폈다. 이 많은 일자리 중 내가 비집고 들어갈 곳이 한 군데쯤 없겠는가. 허나 나는 나이도 많고 특별한 기술도 없다. 흔하디흔한 경력단절, 아니 경력이 거의 없다시피 한 아줌마였다. 이 많고 많은 일터의 한 곳에서라도 내 이력서를 콕 집어 유심히 봐줄 거라는 생각을 도통 할 수가 없었다.

"내가 인사 담당자라도 나를 뽑지 않겠다. 내 이력서는 길거

리에 나뒹구는 시든 꽃잎, 말라비틀어진 낙엽 한 장의 가치조
차 없어."

남편이 물었다.

"당신은 그 흔한 자격증도 없어?"

"구시대의 유물 같은 주산, 부기, 타자 자격증은 있지. 그런데
요즘 누가 그런 자격증을 쳐줘? 젊은 인사 담당자는 그게 뭐냐
고 물을걸? 운전면허증 말곤 없는데, 운전으로 뭘 할 수 있을
까. 요즘은 거의 '컴퓨터 활용 능력자 우대'라고 쓰여 있는데,
이제라도 컴퓨터 학원에 다니고 자격증을 따면 취직이 될까?"

당장 학원비부터 걱정이었다. 내게는 시간이 많지 않았다. 장
기적인 안목에서 학원에 다니고 투자를 하는 건 늦었다는 생각
이 들었다. 당장, 당장 일할 수 있는 곳을 찾아야 했다.

'인크루트'와 '알바몬', '사람인' 같은 사이트에 회원 가입했
다. 이력서를 등록했다.

구인광고를 살폈다. 업종, 회사 이름, 하는 일, 연봉, 집에서부
터의 거리, 4대 보험 유무…….

자기소개서를 요구하는 곳이 많았다. 성장 과정 및 성격 난
은 곤혹스러웠다. 사십이 훌쩍 넘은 나이에 어린 시절 이야기
부터 할 순 없었다. 줄곧 전업주부로 살아온 이력도, 잠깐 마
트 계산원, 공산 직원, 과일가게 점원으로 지냈던 것도 내세울
수 없었다. 여러 날을 고심한 끝에 겨우 자기소개서 하나를 완

성했다.

구인광고를 꼼꼼히 살펴, 일하고 싶은 회사 하나를 골라 지원서를 보냈다.

한동안 휴대폰을 손에서 놓지 않았다. 인사 담당자로부터 면접 보러 오라는 전화가 걸려 올까 봐, 그 전화를 놓칠까 봐 노심초사했다.

전화는 걸려 오지 않았다. 나는 깨달았다. 이력서를 한 곳만 투척해서는 확률이 없지 않은가. 그 많은 사람 중에 내 이력서가 눈에 들어올 리 없다. 젊고 학벌도 화려하고 유능한 사람들이 얼마든지 있다. 컴퓨터 자격증도 빵빵하게 갖춘 이들에 비해 나는 여러모로 밀릴 수밖에 없다.

동시다발적으로 여러 회사에 이력서를 투척하기로 했다. 회사마다 이력서 양식, 자기소개서 양식이 달랐다. 한글 파일이면 몰라. 내 컴퓨터에서는 열리지도 않는 무슨무슨 프로그램을 내려받아, 꼭 그 회사에서 원하는 형식으로 접수해야 한다는 데가 많았다.

번거롭기 짝이 없었다. 이런 걸 수십, 수백 장씩 쓰느라 젊은 애들이 힘들다지? 나 또한 예외일 순 없었다.

이력서, 자기소개서 날리는 단계에서 막히는 일이 부지기수라서 지레 겁먹었다. 두 손 두 발 다 들었다. 포기하고 싶었다.

나는 집 밖으로 나갔다. 아파트 입구 가로등에 붙어 있는『교차로』니,『벼룩시장』이니 하는 생활정보지를 수거해 왔다. 그런

곳에 구인광고를 내는 회사들엔 이력서를 이메일로 보내라는 문구도 자기소개서를 내라는 문구도 없었다. 전화만 걸면 되었다. 가서 종이 이력서를 내면 되었다. 너무 손쉽게 취업하려는 것 아냐? 어렵게 일자리를 얻는다고 해서 오래 일한다는 보장도 없지 않은가.

생활정보지의 구인란을 하나하나 꼼꼼하게 읽었다. 해 볼 만하다 싶으면 붉은 펜으로 동그라미를 치고 전화를 걸고, 찾아가려 했다.

병·의원, 약국.

무수히 다녀 본 동네 병원 간호조무사의 모습이 스쳐 지나갔다. 이 나이에 간호학원에 가서 배우기엔 이미 늦었다. 자격증을 갖춘다 해도 고등학교 갓 나온 젊은 간호조무사를 뽑지, 사십 중반의 아줌마를 뽑고 싶지 않을 거다. 통과!

강사·교사.

대학 졸업 후 한우리독서문화원이라는 곳에서 강사를 한 이력이 있었지만, 밤에 일하는 건 정말 싫었다. 학교, 학원 갔다 오는 아이에게 내 손으로 밥을 차려 주고 싶었다. 밤엔 엄마가 집에 있어 주어야 한다는 신념을 십몇 년째 고수하고 있는데, 그 원칙을 훼손할 순 없었다. 통과!

어린이집·유치원.

보육교사 자격증을 가진 자들의 일자리였다. 당연히 넘볼 수 없었다. 통과!

이·미용사, 기술직, 세차·정비·주유, 주방·찬모·보조……. 통과, 통과, 모두 통과!

어느 것 하나 자신 있는 일이 없었다. 어느 일 하나 만만해 보이지 않았다.

내가 일을 구하고 있다는 걸 남편이 대학 선배에게 말했다. 선배는 마트를 다섯 개나 운영하고 있었는데, 후배의 부탁이 부담스러웠을 거였다.

"어디 공장 같은 데 알아봐. 생산직이 야근이 많지만, 앉아서 할 수 있는 조립 같은 거 하면, 달에 이백은 너끈히 벌걸."

생산직 구인란도 살펴보았다. 한 줄 한 줄 구인광고를 읽었지만, 이 역시 통과!

첫째, 사는 곳과 너무 멀었다. 버스를 타고 수원역 어딘가에 가서 통근버스를 타고도 한참이나 가야 한다는 거였다. 집 근처에는 공장 비슷한 곳도 없었다. 직주근접! 아이 밥이라도 챙겨 주려면 직장과 집이 가까워야 했다.

둘째, 근무시간이 너무 길었다. 나인 투 식스. 아침 9시에 출근해서 저녁 6시 전에 끝나는 직장이 거의 없고, 하나같이 야근 잔업이 필수라고 했다. 심지어 2교대, 3교대도 있었다. 물불 가리지 않고 그런 곳에서 눈 딱 감고 일하면, 산술적으로 돈은 벌 수 있을 거였다.

그런데 내가 버틸 수 있을까? 오래 일할 수 있을까? 아침 9시부터 일을 시작한다고 해도 집에서 나가 시내버스 타고 수원역으로 가서 통근버스 갈아타고 또 한참 달려야만 나오는 공장지대로 가려면 새벽 별 보고 나갔다가 오밤중이 되어서나 집에 들어올 거였다. 그럼 애는? 천식, 알레르기, 독감, 골절, 장염……. 뻑하면 병원도 자주 가는 아이, 곁에 있어 주고 싶은 아이, 저녁만큼은 내 손으로 차려 주고 싶은 아이를 볼 수 있는 시간이 없지 않은가.

세상에서 가장 절망감을 주는 신문, 그게 생활정보지였다.

다시 컴퓨터 앞으로 돌아와 구인·구직 사이트를 기웃거렸다.

사무직 비슷한 거라면 뭐든 해 보겠다는 각오로 번거로운 이력서 투척에 매달렸다.

어디에 있는지, 어떤 회사에 지원했는지 알 수 없을 만큼 많은 이력서를 어제도 보내고, 오늘도 보냈다. 그 짓을 맨날 했다. 컴퓨터 앞에 앉아 이력서를 날리지 않으면 마땅히 해야 할 일을 안 한 것처럼 불안했다.

이 많은 곳에 지원했는데, 어디 한 군데서라도 전화가 오겠지!

착각이었다.

휴대폰에 불이 나긴 했다. 땅 사세요. 투자하세요. 대출 받으세요. 휴대폰 바꾸세요! 광고 전화와 문자가 쇄도했다. 이메일의 받은 편지함에는 햇살론, 표적항암보험가입센터, 자산관리…… 광고·홍보·스팸 메일이 부쩍 늘었다. 회사에 이력서를 접수한 게 아니라, 개인정보를 수집하는 사기업체에 신상 정보를 넘긴 듯했다.

그래도 기다려 보기로 했다. '면접 알림' 같은 유의미한 전화가 걸려 오기를.

그런 일은 일어나지 않았다.

눈높이를 대폭 낮추었다. '대졸 이상'이라는 말이 적혀 있지 않은 업체에도 이력서를 던졌다. 중장년 이상의 나이여도 괜찮고 주부도 괜찮다고 하는 곳. 꼬리표처럼 '컴퓨터 활용 능력'이 있으면 '우대'한다는 곳이 많았다.

자격증은 없지만, 컴퓨터는 활용하고 살지. 한글은 문서 타자뿐 아니라 표도 잘 그리면 되지 않아? 나 정도면 타자 속도는 엄청 빠르고. 엑셀은 뭐, 문서 열고 읽을 수 있으면 되지 않나? 엑셀을 한글처럼 자유자재로 사용할 수 있는 건 아니지만. 검색? 인터넷뱅킹 사용, 웹서핑? 그런 걸 갖고 컴퓨터를 활용한다고 하는 건가?

처음부터 잘하는 사람이 어딨어. 업무는 일하면서 배우는 거지!

그래도 궁금했다. 도대체 어느 정도의 컴퓨터 활용 능력을 말하는 건지. '우대'는 또 어떻게 하겠다는 것인지. 컴퓨터 활용 능력이 우수한 사람을 먼저 채용하고, 급여 면에서 컴퓨터에 능숙하지 않은 사람보다 더 대우해 주겠다는 것인지.

꼭 이력서를 날리지 않아도 되는 곳도 많았다.

성명, 나이, 성별, 사는 곳만 문자로 보내면 된다는 곳들!

어떻게 사람을 뽑으면서 문자만으로도 충분한지 의아했지만 속는 셈 치고,

〈김모모, 46, 여, 수원〉

키패드를 눌러 전송했다. 문자를 보낸 지 3분 만에, 득달같이 전화가 걸려 왔다. 정중한 목소리로 김모모 씨 되시느냐 물었고, 우리 회사에 지원해 주셔서 감사하다고까지 했다.

이런 러브 콜이라니!

"인신매매단 아냐? 왜 당장 오라고 하지? 이력서도 안 보고 왜 오라는 거야? 납치해서 섬에 파는 거 아냐?"

남편도 조금은 의아해했다.

"인터넷으로 검색되는 업체라며? 그런 데만 이력서 보냈을 거 아냐?"

"문자 지원하는 데도 많아. 근데, 수상쩍잖아. 뭘 믿고 당장 오라는 거야? 면접은 형식적인 거고, 바로 일 시킬 기세더라니까. 공장에서도 이렇게 사람을 막 쓰지는 않을걸."

"3D 업첸가 보지. 우리나라 사람들 못 구해서 외국인 노동자들 데려다 쓰잖아. 생산직, 공장 같은 데도 지원했어?"

"아니, 사무실 근무, 사무직 비슷한 곳만 했는데!"

몇 날 며칠 떨다가 결심을 굳혔다.

J일보 고객센터라는 곳에 가 보기로 했다. 국내 굴지의 신문

사 중 하나인 그곳, 고객의 불편을 해소해 주고 고객을 위한 일을 하는 곳이라면 '인신매매단' 같은 사기업체는 아닐 테니까.

전화통을 붙잡고 종일 전화를 걸거나 받는 일, 자신은 없지만 부딪쳐 보면 해 볼 만한 일일지 모르잖아. 그놈의 컴퓨터 활용 능력이란 것도 얼마나 대단한 능력을 말하는지 궁금했다.

*

가산디지털단지역에 닿자 젊은 사람들이 뭉텅이로 쏟아져 나왔다. 콜센터는 매우 컸고 매우 넓었다. 육중한 빌딩의 두 개 층에 나뉘어 있었는데, 내가 간 곳은 6층이었다. 양계장으로 들어간 듯했다. 다닥다닥 붙은 책상들이 끝도 없이 이어졌고 헤드셋을 끼고 앉은 사람들이 보였다.

채용 담당자는 친절했다. 월, 화, 수 사흘 교육, 수요일 필기시험, 시험 통과자는 목요일과 금요일 동석 교육, 6일째부터 근무에 투입된다고 했다. 교육 기간엔 일당 2만 원의 수당이 지급된다고 했다. 교육도 해 주고 돈도 준다니! 대기업이라 복지가 남다른가 보았다.

함께 교육받는 사람은 열두 명이었다. 오전은 주입식 강의.

친절한 목소리와 적절한 성량을 유지하고 발전시키는 방법, 상담 기본수칙과 매뉴얼, 그곳에서 사용하는 용어들, 각 부서가 담당하는 업무, 고객의 유형과 '진상' 고객 대처법.

고등학교를 갓 졸업했다는 아가씨, 물류센터에서 일하다 왔다는 삼십 대 초반의 청년, 콜센터만 돌아다녀 봤다는 경력자, 전업주부 노릇만 하다가 두 딸이 고등학교 들어가는 바람에 학원비라도 벌어야 한다는 여성, 그들은 하나같이 일자리가 없어도 너무 없다고 성토했다.

"나 같은 경력자는 그냥 실전에 투입해도 되는데, 가는 곳마다 그놈의 교육을 꼭 하네. 백화점, 전화국, 이동통신 회사, 홈쇼핑, 안 가 본 데가 없어요. 이게 절대로 오래 할 수가 없는 일이라, 하다가 때려치우고, 놀면 뭐 해? 하면서 다시 하곤 했죠. 이곳 상담원이 편해 보이더라고요. 말하자면 여기는 대기업 안내 데스크 같은 곳이에요."

"난 어떻게 된 게 남들 다 붙는 필기에서 매번 떨어져요. 운전면허도 필기에서 여러 번 떨어졌는데, 머리가 돌인가. 한 번이라도 좋으니 제발 필기시험에 붙어 봤으면 좋겠어요."

"난 작정하고 교육만 받아요. 하루에 2만 원이 어디예요? 여기처럼 사람 모아서 교육하는 데가 엄청 많아요. 20일 교육받으면 40만 원은 버는 거니까. 오늘은 처음이라 사 먹는 거지, 도시락 갖고 다니면서 최대한 남겨요!"

월, 화, 수 교육을 받았다. 틈틈이 그곳에서 나눠 준 프린트물을 들여다봤다. 수요일 교육을 마치고 간단한 필기시험에 응했다. 60점 이상이 통과 기준이었다.

문자로 지원했듯 합격 문자도 집에서 받았다. 인사 담당자가 합격을 축하한다며, 내일 아침 9시까지 출근해 달라고 정중히 알려 왔다.

선배 상담원 최씨 옆에 앉았다. 그의 통화 내용을 들을 수 있는 헤드셋을 썼다. 수신 상태가 매우 불량했다.

고객 불만의 내용은 몇 가지로 구분됐다.

－신문이 안 왔다. 어제도 그제도 전화했는데, 왜 개선이 안 되느냐.

－신문이 비에 홀딱 젖었다. 이런 식으로 배달하면 되냐.

－신문을 그만 보고 싶다. 나는 왜 서비스를 안 주느냐. 누구는 상품권도 주고, 현금도 주고, 무료구독 기간도 긴데, 나는 그게 왜 없냐.

－시력이 나빠져서 신문을 못 보겠다.

－외국에 나간다. 신문을 정지해 달라.

－위약금 때문에 신문을 못 끊는다. 싫다는 사람한테 마트 앞에서 상품권 주고 구애하길래, 억지로 보기 시작했다. 의무구독 기간이 언제까지냐, 줄여 주면 안 되느냐.

－요즘 신문은 신문인지 광고지인지 모르겠다. 쓰레기다. 쓰레기를 돈까지 줘 가면서 봐야 하냐.

－신문 기사가 맘에 안 든다. 왜 현 정권을 까대냐.

두 시간 동석하는 동안, 욕설을 내뱉는 진상 고객은 없었다.

최씨는 눈이 나빠져서 신문을 볼 수 없다는 고객의 요구만 선선히 들어주고, 신문을 끊고 싶다는 고객에겐 두어 번 설득하는 말을 했다. 설득이 되지 않으면 해지방어부서로 연결했다.

"정해진 최소 콜 수는 채워야 해요. 못 채우면 혼나요. 해지는 되도록 막고요. 해지방어 성공하면 실적에 들어가요. 못 막으면 감점이에요."

"홈쇼핑 콜센터는 죽어 나가요. 물건이 맘에 안 든다, 사이즈가 안 맞다, TV에서 보던 것과 다르게 허접하다. 환불해 달라면서 욕하는 사람, 생떼 쓰는 사람도 많고, 다짜고짜 성희롱해 대는 사람들도 많고. 여긴 그래도 콜센터 중에선 편한 거예요. 신문 보는 사람들은 다 점잖잖아요."

신문 보는 사람이면 점잖다니, 지나치게 일반화하는 것 같았지만, 나는 토를 달지 않았다. 어쨌거나 다른 곳보다는 진상이 적다는 말이었다.

최씨는 전화가 오는 틈틈이 물을 마셨고, 이러저러한 사항을 알려 주었다.

헤드셋에서는 잡음이 계속 났다. 신경에 거슬리는 그 소리를 나도 똑같이 들었다. 고객에게도 잡음이 들리는지 큰 소리로 말해야 했다. 고객 응대를 하고 있는데, 모니터엔 무시로 알림 창이 떴다. 콜 많이 받은 사람 순위, 콜 적게 받는 최하위 순위. 순위를 매기고 경쟁을 시키는 거였다.

그 팝업은 고객의 요구 사항과 조치 사항을 입력하는 데 방해가 되었다. 전국의 신문지국과 보급소의 위치를 열람하며 입력도 하고 고객과 교감하며 불편을 없애 주는 데 걸림돌이 되었다. 팝업은 읽고 넘어가야 했다. 그냥 꺼지지 않았다. 화면 가운데 떡하니 나타나서 입력하는 창을 가렸다. 보고 싶지 않아도 보아야 했고, 볼 때마다 기분이 상할 만큼 고압적인 문구가 적혀 있었다.

"왜 자꾸 뜨는 거야!"

상담원 2년 차인 최씨는 팝업창이 뜰 때마다 스트레스를 받는 듯했다. 회사의 알림창, 이른바 경고성 공지사항이 다른 어떤 진상 고객보다 더 최씨를 자극하는 듯했다.

전화를 빨리 받으라고, 대기 콜 수가 현재 몇 통이라고 고래고래 악쓰는 팀장의 목소리가 들렸다. 개인별로도 콜을 많이 받게 독려하지만, 팀별로도 경쟁을 시켰다. 팀장은 팀원들을 채찍질했다. 콜 수를 채우기 위해 그들은 화장실에 다녀오는 시간도, 커피를 타러 가는 시간도 줄여야 했다. 콜을 많이 받는 상위 열 명에 들려 하진 않아도, 베스트 하위 명단에 이름을 올리고 싶어 하진 않았다.

고객과의 상담 내용을 축약하여 타이핑해 넣고, 그곳 프로그램의 이곳저곳을 열었다 닫으며 조치 사항을 입력하는 것, 그 정도의 컴퓨터 활용 능력을 요구했다. '우대'를 해 준다더니, 어떤 우대를 해 줄 수 있나? 컴퓨터 자판에 익숙하지 못하면, 타이펑이 빠르지 않으면 채용이 되었다가도 잘릴 것 같았다.

5일간의 교육이 끝났다. 휴게실에서 신입 인사도 했고, 상담원이 되신 것을 축하한다는 박수도 받았다. 열두 명 가운데 교육에 통과한 사람은 다섯 명. 필기에서 탈락한 건지, 지레 포기하고 안 나왔는지, 반타작도 안 되는 상담원 동기가 태어났다. 콜센터 경력자라는 여자는 동석 교육 없이 다른 층에 있는 아웃바운드로 배치됐다. 우리는 걸려 온 전화를 받고 응대했지만, 그곳은 전화를 걸어 신문을 보시라, 주간지를 보시라, 권유하는 거였다. 신문을 구독시키고, 주간지 구독에 성공할수록 보수는 올라갈 거였다.

"저처럼 허스키하면서 비염 섞인 코맹맹이에 발음마저 부정확한 사람이 상담원을 할 수 있을까요? 발음이야 볼펜 끼고 아야어여, 산토끼 노래를 불러서라도 교정하면 되지만 제 목소리 자체가 좀……."

통화를 한 건 최씨였는데, 벌써 내 목이 심하게 잠겨 버렸다. 편도 어디쯤이 갈라지고 터진 듯 목이 말랐다.

"나 봐요, 나도 목이 자주 잠기고 둔탁한 편인데, 일하잖아요."

텀블러의 물을 마시며 최씨가 격려해 주었다.

"나는 콜 별로 못 받아요. 중간에서 뒤쪽이라고 할까? 콜 많이 받는 언니들은 월급도 많다는데, 난 그렇게까진 못 해요."

전전긍긍하는 사이 시간은 흘렀고, 이번 차수의 신입들은 사무실로 모이라는 전갈이 왔다.

그곳의 사무직 남자는 양식을 나눠 주었다. 근로계약서였다. 최저시급이지만 줄 건 다 준다. 주휴수당, 성과급, 연차휴가……. 남자의 설명은 자세하고 친절했다. 누군가의 질문에도 성의껏 답했다.

물류센터에서 일하다 왔다는 젊은 남자의 표정은 어두웠다. 새로이 직장을 찾았고 근로계약서에 날인까지 했건만 기대하는 바가 없다고 했다.

〈죄송합니다. 상담원으로 일할 자신이 없네요.〉

문자로 지원했듯, 나는 퇴사도 문자로 했다. 가방 속에서 잉크가 덜 마른 근로계약서를 꺼냈다. 언론 대기업의 로고가 박힌 근로계약서였다. 소용없는 종잇장이 되었지만 찢거나 휴지통에 버릴 수 없었다. 대기업 근로계약서는 이렇게 생겼구나. 계약서의 각 조항을 천천히 읽어 내려갔다.

문자 지원 했을 때처럼 득달같이 전화가 걸려 오지는 않았다. 어느 날 갑자기 출근하지 않아도, 전화를 받다가 은근슬쩍 사라져도 그곳에서는 이상한 일이 아닐 거였다.

*

보험회사 지국에서도 '당장' 오라고 했다. 오전에 지원했는데, 오후에 전화 와서 오늘 꼭 사무실로 방문해 달라고 했다. 어찌나 간곡한지 상냥한 아가씨의 청을 일언지하에 거절하기가 뭣했다. 뭐 하는 곳이길래, 바로 오라 하는가. 서류관리직? 처음 듣는, 생소한 직종이었다.

나는 도서관을 연상했다. 책 찾아 주고, 대출해 주고 반납 처리하는 일을 떠올렸다. 책상마다 무수히 많은 A4지 서류 더미가 있다. 서류만 가득한 창고 같은 방이 따로 있는지도 모른다. 필요할 때마다 담당자가 어떤 서류를 찾아오면 된다고 말하는 모습, 복사하고, 무수한 서류들을 종류별로 분류하고 호치키스로 찍는 모습을 상상했다.

"과일가게처럼 무거운 거 드는 것도 아닌데, 서류 뭉치가 무거워 봤자지. 설마 복사 용지 한 박스, 두 박스 분량의 서류를 한꺼번에 들라고 하겠어? 영문으로 된 서류를 찾아오라 하겠어? 아니다 싶으면 돌아오지 뭐."

크고 깨끗한 건물이었다. 1층 안내 데스크에서 멋지게 차려입은 젊은 여성이 백화점 개점 시간에 들어서는 손님에게 하듯 깍듯이 인사했다. 나는 곧바로 4층으로 올라갔다.

양탄자가 깔려 있어 걷는 소리조차 들리지 않았다. 고요하고 깨끗한 사무실 어딘가로부터 은은한 향수 냄새와 커피 향이 실려 왔다. 유리문 너머로 매끈하게 정장을 차려입은 사람들이 보였다.

이곳이 직장인 사람들은 좋겠네!

실은 1층 입구에서부터 마음이 움직였다. 엘리베이터를 타고 4층으로 올라와선, 레드카펫 위에라도 선 것처럼 설렜다. 투명한 자동유리문 앞에서 문이 열리도록 스위치를 누를 무렵, 나는 완전히 항복했다.

먼지 한 톨 없는 쾌적한 이곳에서 일할 수 있다면! 나는 벌써 마음을 빼앗겼고, 근무할 준비가 되어 있었다. 심호흡하고 긴장감을 다스렸다.

오른쪽과 왼쪽에 책상 몇 개가 도열해 있었다. 멀리 보이는 창가에는 길고 긴 회의용 탁자가 놓여 있었다. 이 넓은 사무실에 근무하는 직원은 얼핏 보아도 열 명이 채 되지 않았다.

아마도 이 건물 어딘가에는 보험을 들라고 권유하는 사람들이 근무하고 있을 터였다. 영업은 자신 없는 분야였다.

제대로 된 직장생활이라곤 결혼 전의 몇 년이 고작이었다. 나는 감개무량이라도 맛보게 될지 모르는 이곳에서의 일에 대해 상상했다.

이처럼 깨끗한 사무실에 앉아 서류를 관리한다니, 관리! 서류 관리! 그런 일이 있다는 것 자체도 신기하고, 오전에 구인광고를 발견한 걸 커다란 행운으로 여겼다.

직위가 가장 높아 보이는 사십 대 후반쯤의 말쑥한 양복 차림 남자와 탁자를 사이에 두고 마주 앉았다. 그가 몇 줄 되지 않는 내 이력서를 들여다보는 동안, 나는 그곳에서 일하는 몇 안 되는 여자들을 재빠르게 훑었다. 책상에 앉아 있는 사람들, 그들은 묵묵히 모니터를 들여다보고 있었다. 내가 가장 나이가 많을 거야. 주눅이 들었는데, 입구 오른쪽에서 고요히 일하는 사람들의 면면을 보니 꼭 그렇지만도 않아 보였다.

면접은 간단했다. 서비스가 생활화되어 있는 사람들이어서 그런지 매너가 좋았다. 젠틀맨. 그는 내게 잘 부탁한다며 손을 내밀었다. 여직원이 다가왔다. 이왕 오신 김에 내일부터 할 일을 한 20분 정도 교육받고 가시겠느냐고 물었다. 마다할 이유가 없었다.

"간단한 일이에요."

오늘 자로 근무 끝이라는 여자가 강조했다. 서류 뭉치란 눈을 씻고 봐도 보이지 않았다. 서류 더미가 산적해 있을 것 같은 방도 보이지 않았다. 그녀는 컴퓨터의 모니터를 가리켰다. 그녀가 어떤 곳을 클릭하자 자동차보험 서류 목록이 좌르륵 나타났다. 모두 팩스로 접수한 서류라고 했다. 서류를 하나 클릭했다. 깨알 같은 글씨로 가득한 자동차보험 계약서가 나타났다.

먼지 가득한 서류 더미를 헤집는 상상을 하다니! 도서관을 떠올리다니! 시대가 어떤 시대인데, 나도 참 많이 뒤떨어졌구나. 괜스레 경력단절 여성이라 부르는 게 아니구나.

나는 두 눈을 잔뜩 찌푸렸다. 고도 근시, 고도 난시로 몇십 년을 살아왔지만, 그간 안경을 쓰면 그럭저럭 보는 데 지장이 없었다. 의자를 바짝 끌어당겨 앉았다. 눈을 부릅떴다. 글씨들이 보이지 않았다. 건조증이 심해서 그런가? 눈을 몇 번이나 깜박이고 양미간을 모아 초점을 맞춰 보려 했지만, 깨알 같은 글씨들은 여전히 뭉개져 보였다.

안경을 쓰고도 글씨가 보이지 않는 것은 다 이유가 있었다.

모니터 자체가 작았다. 어디서 이리 손바닥만 한 기계를 가져왔나? 소꿉장난하는 것도 아니고. 이것 말고 큰 모니터 없나? 나는 다른 이의 책상을 두리번거렸다. 모두가 똑같은 사양인 듯, 똑같은 모양, 똑같은 크기의 모니터를 들여다보고 있었다.

여자는 열심히 설명해 주었지만, 나는 도통 따라갈 수 없었다.

"저기, 이 서류를 좀 확대해서 볼 수 없어요? 전 잘 안 보이는데."

"뭐가 안 보인단 거예요?"

"다요. 전체적으로 이걸 크게 확대할 수 없어요?"

그러면서 나는 모니터의 한 곳을 가리켰다. 고객의 서명이 휘갈겨진 곳을 여자는 부분 확대했다. 내가 원하는 것은 서류 한 장 자체를 전체 화면으로 꽉 차게 띄우는 거였는데, 여자는 특정 글씨에 돋보기를 갖다 대듯 했다. 그조차도 오래 들여다보고 있을 순 없었다. 돋보기 기능이 금방 닫혔다. 여자는 무척 답답해하고 있었다.

"한 번만 더 설명할게요."

여자의 목소리 톤이 높아졌다. 곧 성질이라도 낼 것처럼 마우스를 딱딱거렸다.

고객의 계약서류와 대조해야 할 서류, 수정해야 할 사항을 타이핑해 넣어야 할 곳으로 그 작은 화면이 3분할 되어 있었다.

"눈이 많이 나빠졌나, 전 잘 보이지 않아요. 이 글씨들이."

여자는 빨리 설명하고 자리를 뜨고 싶은 눈치였다.

"단순한 거라서 서너 번 설명하면 다들 알아듣는데! 직접 해 봐요."

내 손은 매우 느렸다. 마우스의 화살표가 갈 곳을 잃었다. 커서가 아무 데서나 깜빡였다. 여자가 내질렀다.

"이건, 장애인도 할 수 있는 일이에요. 중학교, 고등학교 안 나와도 할 수 있고요!"

"저는 힘드네요, 익숙하지 않아서 그런가……."

불과 얼마 전, 신문사 고객센터에서 교육받을 때도 이토록 안 보이지 않았다. 뿐인가? 오늘 아침에도 우리 집 내 책상 위에서 인터넷 검색을 했고, '알바몬'에서, 여기 구인광고를 보고 지원했지 않은가. 불과 몇 시간 만에 시력이 확 나빠질 리는 없고, 이곳의 모니터가 너무 작은 것, 게다가 3분할로 창을 띄워 작업해야 하는 시스템을 내 눈이 감당하지 못하는 거였다.

지금도 여전히 팩스가 들어오고 있었다.

여자의 손은 매우 빨랐다. 타이핑할 것은 거의 없었다. 마우스 몇 번 클릭이면 고객이 서류에 적어야 할 것을 다 적었는지,

서명을 안 한 곳은 없는지 알아볼 수 있었다. 어쩌다 고객의 사인이 빠진 곳이라도 있으면 어느 부분에 서명 누락이라고 타이핑하면 되었다.

여섯 명의 여자들이 이 일에 매달리고 있었다. 그들은 온종일 말할 필요도 없이 화면만 들여다보고 오른손으로 마우스를 부지런히 놀리고, 간혹 몇 글자씩 타이핑했다.

"일 시작하면 한 시간도 안 돼서 빠르게 일할 수 있을 거예요."

여자는 가방을 챙기고, 이곳의 사무직인 젊은 여성으로부터 그간 열심히 일해 주셔서 감사하다는 인사를 받으며 사라졌다.

집에 와서 옷장을 뒤졌다. 정장까지는 아니더라도 아무렇게나, 잠바때기를 걸치고 다닐 수 없었다. 매일매일 출근하려면 옷을 한두 벌 사야 할 거였다. 옷장을 뒤지면서도 마음 한편에 걱정이 떠나지 않았다.

모니터가 너무 작아. 글씨가 보이지 않아.

집에 있는 컴퓨터 앞에 앉았다. 내 모니터는 24인치였다. 그곳의 모니터는 12인치도 안 되어 보였다. 모니터만 크면 보일 것 같은데. 나는 전전긍긍했다. 내일 출근해서 혹시나 일을 못하게 될까 봐. 내 집에 있는 모니터를 갖고 가면 안 될까? 모두가 똑같은 크기의 책상에 똑같은 높이, 똑같은 칸막이에 둘러싸여, 같은 모니터를 들여다보고 있는데, 나 혼자 유별나게 본체에서 모니터 연결 잭을 찾아 빼고 자시고 할 수 있을까? 첫

날부터 눈에 띄게 오버하고 싶진 않아. 그럼, 일은 어쩌지? 걱정으로 밤에 잠이 오지 않았다.

　다음 날 아침 7시 35분, 집에서 나왔다. 7시 48분, 버스에 올랐다. 버스 바퀴가 느릿느릿 굴렀다. 한 정거장 한 정거장이 힘겨웠다. 러시아워의 교통 정체는 대단했다. 상공회의소를 지났다. 버스가 움직이는 시간보다 신호대기 하는 시간, 지체하는 시간이 더 많았다. 장안문, 팔달문, 중동사거리, 빈센트병원을 거쳐 인계사거리에서 내려 D손해보험사까지 한참 걸어야 했다. 구만리 같은 시간은 잘도 흘렀다. 8시 20분, 30분, 35분. 이제 겨우 장안문이 보였다.

　첫날부터 지각이라니!

　내 계산과 영 달랐다. 나는 이 출근을 지속할 수 없었다. 버스는 꿈쩍하지 않았다. 이대로 8시 40분, 50분이 될 거였다. 누가 첫 출근부터 지각하는가! 허겁지겁 그곳에 들어서고 싶지 않았다. 모두가 이 어처구니없는 아줌마를 한심하게 쳐다볼 거였다. 그곳의 모니터도, 깨알 같은 화면 속 글자들도 걱정되었다. 나는 출근을 포기했다. 채용 담당자에게 문자를 보냈다.

　〈어제 일하겠다고 했던 김모모입니다. 도저히 자신 없네요. 출근 않겠습니다. 죄송합니다만 다른 사람 뽑으시길요.〉

　8시 55분, 버스에서 내렸다. 나는 집까지 걷기로 했다. 터덜터덜 무거운 걸음을 옮겼다.

남편은 보험회사 영업직도 아니고 서류 관리라며, 아까운 일자리를 걷어찬 거 아니냐고 물었다.

"사무실에서 앉아 일하면 다 사무직인가? 내 보기엔 눈동자 노동 같은데. 단순 반복 눈동자 노동. 컨베이어벨트에서 온종일 나사 조립하는 것과 뭐가 다른지 모르겠어. 그놈의 모니터나 좀 크면 좋겠어. 뭐가 보여야 말이지. 시력이 정말 안 좋아졌나 봐."

*

보험사를 끝으로 더는 사무직, 사무실에서 하는 일자리를 찾지 않았다. 전문직이 아닌 이상, 특별한 경력자가 아닌 이상, 컴퓨터 자격증을 갖고 있지 않은 이상, 그런 일이 지천명이 코앞인 내게 돌아오진 않을 거였다. 여름에 시원하고 겨울에 따뜻한 사무실 일이란 다시 태어나지 않는 한 내게 오지 않을 거였다. 나는 다시 몸뚱이 노동의 세계로 뛰어들었다.

세상엔 이렇다 할 경력이 없어도, 나이 불문, 성별 불문, 자격증이 없어도, '어서 오십시오' 하는 곳들이 많았다. 생활정보지엔 그런 일자리들이 수두룩했다. 나는 대학병원 간호보조원에 도전해 보기로 했다.

대학병원 특성상 3교대 근무였다. 밤낮이 팍팍 바뀌고, 애 밥 챙겨 주는 일을 또다시 남편에게 맡겨야 하는, 남편이 출장을 가고 없는 날이면 아이 혼자 밤에 있어야 하는 게 마음에 걸렸지만, 어쨌거나 나는 그곳에 가 보기로 했다. 대학병원 지하 3층 인력파견업체에서 '박 실장'을 만났다.

"이런 일 해 본 적 없으신데, 괜찮으시겠어요?"

"수습 기간 같은 거 있지 않나요? 교육도 해 주시지요? 해 보면 알겠죠."

보조원 일을 하려면, 건강검진부터 받아야 했다. 무료가 아니었다. 무려 13만 원을 내고 키, 몸무게, 피 검사, 엑스레이 검사 등을 받았다. 결핵이 있거나 다른 질병이 있으면 보조원 일을 하지 못할 터였다.

"미세하지만, 작은 소리를 못 듣네요. 오른쪽 청력이 더 안 좋고요."

시장통의 확성기 밑에서 두어 달 시달린 탓인가? 원래부터 안 좋았나? 아직 실생활에선 별 불편함이 없지만, TV 볼륨이 높아지고, 호르몬의 변화와 함께 목소리가 커질 것이다. 예정된 절차처럼 나이는 먹을 것이고 녹슬어 가는 자동차 부품처럼 몸의 여기저기가 삐걱거릴 것이다.

"몸을 움직이는 게 좋아요. 운동 좀 하세요."

피는 거짓말하지 않았다. 운동과 담쌓고 살아온 증거는 명확한지, 의사가 나의 게으름을 탓했다.

건강엔 별 이상이 없었다. 보조원으로 일하지 못할 사유가 없다는 판정을 받았는데, 인력파견업체 박 실장은 집에서 대기하라고, 보조원 자리가 나올 때까지 기다리라는 거였다.

열흘 남짓 지나자 박 실장으로부터 전화가 걸려 왔다. 산부인과 집중치료실과 수술실에 자리가 났다. 일반 병동은 빈자리가 나오지 않았다면서 해 보겠느냐고 했다.

산부인과와 일반 병동 근무의 차이는 '피'를 보는 거라고 했다. 일반 병동은 환자를 옮기고, 산소통을 채워 오고, 침상 시트를 갈고 그 밖에도 몇 가지 잡무를 한다고 했다. 산부인과는? 진통이 와서 비명을 지르는 산모, 하혈하는 산모를 무수히 보아야 할지도 몰랐다.

"피를 보는 건 좀……."

"일반 병동 자리 나올 때까지 더 기다리시겠어요?"

"얼마나 기다려야 할까요?"

"몰라요. 기다려 봐야죠."

건강검진 비용까지 투자했는데, 실업의 나날을 미룰 수는 없었다.

"해 볼게요."

홍 보조원은 반색했다.

"두셋이 할 일을 혼자 하려니 힘든 건 말할 것도 없고요. 며칠째 말 상대 없이 환장하는 줄 알았어요."

그녀는 인수인계만 끝나면 그만두기로 했단다.

홍 보조는 험담의 여왕이었다. 보조원이 해야 할 일을 말로, 몸으로 가르쳐 주며 의사, 간호사, 환자들의 뒷말을 무진장 했다. 뒷말에는 칭찬이 별로 없다. 그녀의 말에 따르면 의사, 간호사가 상주하는 이 병원에 제대로 된 인간이란 없었다. 수습 딱지조차 못 떼고 떠난 보조원들까지 흉봤다.

"왜 무조건 뽑겠어. 3개월을 버텨 내는 인간이 없거든. 일이 너무 힘드니까. 3개월 버티고 수습 떼는 인간이 1년에 열 명 있으면 많은 거야. 3개월은 바라지도 않아. 한 달만 버텨도 대단한 거지. 보름, 일주일도 대견해. 하루 나오고 안 나오는 사람도 부지기수야. 반나절이 뭐야, 두 시간도 못 돼서 도망친 사람도 봤어. 이런 덴 줄 생판 모르고 왔다가 기겁한 거지. 근데 신기하게 여기는 대학 나온 여자들이 꽤 오더라. 대학 나왔으니 할 줄 아는 게 뭐 있어. 집에서 놀다 멋모르고 왔다가 달아나는 거지. 이런 일 아무나 하나……."

홍 보조의 끝없는 뒷말에 머리가 딱딱 아팠다. 이 아줌마는 뒤돌아서면 누군가에게 내 흉을 보겠지. 누가 또 왔는데, 꼴에 대학은 나왔다던데, 어리바리해서는 말귀도 어둡고 잘 웃지도 않고 영 밥맛이야!

간호사들은 차갑기 그지없었다. 차갑다기보다는 보조원에게까지 살가울 만큼 한가하지 않았다.

"자기가 이해해. 쟤들이 종일 의사, 아기, 자기보다 높은 간호사, 산모, 산모 가족에게 시달리잖아. 무슨 웃을 힘이 남아서 우리한테까지 방긋방긋 다정하겠어. 말하자면 우린 저 간호사들의 노예나 마찬가지거든. 노예는 좀 심했나? 그래 하녀야, 하녀! 근데 싹수가 밥 말아 먹은 년도 있어. 우리가 지들 엄마나 이모뻘 나이 아냐? 그런데도 저것들이 시어머니 모시듯 하지 않고, 며느리 잡듯 족친다니까. 특히 저년!"

막상 그 간호사가 다가오자 홍 보조는 방긋 웃으며 나불댔다.

"어머, 김 간호, 요새 갈수록 피부가 좋아지네. 연애라도 하나 봐."

나는 이 홍 보조원의 수다가 버거워서 빨리 인수인계가 끝나서 홍 보조가 떠나 버렸으면 싶었다. 심심하진 않았지만 어마어마한 수다를 상대하노라면 뒷골이 띵하고 혀가 절로 내둘러졌다.

"모모 보조원님, 이거 내일까지 다 외워 와요."

간호사가 서류를 내밀었다. 인력파견업체 박 실장으로부터도 작은 수첩을 받았다. 병원 내 진료과나 부서의 위치, 병원에서 쓰는 용어 등이 사전처럼 적혀 있었다.

"홍 보조원님은 이거 다 외우셨어요? 난 영 자신이 없네."

간호사가 건네준 A4지엔 산부인과 병동에서 쓰는 일체의 수술 도구, 기구 들의 그림과 이름 등이 나열되어 있었다. 하나하나 세어 보니 무려 120개였다. 일상에서 자주 쓰는 용어도 아니고, 순 영어 말이 절반, 영어와 기호와 숫자가 섞인 것이 절반이었다.

"간호사님들은 이걸 다 외운대요?"

"간호대학 나왔는데 왜 못 외우겠어."

"이거 못 외우면 정말 일 못 해요?"

"뭘 못 해? 잔뜩 적혀 있지만 자주 쓰는 건 스무 개밖에 안돼."

"스무 개나 외우셨다고요? 머리가 좋으신가 봐요."

"맨날 저것들에 지청구 먹어 봐. 저절로 외워지지!"

다음 날 간호사는 외웠는지 안 외웠는지 묻지 않았다. 하지만 어디 가서 뭘 가져오라고 시켰다. 어디는 몇 군데 중의 하나일 테니 대충 찾아갈 수 있었다. 그런데 무얼 찾아오라는 건지 도통 알아들을 수 없었다. 뭐라고요? 다시 말씀해 주실래요? 물어볼 수도 없었다. 그들은 매우 바빴다. 초보 보조원과 말 섞느니 직접 가져오는 게 더 빠르다고 여겼는지 내가 머뭇거리면 직접 가서 들고 왔다. 기구를 들고 이게 이거라고 설명해 주면 좋겠는데, 그럴 필요도 시간도 없다는 듯 지나쳤다.

"우리가 지들처럼 간호대학을 나왔어 뭘 했어? 이 많은 도구, 수술칼, 기계 들을 어찌 알아? 지들은 밥 먹고 맨날 하는 짓이니까, 머리가 팽팽 돌아가는 것들이니 외워지겠지!"

나는 벌써 얼어붙었다. 홍 보조원의 거친 입과 각종 기구의 그림과 이름이 잔뜩 적힌 서류를 넘겨 보다 심하게 졸아붙었다.

자신 있게 할 수 있는 건, 산모들의 침상 밑에 있는 소변기를 비우고, 물로 헹구고, 소독기에 집어넣어 건조하는 것, 산모를 휠체어에 태우고 초음파 검사실에 모셔 갔다가 검사가 끝나면 모셔 오는 것, 산모의 검체를 들고 어디 검사실에 갖다주라면 다녀오는 것, 환자가 입원했다 퇴원했다 할 때마다 병상 시트를 가는 것, 커튼 교체하기 등이었다.

그러다가 대형 사고를 쳤다.

중증의 임산부 환자가 가슴과 팔뚝과 몸의 여기저기에 줄을 매달고 무슨 검사를 하는 기계에 몸을 맡기고 있었다. 환자의 검사는 끝났고, 간호사는 환자의 몸에 걸쳤던 기구들의 줄을 떼어 냈다.

나는 부리나케 가서 기구에 붙어 있는 줄을 돌돌 말고, 정리했다. 전원의 코드를 뽑는 순간, 어! 간호사들이 일제히 나를 쳐다봤다. 코드를 빼면 절대 안 되는 일이라는 걸 누구도 가르쳐 주지 않았다. 나는 너무 성급히 기계의 전원코드를 빼 버렸다. 산모의 검사 결과가 그들의 컴퓨터로 전송되기 전이었다.

죄송합니다! 죄송합니다!

미안해서 몸 둘 바를 몰랐다. 간호사들이 어이없어했고, 수간호사가 이 사태를 어떡하지? 난감해했다.

환자에게 이실직고할 수는 없었다. 환자에게 한 가지 더 검사해 봐야 할 게 있다고, 다시 한번 검사하자고 말했단다. 보조원이 컴퓨터 전원을 잘못 꺼서 그리된 거라고는 밝힐 수 없었다. 보조원도 병원의 구성원이었다. 환자에겐 보조원의 잘못도 병원의 잘못인 거였다.

첫 주는 주간 근무였는데, 둘째 주는 야간 근무였다. 금요일엔 분만실을 청소한다고 했다. 홍 보조원은 잔뜩 겁주었다.

"분만하고 나면 얼마나 끔찍한지 알아? 여기는 중환자실이야. 애가 건강히 태어나도 피를 봐야 하는데, 애가 잘못되면 그 시체를 비닐에 넣어 냉동실에 넣어 둔다고!"

"그걸 우리가 직접 해요?"

"우리가 간호사도 아닌데 뭘 직접 하겠어? 분만실 청소가 쉽지 않다는 거지! 피 본다는 말 못 들었어?"

다음 날 인력파견업체 유니에스로 갔다. 박 실장에게 그만두겠다고 했다. 박 실장은 이유가 뭐냐고 물었다.

"무서워요. 기구 이름도 어렵고. 소변기 비우는 것밖에 제가 할 수 있는 게 없어요. 일도 못하면서 거기 앉아 있는 거, 보조원님! 하고 부를 때까지 초조히 대기하는 거, 가시방석이라고요."

"알았어요. 할 수 없죠."

"잡지도 않으시네요."

"붙잡으면 일 계속하실 거예요?"

"아뇨."

"오래 일할 사람 구하기 정말 힘드네요."

"내일부터 안 나와도 돼요?"

"사람 구할 때까지 있어 주셔야 해요."

"홍 보조원님 계시잖아요."

"그분도 완전히 그만뒀어요. 내일부터 안 나올 거예요."

"저도 못하겠어요."

"알았어요. 암튼 사직서 좀 써 주세요."

"며칠이나 일했다고 사표까지 써요?"

"며칠이라도 일하신 거 받으셔야죠. 참, 근로계약서도 써야 하는데."

사직 이유에 '업무 능력 없음'이라고 적었더니, 직원이 그렇게 쓰면 안 된다며 새 양식을 가져왔다. 나는 직원이 짚어 주는 곳에 직원이 불러 주는 대로 '개인 사정'이라고 적고 금일 날짜, 이름을 적고 서명했다. 직원이 근로계약서도 프린트해 주었다. 한 달 급여가 얼마라는 것, 어쩌고저쩌고하는 계약서를 훑어보지도 않고 서명했다. 사직서와 근로계약서를 동시에 작성하고 있는 사이에도 직원은 전화통을 붙들고 있었다.

"사직서 안 쓰고 가면 어쩌라는 거예요. 한번 오셔서 사직서 쓰고 가세요. 안 그럼 급여 지급 못 해요."

단 하루를 일했어도, 도저히 일했다 할 수 없을 만큼 앉아만 있었어도 4대 보험을 들고, 급여를 입금해야 할 거였다. 그래야만 대학병원에서 인력파견업체를 유지할 수 있을 거였다. 떠나간 사람들의 때 묻은 실내화가 인력파견업체 사무실에 즐비했다.

건강검진에서 별 이상이 없다는 걸 알았다는 게 소득이라면 소득이었다. 불과 사흘 전에 한 달간 주차 가능한 정기권을 끊었다. 이것도 물릴 수 있나, 아주 잠깐 망설이다가 모닝 운전석에 몸을 실었다. 꽤 비싼 주차비를 지불한 셈이었다.

*

동네 안과에 갔다.

"시력이 나빠졌네요."

그래서 왔지 않은가. 잘 안 보인다고 했고! 하나 마나 한 얘길 의사가 하고 있었다.

꽤 오래전부터 안경을 써도 잘 보이지 않았다. 도수를 올려야 한다고 생각하며 버텨 왔는데, 시린 통증까지 더해졌다. 실핏줄이 터지거나 눈병이 걸리거나 한 것은 아니어서, 며칠 지나면 괜찮아지겠지, 기다려 봤는데도 낫지 않았다.

"눈이 시려서 살 수가 없네요. 눈이 왜 시린지 모르겠어요."

의사가 내 동공을 살폈다. 이 병원엔 늘 대기 환자가 줄을 섰는데, 의사 한 명이 밀어닥치는 눈병 환자, 시력 측정 환자, 건조증 환자를 다 봤다. 입구에는 백내장 수술도 하고 녹내장도 진료한다고 적혀 있었는데, 밀어닥치는 환자들을 뒤로하고 수술한다는 소리는 못 들어 봤고, 수술방이 따로 있지도 않았다. 그래도 사람이 버글버글한 안과이니, 눈 시린 통증만큼은 개선해 줄 수 있을 줄 알았다.

의사의 진단은 실망스러웠다. 나도 알고 있는 뻔한 진단―시력이 더 나빠졌다―을 포함하여, 노화라서 그렇다, 교정은 힘들다, 안경 도수를 높여도 시력이 나오지 않을 거다. 인공눈물과 알레르기 약을 처방했다.

시린 열감이 계속되었다. 시린 통증이 낫지 않았다. 눈 안에 박하사탕이 들어 있는 것처럼 화! 했다. 눈두덩이 시리다가 머리까지 지끈했다. 고칠 수가 없다는 게 시력뿐 아니라 시린 통증도 포함인가? 의사가 처방해 준 안약을 넣으며 통증이 가라앉길 기다렸다.

글자가 두 개로 보인다고, 시력측정판의 '가' 글씨 옆에 또 '가'가 보인다고 내 눈의 상태를 설명해도 소용없었다. 고칠 수가 없다니, 증상이 낫지 않고 악화일로로 걷다가 시력을 잃을 수도 있단 말인가. 의사는 부정하지 않았다.

실명이란 무엇인가. 커 가는 아이의 얼굴을 볼 수 없는 것이었다. 아이의 뺨을, 눈코입을 손가락의 지문으로 더듬어야 알 수 있는 일이었다. 피눈물 나는 일이었다.

엄마라고 해 봤자 잘해 준 것도 없는데, 좋은 환경을 제공해 주며 키운 것도 아닌데, 학교에서 가져오는 가정통신문조차 읽기 버거워지고 있었다. 머지않아 부양받아야 할 처지에 놓일지도 모른다고 생각하니, 울적했다.

아픈 눈에만 신경 쓰느라 집안 분위기를 우중충하게 만들 순 없었다. 두 눈이 멀기 전에, 돈이라도 벌자! 식구들에게 보탬이 되자!

컴퓨터 앞에 앉았다. 화면을 150, 200, 300퍼센트로 확대했다. 검은 아지랑이, 검은 실이 왔다 갔다 했다. 심한 비문증이었다. 나는 구직을 이어 갔다.

엄마 일 간다!

일 다녀올게!

얼마나 하고 싶은 말인가. 분주한 아침을 맞이하고 싶었다. 하루하루 어딘가로 출근하고 싶었다.

아침마다 갈 곳이 있는 사람들. 정해진 일과를 마치고 퇴근하는 삶. 월화수목금 일하고, 정해진 날에 급여를 받고, 적금을 붓고, 공휴일을 기다리고, 여름휴가는 어디로 갈까 궁리하고, 명절 보너스, 휴가비, 상여금, 성과급을 여퉈 두고, 성능 좋은 에어컨을 들이고, 양문형 냉장고를 살 수 있는 여자들……. 세상에서 가장 부러운 사람들이었다.

이제라도 한 달 단위로 일을 하고, 남들만큼은 아니라도 단돈 50만 원, 100만 원이라도 집에 갖다주고 싶었다. 아이 학원비라도 내 손으로 내주고 싶고, 대학등록금 모으는 데 보탬이 되고 싶었다. 쓸모없는 인간이라고 자책하며, 집에서 논다는 자격지심에 시달리고 싶지 않았다.

*

남편은 여행 중이었다. 크로아티아, 세르비아의 발칸반도를 훑고 아드리아해를 건너 오늘은 이탈리아의 어느 섬에 도착해 있을 거였다. 북아프리카의 알제리, 튀니지의 어디쯤에서는 "여긴 제법 살 만하네!" 감탄하고 있을지도 몰랐다.

남편이 가지 못하는 곳은 없었다. 아프리카에도 갔고, 남미에도 갔고, 알래스카에서 오로라를 보고 북극곰과도 싸웠다. 남극의 언 바람 속에서도, 인도 갠지스강에 발을 담글 때도 남편은 미동도 없이 손에 쥔 리모컨만 엄지로 까딱, 했다. 어떤 감흥도 없이 계속되는 여행…….

남편은 몇 날 며칠째 〈걸어서 세계 속으로〉와 〈세계 테마기행〉을 시청 중이었다. 한낮에도 커튼을 치고 불을 끄고 조용히 TV 화면을 응시하고 있었다. 남편의 열정은 곧 사그라들 거였다. 보아도 끝이 없는 세계여행을 끝내면 다큐멘터리로 넘어갈 거였다.

남편이 모자 눌러쓰고 슬리퍼 끌고 나갈 일이란, 주차장 후미진 곳에서 흡연할 때와 술과 담배가 떨어졌을 경우였다. 줌에 접속해 회의하고, 줌으로 강의하는 남편의 외출이란 그런 것뿐이었다.

건넌방엔 아들이 작년처럼 제 방에 틀어박혀 있었다. 네 학교니까 어디 붙어 있는지 가 보자. 아들은 학생증도 찾고, 학식도 먹고, 대학도서관도 이용해 볼 겸 해서 딱 세 번 학교에 갔다. 리포트도 쓰고 여전히 온라인 수업 중이었지만, 집에만 있으니 본인이 대학생인지 뭔지 정체성의 혼란을 겪는 듯했다.

최근에는 책상 위에 버젓이 수능 국어, 수학 교재가 올라와 있었다.

학교에 가도 동기, 선배 얼굴 한번 못 보니, 휑한 학교에 정이 있을 리 만무했다. 그래도 그렇지, 온라인 수업에 좀 집중해야 하지 않니? 한마디 하려다가 꾹 참았다. 미루어 둔 사춘기 앓이를 않는 것만으로도, 수능 공부에라도 마음 뺏기고 있는 게 다행인지 몰랐다.

나는 이력서를 챙겨 현관문을 나섰다. 어제 쓰레기 버리러 갈 때 쓰고 나갔던 마스크를 어디에 뒀더라? 마스크 찾느라 현관문은 한 번에 나가지지 않았다. 마스크를 귀에 걸며 이놈의 코로나! 탄식했다. 해가 바뀌어도 끝날 줄 모르는 코로나! 마스크 쓰기 답답해서 외출이 꺼려지고, 사람 만나기 무서운 세상이라니!

코로나 없어지길 바라다간 굶어 죽기 십상이었다.

첫 번째 간 곳은 집에서 15분 떨어진 곳의 찜질방. 상가 지하에 자리 잡고 있었다. 밤 10시부터 이튿날 6시까지, 불가마 사우나의 밤 시간대 카운터 일을 알아보러 갔다.

코로나로 사우나 다니는 사람이 줄었을 텐데, 아직도 망하지 않았나 보네. 사람을 다 구하고! 하루 여덟 시간, 주 6일, 한 달을 일하면 얼마인가. 나는 내가 벌 수 있는 금액을 빠르게 계산했고, 최저시급 정도면 밤낮이 바뀐 생활도 감수하기로 했다.

노랗게 염색한 머리칼을 질끈 뒤로 묶은 남자는 힙합 청년 분위기가 났다. 기껏해야 삼십 대 후반으로밖에 보이지 않는데, 사장이란다. 카운터 옆 사무실엔 물건들이 어지럽게 널려 있어, 남자의 자취방을 보고 있는 듯했다. 오래 밴 니코틴 냄새로 찌들었고, 조금 전에도 몇 개비 태웠는지 형광등 아래가 뿌옜다.

"우리가 월급이 좀 부족해요."

이력서를 받아들자마자 남자가 말했다. 코로나니까 사정 좀 봐 달라는 건가. 미리 설레발인 건가. 얼마나 줄 수 있길래. 일단 들어보기로 했다.

"처음 3개월 수습 기간 있고요. 일을 익히시면 4개월 차부터 10만 원 더 드릴 수 있어요."

남자는 뜸을 들였다. 그래서 대체 얼마를 주겠다는 건가, 나는 단도직입적으로 물었다.

"120만 원요."

미친놈! 아무리 코로나 시국이라지만 월급을 그렇게나 후려쳐?

반사적으로 엉덩이를 의자에서 떼었다. 사장 손에 들린 내 이력서를 낚아챘다.

"저는 안 되겠네요. 다른 사람 구하세요!"

120이면, 시급 5천 원이었다. 그 가격에 사람을 부려? 코로나로 자영업자들이 어렵다지만, 시급 8천 원 넘은 지가 언젠데! 그런 심보로 남의 귀한 시간 빼앗지 말고 주인인 네가 직접 카운터를 보세요!

코로나가 없을 때도, 최저시급 받기 쉽진 않았다. 대박마트 주인도 갖은 방법으로 임금을 후려쳤다. 일한 지 두 달이 훌쩍 넘었는데, 어느 날 직원들을 모두 불렀다.

"형식적인 거니까, 사인하세요!"

업무 중에 불려 가 내용을 훑어볼 여유도 주지 않은 채 근로계약서에 사인하게 했다. 부본을 주지도 않았다. 아무리 초보 사장이라지만. 아니, 초보 사장이어서 더 무서운가? 우리는 계약서에 무슨 내용이 적혀 있는지도 몰랐다.

"노무사가 이런 거 다 갖춰 놔야 한다고 하니, 번거롭더라도 빨리빨리 사인하세요!"

서명 전에는 임금도 올리고 휴무도 늘린다더니, 달라진 건 없었다. 임금도 휴무도 그대로였고, 최저시급 따위 지켜지지 않았다. 근로기준법에 따르지는 못할지언정, 휴무를 더 줄 것처럼 여지를 주었다가 그만둘 때까지 끝내 어느 날 하루나 이틀 더 쉬라고도 하지 않았다.

박한 임금이면 미안해하거나 고마워하는 마음이라도 있어야 할 텐데, 그렇지도 않았다.

"이 빨갱이들아! 최저시급만 올려놓고! 너희가 소상공인의 어려움을 알아? 자영업자들 고충을 알아? 저런 것들이 정권을 잡았으니 나라가 망하지!"

한 표 달라고 확성기에 로고송을 울리며 몸을 흔들어 인사하는 유세차가 지나가면 악을 썼다. 화풀이이기도 했겠지만, 대놓고 직원들 들으라고 하는 말 같았다. 법정 최저시급이나 주고서 욕하시지! 직원들이 임금 올려 달랄까 봐 미리 약을 치는 듯했다.

직원들이 주인 부부를 욕하는 걸 알아챘는지, 틈만 나면 단속하려 들기도 했다.

"모모 씨 요즘 야채 언니랑 퇴근 같이해?"

"방향도 같고, 짐도 있는데, 중간에 내려 주면 되니까요. 왜요?"

"직원들끼리 가까워 봤자 주인 욕이나 하고 좋을 게 없어. 모모 씨도 혹시 내 욕 했나?"

떠보고 넘겨짚고 의심했다. 새로 온 야채 언닌 대번에 "미친년, 지가 왜 퇴근 시간 이후의 사생활을 간섭해? 안 보이는 데선 나라님도 욕하는 세상에, 왜 주인 욕을 못 해. 찔리는 게 한두 가지가 아니겠지." 하고 말했다.

그런 주인하고는 다시 일하지 않겠다. 돈 귀한 줄은 알면서 사람 귀한 건 도통 모르는 이들에게 노동력을 갖다 바치지 말았어야 했다. 그런 주인 밑에서 일하며 몸 상하고 싶지 않았다.

도서관 사이트에 들어가서 공지사항을 훑었다. 낮 2시부터 밤 10시까지의 도서관 야간 근로자, 6개월 단기 계약직도 구하지 않는가 보았다. 집 앞 도서관에 가서 물어보려 해도, 이놈의 도서관, 작년 상반기엔 코로나라고 내내 문을 닫고 있더니, 7월부터는 리모델링 공사를 했다. 연초에 반짝 재개관하더니, 냉난방기 교체 공사를 한다고 또 석 달 문을 닫는단다.

리모델링하면서 냉난방기 교체까지 하면 안 돼? 어차피 쓸 예산, 꼭 그렇게 찢어 써야 돼? 코로나로 갈 수 있는 곳도 없구만!

나는 도서관 개관을 기다렸다. 학교도 가지 못하는 아이, 집안 형편 생각해서 재수 종합반에 보내 달라는 말도 하지 않고 인터넷 강의 들으며 반수, 사실상 재수 생활 중인 아이가 제 방에만 있지 말고 도서관에라도 가서 공부하길 바랐다.

'알바몬' 사이트와 『교차로』와 『벼룩시장』을 훑었다. 수원시청 일자리 게시판도 들여다봤다.

"코로나라고 아줌마들 일자리마저 씨가 말랐나."

젊은 애들 카페 아르바이트 자리도 치열한 경쟁을 뚫어야 한다는데, 아줌마들 일자리라고 다르지 않은가 보았다. 그 흔했던 마트 캐셔 일자리도 광고조차 나오지 않았다.

캐셔 일자리가 전혀 없는 건 아니었다. 드물게 몇 개 있긴 했다. 집에서 멀지 않은 곳, 숭모동 마트도 '캐셔 구함' 박스광고를 내고 있었다.

"모모야, 다른 마트는 다 가도 숭모동 하모니, 거긴 가지 마! 거기 가면 배가 산만큼 나온 점장이 있어. 그 점장 때문에 일을

못 해. 얼마나 쫓아다니며 못살게 구는지, 하여튼 다른 덴 다 가
도 거긴 절대 가지 마!"

대박마트에서 채소를 다듬던 희은 언니의 말이 아직도 생각
났다. 그 언니를 만난 지도 몇 년이나 되었다.

나는 망설였다. 도대체 얼마나 형편없는 곳이길래 야채 언니
가 그런 말을 하나? 듣던 대로 사람이 오래 버티질 못하나. 1년
내내 구인광고를 내는 곳이라면 이유가 있겠지.

가급적 그곳만은 가고 싶지 않았는데, 일자리도 없고, 마냥
수입 없는 나날을 견딜 수도 없었다.

"가 보기나 하자. 대체 어떤 곳이길래! 둘러보기나 하자고."

나는 지도 앱을 켰다. 숭모동 하모니로는 검색이 안 되었다.
할 수 없이 전화를 걸었다.

"구인광고 내셨죠? 거기가 어딘지 내비게이션에서 검색이
안 되네요. 어디 있는 거예요?"

"경기일보 앞에 있어요."

경기일보 앞에 가서 주변을 뒤졌다. 숭모동 하모니마트는 없
었다. 다시 전화를 걸었다.

"못 찾으셨어요? 경기일보 앞으로 오시라니까요."

"지금 거기 앞에 있다고요!"

"건너편, 한진타운 입구!"

"한진타운이 엄청 넓은데 어디가 입구라는 거예요? 하여튼
찾아가 볼게요."

왕복 8차로 1번 국도 건너편에서 한진타운 입구를 발견했다. 아파트단지 입구 주차 차단 바가 연신 자동차를 삼키고 토해냈다.

상가 주차장에 차를 세웠다. 마트가 하나 있긴 했다. 조운동 하모니라고 적혀 있었다. 나는 마트 안으로 들어갔다.

계산원 광고 보고 왔다고 하니, 계산대의 여직원이 어딘가를 가리켰다. 배가 산만 한 사람이 랩 기가 놓인 작업대에서 참나물인지 취나물인지 방풍나물인지를 소분하고 있었다. 여기 맞네! 야채 언니가 말했던 숭모동 하모니. 그런데 왜 간판은 다른 이름인 거지? 찾느라고 무지 헷갈렸네.

면접까지 볼 생각이 아니었는데, 점장을 발견하자 물어나 보자 싶었다. 근무조건이 맞지 않으면 찜질방에서처럼 이력서를 들고 나오면 될 일이었다.

나는 마스크를 고쳐 썼다. 지난 1년간 코로나19에 감염돼 공부하는 아이에게 옮길까 무서웠다. 사람을 거의 안 만나고 살았다. 외식은 어찌하는 건지 뇌리에서 잊혔고 카페에 가 본 적도 없었다. 나는 가방 안에서 여분의 일회용 마스크 하나를 꺼내 끼고 있던 마스크 위에 겹쳐 썼다.

남의 돈 만지며 온종일 계산대에 서 있는 일, 어서 오세요, 봉투 필요하세요? 얼마입니다, 현금영수증 필요하세요? 포인트 적립 번호는요? 안녕히 가세요, 수백 명의 사람에게 온종일 같은 말을 하며 남의 돈을 세는 일. 포스 위를 집중적으로 비추는 카메라, 하루하루 맞춰야 하는 시재 오차……. 다시 마트 노동을 하게 될 게 분명했다.

점장은 돋보기로 갈아끼고 내 이력서를 들여다봤다. 몇 마디 나누었다.

"요즘엔 계산원으로 들어왔다고 계산만 하려는, 공동체 의식이 모자란 사람들이 많아요. 그런데 여사님은 손님 없을 때 상추도 싸고 깻잎도 봉지 치고 다른 일을 거들어야 시간이 잘 간다고 말씀해 주시니, 마트계의 인재 같네요."

*

이틀 일하고 죽는 줄 알았다. 몸이 장난 아니게 아팠다. 밤새 끙끙 앓았다. 오후 5시부터 밤 11시까지. 하루 여섯 시간 근무에 청소하고 마트 문 잠그고 퇴근하는 일일 뿐인데, 내 몸이 이렇게 못 버티나? 내 몸이 이것밖에 안 되나? 쉴 만큼 쉬었지 않은가. 몸이 회복되고도 남을 만큼 쉬어서 아팠다는 사실도 잊었는데, 왼쪽 팔꿈치에만 희미하게 통증이 남아 있다고 생각했는데, 아닌가?

열흘이 지났다. 엄청 기뻤다. 열흘이나 버텼다니, 스스로 대견했다. 보름이 지났다. 마트에서 일하는 사람들이 기본으로 달고 사는 근골격계 통증을 나도 앓았다. 과일가게와 식자재마트에서 무거운 걸 들었던 후유증도 고스란히 되살아났다.

몸은 기억하고 있었다. 관절의 마디마디마다 찌릿하고 콕콕 쑤시고 빠는 통증을, 빗장뼈가 내려앉는 것 같았던 통증을, 흉통이 등으로까지 번지는 것을.

20일이 지났다. 뜨끈한 전기매트로 팔을 감싸고 아픈 부위를 지지느라 침대에 딱 붙어 있었다. 온종일 아파 누워 있다가도 오후 4시가 되면 식탁 위에 저녁밥을 차려 놓았다. 출근 시간이 가까워지면 거짓말처럼 몸이 괜찮아졌다. 마법도 그런 마법이 없었다. 출근해서 전혀 안 아픈 사람처럼 일하다 간간이 손목과 팔꿈치를 주물렀다. 어깨 스트레칭도 틈틈이 하고 발목도 돌렸다.

손목, 팔꿈치, 어깨, 다리…… 그것들은 내 몸에 붙어 있었다, 잘 붙어 있었다. 어깨가 빠질 것 같다고, 팔꿈치가 떨어져 나갈 것 같다고 밤마다 시위를 하긴 하지만, 앞으로도 잘 붙어 있을 것이다. 그러니 이 정도 통증쯤은 감수하고 일하면 되었다.

식구들로부터 한숨 섞인 지청구를 먹긴 했다.

"엄마, 그 일 꼭 해야 해? 안 하면 안 돼?"

"당신이 밖에 나가 얼마나 대단한 돈을 버는지 모르겠지만, 가족들 밤에 잠도 못 자게 이래야 해?"

하루하루 쌓여 가는 일당을 계산하니 그만두고 싶지 않았다.

몸이 피곤하면 커피 생각이 간절했다. 커피믹스 한 잔으로 달랬다. 무시로 사 먹었던 테이크아웃 커피가 생각나지 않은 건 아니었다. 과일가게 점원과 식자재마트 공산 직원을 거친 뒤 나의 커피 애호는 많이 사라졌다. 탐앤탐스에서 아메리카노 한 잔을 마시면, 파리바게뜨에서 까페라떼를 주문하면, 던킨도너츠에서 카라멜마끼아또를 쪼르륵 빨면, 비좁은 계산대에서 내가 몇십 분을 서 있어야 하는지, 무거운 물건을 얼마큼 들어야 하는지, 얼마나 몸이 상하는지 절로 환산이 되었다.

한 달이 지났다. 여긴 다른 마트와 달리 월급을 깔지 않았다. 처음 마트에 발을 들여놓았을 땐 이해하지 못했다. 한 달이 지났는데 월급을 주지 않길래, 도대체 급여를 언제 주느냐고 물었더니, 열흘을 깐다고 했다.

"까는 게 뭐예요. 뭘, 왜 깔아요?"

사람들이 월급 받고 잠적하는 일이 많아서, 한 달 하고 열흘째 되는 날에 한 달 치의 월급을 지급한다. 열흘 치의 월급은 퇴사할 때 주고. 그 열흘 치의 일당을 떼이지 않으려고 그만두고 싶어도 잠적하지 않고 최소한 열흘 전엔 미리 그만두겠다고 얘기할 것 아니냐는 거였다.

급여가 들어왔다. 하루도 안 깐다고 했는데, 월급이 계산했던 액수에 한참 못 미쳤다. 점장에게로 갔다. 월급이 잘못 들어온 것 같다고 했더니, 최저시급 맞지 않느냐는 거였다. 수요일 하루만 쉬고, 월화목금토일, 주 6일을 공휴일도 없이 일하는데, 최저시급 맞춰 줬다니? 누굴 바보로 아나.

"저는 아르바이트 아니고 직원으로 주 6일 일하고 있잖아요.

주휴수당 4주 치가 빠진 금액이네요."

점장이 김빠진 웃음을 날렸다.

"여사님, 주휴수당을 받겠다고? 마트에서? 대한민국에서 주휴수당, 연차휴가, 생리휴가 그런 거 다 챙겨 주면서 마트 운영하는 곳 없어요. 물론 법으로야 주는 게 맞죠. 근데, 현실에서는 법이 법대로만 작동하지 않아요."

처음부터 주 열다섯 시간 미만, 아르바이트로 뽑든지, 휴무를 더 주든지, 이러한 근무조건을 미리 말했어야 하지 않나, 근로계약서 쓸 때 그런 걸 자세히 이야기하는데, 한 달이 다 되어가도록 근로계약서를 쓰지 않아서 이런 내용을 알 수 없었다, 주휴수당을 주지 않으면 나는 주 6일 꼬박 일할 수 없다, 일하지 않겠다, 단호히 말했다.

"다른 여사님들처럼 최저시급만 받고 그냥 일해요. 어차피 다른 마트 가도 똑같을 텐데! 아는 것 하나 있다고 써먹으려 하지 말고. 때로는 굽힐 줄도 알아야지."

어이가 없었다.

"점장님, 제가 제 일 하고, 제 몫의 급여를 받는 건 정당한 건데, 뭘 굽혀요? 말을 왜 그딴 식으로 하세요?"

"지금 경제가 얼마나 어려운데!"

마스크를 홱 벗으며 점장이 목청을 높였다.

"여사님이 말한 주휴수당 개념은 최저시급이 지금처럼 높지 않았을 때, 적은 임금 보전해 주려고 만든 법이에요. 지금은 최저시급이 많이 올랐잖아요. 그렇게 해서 마트 운영하는 곳 있으면 나와 보라고 하세요. 여사님이 최저시급에 주휴수당까지 받았다던 마트가 대체 어디예요? 여사님이 근무했던 마트는 법인이었거나, 주인이 부자 될 마음이 없는 곳이었나 보죠!"

"자영업 하시는 분들, 힘든 분들 많다는 거 저도 압니다. 편의점이나 식당, 카페에서 젊은 사람들 월수, 화목, 이런 식으로 쪼개기 계약한다는 것도 압니다. 그런데 그것도 나름대로 법을 지키려는 고육지책이잖아요. 노력하는 거잖아요. 그분들은 바보라서, 어디가 모자라서 번거롭게 사람 하나 뽑아서 죽 같이 안 가요? 일할 만한 사람 내보내고, 일자리 반 토막, 세 토막 내서 일 시키고 싶겠어요? 안 번거로워서 그러겠어요? 제가 그간 일해 온 마트는 뭐 임대료 비중이 높지 않았겠어요? 여기만 사람 써요? 거기도 어려워요. 그래서 주인이 나와서 직접 몸으로 때우잖아요. 근로계약서 작성하잖아요. 노동청 무서워서라도 법을 지키잖아요."

"또 노동청."

점장이 목덜미를 잡았다. 이 골치 아픈 계산원을 어떻게든 주저앉혀 놓고 싶은데, 말을 들어 먹지 않으니 화가 치솟는 듯했다. 그의 목소리가 점점 높아졌다. 이제까지 다른 직원들은 여사님 같은 요구를 단 한 번도 하지 않았다고 뻔한 거짓말을 덧붙였다.

이보세요, 제가 모르는 줄 알아요? 이 바닥이 얼마나 좁은지 모르세요? 나도 목소리를 높여 따지고 싶었다.

"노사 문제 일으키지 말고, 다른 여사님들처럼 따지지 말고, 최저시급 받고 그냥 일해요!"

이 시간 이후로 단 한 시간, 아니 단 1분도 계산대에 서고 싶지 않았다.

그는 매달렸다. 2주, 3주 정도 사람 뽑을 시간을 달라고, 인간적으로 그래야 하지 않느냐며 붙잡았다.

"인간적이란 말 아무 데나 갖다 붙이지 마시죠. 처음부터 근로계약 할 때 정확히 밝혔으면 시간 낭비하지 않았을 텐데. 저는 그게 화가 나네요!"

그들은 욕할 것이다. 갑자기 그만뒀다고. 일면식도 없는 전임자를 나중에 오는 누군가에게 욕하며 사람을 단련시킬 것이다. 남아 있는 직원들한테도 본보기가 될 거였다.

거봐라. 몇 푼 안 되는 주휴수당 따졌다가 일자리를 잃지 않냐. 완전 헛똑똑이다. 마트가 다 거기서 거기다. 가까운 마트 다니는 게 장땡이다. 어딜 가도 이만한 일자리 없을 거다. 가 볼 테면 가 봐라.

"아시잖아요. 열 달 일해도, 한번 그만두겠다고 마음먹으면, 그 후의 시간이 어떠한지, 얼마나 긴지, 얼마나 지루한지, 얼마나 지긋지긋한지, 제가 지금 이 감정 상태로 어떻게 계산대에 서서 손님들하고 이야기하겠어요. 어떻게 서 있어요? 오늘 포함 6일 드릴게요. 사람 빨리 뽑으세요. 이 이상의 타협은 없습니다. 점장님과 더는 할 말 없어요. 이 마트를 나서면 다시 보지 말자고요."

"왜 안 봐요. 또 봐야지."

그는 눙쳤고 임종석이도 결국은 나와서 어쩌고저쩌고하는 욕을 하기 시작했다.

"점장님하고 정치 얘기하고 싶지 않아요. 저하고 그런 토론 마시고, 선거 때 한 표 행사 제대로 하시든가, 최저시급 확 낮추고 주휴수당 같은 거 일체 없애라고, 가난한 사람 더 쥐어짜는 법 만들라고 정치권에 압력을 넣든 말든 맘대로 하세요! 저는 제 아이한테 이렇게 말합니다. 어디 가서 아르바이트하고 싶으면 일주일에 하루 이틀만 하라고. 이다음에 어디 가서 일자리를 구하더라도 근로계약서 쓰고 받을 거 제대로 받고 일하라고. 부당한 처우 받아 가며 법도 지키지 않는 주인한텐 절대 일해 주지 말라고, 차라리 공부하라고, 세상을 네가 바꿔 나가라고 말해요. 그런 제가 부당함을 참고 일하면 안 되잖아요. 부당함에 눈 감으면 안 되잖아요."

점장의 입을 틀어막기라도 하듯 큰 소리로 일방적으로 쏟아냈다. 시커매진 장갑과 휴대폰을 챙겨 일어섰다.

"잠깐 앉아 봐요, 여사님!"

"점장님이 무얼 해 줄 수 있는데요? 제가 원하는 거, 못 해 주시잖아요? 힘없으시잖아요? 전 얘기 끝났어요."

말씀드려 보셨어요? 직원들 주휴수당 건은 챙겨 줘야 한다고, 마트의 특성상 연차휴무, 명절 휴가 이런 것 못 주는 건 어쩔 수 없다 해도 주휴수당, 퇴직금만큼은 주면서 일 시켜야 한다고, 사장님께 이야기해 보셨어요? 못 하시잖아요. 안 하시잖아요. 점장님 자리 날아갈까 봐, 점장님은 주휴수당, 연차수당, 직책 수당 넘치게 받으면서 왜 밑에 사람만, 가장 힘없는 계산원, 야채 여사님들에게만 참으라는 거예요. 미안해하지도 않으면서!

나는 목구멍까지 치미는 말을 삼켰다. 끓는 화를 겨우 진정시키며 계산대에 섰다.

"재난 카드 되죠?"

"안 돼요."

"왜 안 돼요? 작년에 여기서 썼는데."

"그건 나라에서 나왔던 재난지원금이었고요. 수원 페이, 경기지역화폐는 안 돼요. 연매출 10억 넘는 매장이라 가맹 자체가 안 되었대요. 저쪽 정육점, 수산 코너에 가서 쓰세요."

"고기 살 때만 저기서 긁으란 거예요? 나 이거 믿고 다른 카드 안 가져왔는데!"

손님에겐 잘못이 없다. 말이 안 되는 말에도, 어떤 생떼에도 평정을 유지해야 했다. 나는 앵무새처럼 기계적인 말을 반복했다. 봉투 필요하세요? 종량제 20리터로 드릴게요. 포인트 적립 번호는요? 현금영수증 필요하시면 말씀하세요…….

내 얼굴은 굳어 가고 있었다. 동공이 흔들리고 입가는 자주 일그러지려 했다. KF94 마스크가 얼굴을 가려 주니 그나마 다행이었다.

6일, 약속한 6일만 채우면 되었다. 나는 숨을 골랐다. 바구니에 상품을 가득 채운 손님들이 줄지어 서 있었다.

「구직 실패기」를 응모하던 날에도 저는 상심해 있었습니다. 봄날이 다 가도록 꼬박 자판을 두드려 장편소설 한 권 분량의 글을 썼는데, 지나고 보니 제가 쓴 것은 문장도 구성도 형편없어 보였기 때문입니다. 내가 쓴 이 이야기, 이 길고 긴 이야기가 무슨 의미인가. 그래서, 그래서 어쨌단 말인가……. 머나먼 문장의 길, 소설의 길을 생각하며 지레 실망하고 실의에 빠져 있었습니다.

봄날이 가는지도 모르게 붙잡고 있던 원고를 거침없이 삭제하였습니다. 반나절 만에 절반이 날아가고, 또 반나절 만에 200여 장의 글을 난도질한 끝에 170장의 원고가 남았습니다. 그렇게 살아남은 글은 소설도 일기도 뭣도 아닌 정체불명의 그것처럼 보였습니다.

원고를 보냄으로써 그만 그 글과 작별하고 싶었습니다. 제가 쓴 글도 잊고, 글 쓰고 싶다는 욕망과도 헤어지고 싶었습니다.

코로나19 확진자 수를 살피며, 이 병의 확산세가 가라앉으면, 백신 1차 접종이라도 하고 나면, 많은 사람이 붐비는 곳에서라도 다시 일해야겠다고 마음먹었습니다. 일자리를 구할 수 있을지 실로 두려웠지만, 자신감이 사라진 글쓰기에 매달리지도 못할 것 같았습니다.

몸 쓰는 일의 고단함, 일주일에 단 하루만 쉴 수 있는 노동의 생활 속에서는, 글을 쓰기는커녕, 책상과도 영영 멀어질 것이 자명해 보였습니다. 글을 쓰지 못하는 동안에도 글 쓰고 싶다는 욕망으로 시들어 가던 날들이 떠올랐습니다.

젊은 시절 한때의 꿈이었을 뿐이라고, 읽기와 쓰기에 들인 노력이 부족했지 않느냐고, 솔직히 게을렀지 않느냐고, 외면했잖느냐고. 다 내려놓았지 않느냐고, 욕망마저 사라졌지 않느냐고. 그런데 오랜 시간이 지난 지금에서야 다시금 글을 쓰고 싶다는 욕망이 슬금슬금 살아나려 하는 거냐며, 가당치도 않은 꿈을 꾸게 될까 봐 불길하였습니다.

당선 소식을 듣고, 응모했던 글을 꺼내 보았습니다.
부끄러웠습니다.
좀 더 최선을 다할걸……. 군데군데 어색하고 부족해 보여 붉은 펜으로 밑줄을 긋고 가위표를 하였습니다.
제가 일하며 만난 사람들은 거친 환경에서도 특유의 성실함으로 건강한 하루하루를 일궈 가는 분들이었습니다. 삶이라는 전장에서 한 걸음 내디뎠다가 두 걸음 물러서곤 하던 저와는 달리 묵묵히 앞으로 나아가는 분들이었습니다. 저는 그 생명력을 부러워하고 질투하면서도 그 속에 끼지 못해 자책감에 시달렸습니다.
제가 저의 문장에 성실하지도 못하면서, 좌절하고 상심해하는 건 주제가 넘어도 한참 넘은 짓이었습니다.
일하고 싶지만, 일하지 못하는 사람들이 있습니다. 생존의 문제를 고민하고, 이미 벼랑 끝으로 내몰리고 있는 분들도 곳곳에 보입니다. 팬데믹의 상황에서 그간 해 왔던 일과는 관계없는 거친 일을 선택한 분들도 계십니다. 부당한 현실과 마주하며 인간으로서의 모멸감도 삭여야 하는, 오늘날의 '전태일'인 분들을 생각하면, 저의 꾸준하지 못했던 노동, 성실하지 못했던 글쓰기가 부끄럽지 않은가…….

용기가 되었습니다.

부족한 글을 끝까지 읽어 주시고 앞으로 나아가 보라고 등 두드려 주신 심사위원님께 감사드립니다.

전태일을 기리는 이 자리를 29회째 이어 오고 계신 '진태일재단'과 '경향신문사'의 애쓰시는 분들께도 감사의 말씀 올립니다.

한글 창을 열어 놓고 키보드만 두드려도 좋아해 주는 식구들과 소박한 기쁨을 나누겠습니다.

그리움을 잃지 말라던, 가슴 깊은 곳에서 이야기가 터져 나올 거라고 격려해 주시던 은사님께, 너무 늦은 인사이지만, 이제라도 안부를 여쭐 수 있게 되어 기쁩니다.

세상의 말을 삼키고 삼켜 저만의 방식으로 내놓을 수 있도록 노력하겠습니다.

르포 부문 당선작

이행림

•

갈매기섬엔 갈 수 없다

이행림

- 조선대학교 대학원 문예창작학과 수료
- 프리랜서 에디터
- 현재 한국국제교류재단 웹진 기획/ 편집 담당

"한 사람의 죽음은 비극이다. 그러나 수백만의 죽음은 하나의 통계일 뿐이다."

스탈린이 남긴 이 말에 따르면 내 할아버지의 죽음은 통계다. 하지만 나에게 할아버지는, 그러니까 내 아버지의 아버지는 한 사람뿐이므로 비극이다. 그럼에도 할아버지는 비극으로도 통계로도 잡히지 못하고 땅에 묻혔다. 시신조차 제대로 수습할 수 없었으니 온전히 묻혔다고는 볼 수 없으나 죽은 자를, 그로 인해 항의 한번 할 수 없는 상태를 '묻혔다'는 말 외엔 달리 표현할 길이 없다. 아버지도 아버지를 잃은 원통함을 어딘가에 묻을 수밖에 없었다. 그러나 그것은 저 아래에 잠자코 있지 않고 튀어 올랐다가 가라앉기를 반복했다. 나는 '억압된 것들의 귀환'이라는 프로이트의 개념을 햄릿이 아닌 내 아버지를 통해 배웠다. 청산되지 않은 과거가 괴롭혀야 할 쪽은 내 아버지가 아니라 비극을 기획하고 연출한 자들이어야 했는데, 그것은 줄기차게 아버지를 따라붙었다. 아버지는 과거에 붙들려 뒷걸음질 치거나 제자리거나 주저앉았다. 언니는 그런 아버지를 두고 아버지가 아닌 채로, 남편이 아닌 채로, 이 세상에 없는 부모의 아들로만 살아 계신 듯하다고 말했다. 살아 있는 어머니의 남편이어야 하고, 딸들의 아버지여야 하는데도 아버지는 자꾸 아들로만 살아 계신 듯하다고.

아버지는 2009년 6월에 돌아가셨다. 쓸쓸한 죽음이었다. 평생을 그리워한 부모 곁으로 가셨으니 쓸쓸함을 끝내는 죽음이었을 수도 있다. 하지만 아버지는 좀 더 사셔야 했다. 그랬다면 할아버지 죽음에 대한 진상규명이 이루어지는 것을 보았을 것이고, 청산을 요구하는 유령으로부터도 벗어났을지 모른다. 빠르거나 늦거나, 삶은 원래 그런 것일까. 너무 빨리 가 버린 아버지와 너무 늦게 찾아온 진실. 그래도 다행이었다. 진상규명과 배상이 이루어진 건 극히 일부에 지나지 않아서 천운이라 말하는 사람도 있었다.

수면 위로 떠오른 보도연맹 학살 사건 그리고 내 아버지의 아버지

2016년 ×월, 보도연맹 희생자 유족에게 국가가 배상금을 지

급해야 한다는 법원의 판결이 나왔다. 당숙이 엄마에게, 엄마가 나에게 전한 이야기였다. 그때 알았다. 내 할아버지가 이승만 정권하에서 일어난 국민보도연맹 학살 사건의 희생자였고, 그걸 밝히기 위해 당숙이 꽤 오래전부터 애써 왔다는 사실을. 또 그때 알았다. 내가 할아버지에 대해 알고 있는 것이 억울하게 돌아가셨다는 것 말고는 아무것도 없다는 것을. 그걸 아버지 탓으로 돌릴 순 없었다. 아버지가 하는 이야기라면 무턱대고 흘려들었던 내 탓이었다. 아버지가 긴 이야기를 할 때는 항상 술이 들어간 상태였고, 그럴 땐 정말 아무 이야기도 듣고 싶지 않았다. 나에게, 아니 우리 가족에게 비극은 할아버지의 죽음보다 아버지의 술이었는지도 모른다. 아버지가 죽은 것도 술을 너무 많이 마셔서 얻은 병 때문이었으니까. 나는 아버지 생전 아버지를 많이 이해해 드리지 못했다. 살아 계셨을 때는 전쟁 통에 부모 잃은 사람이 어디 아버지뿐이었겠냐며 나도 모르는 새 아버지가 겪은 불행을 비극이 아니라 통계 취급했다. 그렇다고 다들 아버지처럼 무절제하고 무책임하게 살진 않는다고 입바른 소리도 해 댔다. 무지한 자의 이해심이란 그렇게 편협한 것이었다. 그나마 다행인 건 내가 늦게나마 할아버지의 죽음에 관심을 갖게 되었다는 것이다. '진실화해를위한과거사정리위원회'의 진상규명을 통해 공식화된 할아버지 이름 석 자 이병연, 그것이 계기라면 계기였다.

내가 '이병연'이라는 이름을 들었을 때, 나치 수용소에서 수

용된 사람들을 왜 이름으로 부르지 않고 번호로 불렀는지 알 것 같았다. 할아버지 이름을 듣고 말하는 것만으로도 저 깊은 곳으로부터 번호로 취급되는 사건이 아닌 한 인간을, 한 인생을 길어 올리는 기분을 느꼈다. 하지만 너무도 당연하게 내가 할아버지에 대해서 알 수 있는 것들은 많지 않았다. 그때의 이야기를 들려줄 만한 아버지는 죽고 없었고—살아 계신다 해도 아버지의 기억은 긴 세월과 술로 인해 사라졌거나 손상된 상태일 터였다—국가가 조사하여 확인해 준 것은 "1950년 7월 16일에서 22일에 보도연맹원 학살이 집중적으로 이루어졌으며 (중략) 진도 갈매기섬으로 끌려가 학살당한 희생자는 성××(상등리), 이××(노하리), 민××(노하리), 박××(학의리), **이병연(외호리)**, 이×(맹진리) 등이며 정확한 희생자 숫자는 알 수 없다. 이들은 범죄 행위를 저지른 적도 없고 어떤 경로의 재판도 받지 못한 채 학살되었기에 참으로 아픈 과거라 아니할 수 없다."이 정도로 심플했다. 나는 할아버지 이름이 나온 짧은 기록이 아니라 서사가 필요했다. 나는 그날에 대해 말해 줄 유일한 사람, 아버지의 사촌인 당숙을 찾아갔다. 할아버지 제삿날만 돌아오면 속에서 천불이 난다던 당숙이었기 때문에 또 뜨거워지시면 어쩌나 걱정했는데, 할아버지가 어떻게 돌아가신 거냐고 물었을 때 당숙은 제법 긴 이야기를 염두에 두고 있어서인지 담담히 말문을 열었다. 당숙의 구술을 통해 알게 된 사실은 짧지 않았다. 그 짧지 않은 이야기와 함께 나는 그날에 가 있었다.

할아버지 이야기

"느그 할아버지, 그러니까 나로 해선 작은아버지지. 작은아버지가 무슨 일을 했냐면 일제 치하에서 농민운동을 하셨다. 작은아버지의 외갓집이 해남 산이면 상공리여. 농토도 좋고 바다를 끼고 있응께 해산물도 많이 나고 해서 잘들 살았지. 거기가 엄청나게 부촌이여. 동복 오씨들 집성촌이고. 그래서 그때 거기 오씨들이 일본으로 많이들 유학을 갔어. 우리나라는 40년간 일본 놈들 치하에서 정치, 문화, 경제 다 싹쓸이 당해 불고 뭐가 없지만, 일본은 개화가 됐어. 그때 일본 가서 공부했던 사람들이 해방이 되니까 우리나라에 들어와 가지고 야학을 하는 거여. 무지몽매한 조선 백성을 깨우쳐야 한다믄서. 작은아버지가 그 사람들이랑 교류함서 교분이 있어. 그랑께 서로 간에 영향을 주거니 받거니 하믄서 같이 농민운동을 하신 거여. 해방 후에는 농민운동이 더 활발해졌제."

그때의 농민들은 '시지프(시시포스) 신화'에 나오는 시지프와 다를 바 없는 신세였다. 신들로부터 끊임없이 바위를 산꼭대기까지 굴려 올리는 형벌을 부여받은 시지프. 바위는 그 자체의 무게로 말미암아 다시 산꼭대기에서 굴러떨어진다. 무익하고 희망 없는 일보다 더 무서운 형벌은 없다는 걸 알고 그와 같은 형벌을 준 거라는데, 당시 소작농들이 그런 벌을 받고 있었던 것이다.

"해방은 됐어도 땅은 없제, 지주들은 어떻게든 더 세를 받을라고 농민들을 쥐어짜제. 일제 치하에서 경찰 했던 놈들은 지주들하고 짬짜미 해 갖고 공출 양 못 채우믄 농가에 와서 가축이건 뭐시건 손에 잡히는 대로 몰수해 가제, 추수봉기도 그래 가꼬 일어난 거인디, 거기에 가담했다고 이 사람, 저 사람 죄다 빨갱이로 몰아 가꼬, 보도연맹에 강제로 가입을 허게 한 거여. 긍께 노동운동, 농민운동 이런 걸 다 싸잡아서 빨갱이 사상으로 몰아붙인 거여. 그래 가지고 그 사람들한테 새 시대, 새 나라 건설에 참여할 수 있는 기회를 주겠다 해 가지고 가입하게 한 것이 보도연맹이여. 다른 것이 보도연맹이 아니고 그것이 보도연맹이여."

미군정과 친일 관료에 대한 항거가 사회주의, 공산주의로 매도되던 그때에 할아버지는 추수봉기 가담자라는 이유로 보도연맹 가입을 요구받는다. 추수봉기는 대구 10월항쟁에서 영향을 받아 자주적 민족국가 수립과 미군정기의 농업정책 실패 등을 부르짖으며 1946년 11월 11일부터 13일까지 화산면을 뺀 해남읍, 송지면, 계곡면 등 모든 읍·면에서 동시다발적으로 일어난 시위였다. 이후 시위는 전남경찰과 충남경찰에 의해 진압되었고, 수많은 가담자들이 학살당하거나 빨갱이로 몰렸다. 그런 상황에서 할아버지가 살 방법은 피해 다니고 숨어 다니는 것뿐이었다. 더구나 할아버지는 마산면 책임자로 농민운동을 지휘하고 있었기 때문에 단순 가담자로 볼 수 없었다. 하지만 할아버지의 은신은 오래가지 못한다.

"그때 니 할아버지는 거짓말하지 마라, 미국놈하고 이승만하고 짜고 가입한 사람들 다 죽이려고 하는 걸 모를 줄 아냐, 하면서 보도연맹에 가입을 안 했어. 그랑께 경찰이 막 잡으러 댕겨. 마냥 쫓겨 댕기는 걸 보고만 있을 순 없응게 집안 어른들, 그리고 마을 유지들이 나서서 설득을 했제. 자수하면 살려 준다고 하니 보도연맹에 가입하라고. 말하자믄 보도연맹 가입이 자수여."

할아버지는 어른들의 설득에 못 이겨 결국 보도연맹에 가입하게 되고, 예비검속이 있다는 말에 집을 나간 후 해남경찰서에 이송되었다가 곧바로 영단창고란 곳에 구금되었다. 그런 줄도 모르고 할머니는 할아버지를 기다렸다. 할아버지 저녁상에 올릴 따뜻한 밥 한 그릇 준비해 놓고, 식기 전에 돌아와야 할 텐데 하면서. 그런데 밥은 식어 가고 할아버지는 돌아오지 않았다. 할아버지에겐 아비로부터 아직 배워야 할 것들이 많은 아이들이 있었다. 네 살 딸과 두 살배기 아들, 배 속의 아이까지 해서 모두 셋. 이 아이들을 생각해서라도 꼭 돌아와야 하는데 돌아오지 않았다. 뒤늦게 구금 소식을 들은 큰할아버지가 증조모를 모시고 할아버지를 만나려고 영단창고에 갔다. 하지만 만날 수가 없었다. 무엇이 가로막고 있었던 것일까. 무엇이 어미

와 자식을 나누고, 형과 동생을 나누고, 생과 사를 나누고 있었던 것일까. 기막힌 세상이었다. 그렇게 영단창고에 갇혀 있는 동생과 기막힌 세상에 갇혀 있는 형과 어미는 끝내 만날 수가 없었다.

집으로 돌아가는 길, 사람들을 잔뜩 실은 스리쿼터를 본 큰할아버지는 그걸 보자마자 저 차에 동생도 타고 있다는 것을, 차를 몰고 가는 저들이 동생을 죽일 거라는 것을 알았다. 큰할아버지는 바닥에 주저앉아 내 동생 죽이러 가는구나 하면서 목놓아 울었다. 동생은 형의 울음소리를 들었을까. 들었다면 동생도 형을 부르며 울부짖었겠지. 그리고 이렇게 말했을지도. 살아있다고, 살고 싶다고, 어쩌면 살려 달라고. 하지만 할아버지는 땅의 끝, 삶의 끝을 향해 가고 있었다.

"그놈들이 해남에서 차로 싣고 의신면 수품항까지 가. 수품항에서 경찰 경비선에다가 또 싣고 가는 거여. 그렇게 끌고 간 데가 진도 갈매기섬이다. 거기가 칡넝쿨밖에 없어. 긍께 칡 '갈' 자를 써 갖고 '갈명도'여. 근디 멀리서 본픈 갈매기가 날라가는 모양새거든. 그래 가지고 갈명도라 안 하고 갈매기섬이라고 했는디, 말하자믄 무인도여. 사람이라고 해 봐야 미역 캐고 소라 잡으러 오는 그 근방 구자도 어부들이 전부였옹께. 거기로 끌고 가다 생사람들 발에다가 돌을 달아 가지고 수장시켜 버리는 그런 천인공노할 짓을 저질러. 그라고 또 남은 사람들은 섬에 데려다가 험한 비탈길에 세워 놓고는 뒤에서 기관총을 사정

없이 갈겨 부렀제. 그렇게 무참히 죽일 줄 누가 알았겄냐. 근디 나중에 본께 끌려간 사람 중에 농민운동한 사람만 있었던 것이 아니고, 저들 눈 밖에 났다 하믄 잡아다가 총살을 해 부러 가꼬 애, 어른 할 거 없이 엄청나게 죽어 있드라 이거여, 600명이 죽었다 하기도 하고 700명이 죽었다 하기도 하고 했응께 귀한 목숨이 얼마나 많이 죽었겄냐. 참 기맥힌 세월이었제⋯⋯."

갈매기는 평화를 상징한다지만 갈매기섬이라 불리는 그곳엔 평화가 없었다. 하얀 옷 무리들의 생살을 찢는 총소리와 명령을 완수하고 돌아가는 군경들, 무심하기 짝이 없는 파도 소리뿐이었다. 바다라도 화를 내었더라면, 총을 쥔 그들도 똑같이 당해 보라고 높은 파도를 만들어 그들의 돌아갈 길을 막아 버렸더라면 죽은 자들의 한이 덜했을까. 뒤에 밝혀진 학살의 이유는 죽은 자들을 더 원통하게 만들었다. 전시 상황에서 인민군에 협조할지도 모른다는 '추측'과 '염려'에 의한, 그게 전부인 살인이었으니까. 고작 그런 이유였기에 무인도인 데다 본도에서 멀리 떨어져 있어 발견되기가 어려운 갈매기섬으로 끌고 가 처분하려 했던 것이다. 그들의 살인은 그들 손에 피 한 방울 튀지 않는 방식으로 이루어졌다. 자신들은 배에서 내리지 않은 채로 섬 비탈길에 세워 둔 사람들을 향해 기관총 난사. 사람들의 피가 바다로, 섬 어딘가로 흘러 들어갔다. 아무도 모르게. 하지만 하늘과 바다가 알고 있었다. 그리고 고기잡이배를 타고 섬을 지나던 어부들도.

"학살 현장을 처음으로 목격한 사람들이 구자도 어부들이었다. 그 사람들이 그랬당마, 뭔 빨래 널어진 거맹키로 허연 옷 시체들이 끝도 없이 있더라고…… 그래도 그 사람들이라도 있었응께 걱서 그라고 사람들이 죽어 나간 줄 알았제."

죽어 '나간' 사람들은 다신 돌아올 수 없었다. 섬을 뒤흔든 총소리와 함께 돌연 길이 사라져 버렸기 때문이다. 그렇다면 다들 어디로 갔을까. 원해서 떠난 게 아니었으니 어쩌면 아무 데도 가지 못하고 그곳에 그대로 있었을지도 모른다. 자신들을 찾아 줄 누군가를 기다리면서.

"근디 그때 어부들이 본 것이 허연 옷 시체뿐만이 아니었어. 집단 총살이 있었던 그날, 그 난리 통에 산 사람이 있었거든. 하늘이 도왔으까나, 총알이 빗겨 간 거여. 그래도 총 맞은 척 납작 엎드렸제, 살랑께 죽은 척했던 거제. 살아남았다고는 해도 시체 더미만 있는 무인도서 사는 게 사는 거였겄냐. 어부들이 온 것도 집단 총살 있고 한 달이 지나서였응께, 그때까지 빗물 받아 먹고, 미역줄기, 칡뿌리 먹음서 버틴 거여. 몸이라고 해 봐야 꺼죽만 남았제. 그 몰골이 얼마나 괴이했으믄 구자도 어부들이 처음엔 사람이 아니라 뭔 날짐승인 줄 알았당마."

죽음보다 더 끔찍한 게 있다면 한동네 친구로 살았고, 함께 '인간다운 삶'을 꿈꿨던 이들이 주검이 되어 있는 곳에서 홀로 살아남아 미역줄기를 뜯고 있는 것이 아닐까. 그래도 죽음보단 삶이라고 차마 말할 수 없지 않을까. 그러나 산 사람은 살아서 다시 마을로 돌아가 갈매기섬에서 학살이 있었다는 사실을 마을 사람에게 알린다.

"우리는 몰랐제. 작은아버지가 어디서 죽은지를. 경찰들이 진도 어디 무인도 섬에서 죽였다는 말만 소문으로 듣고 있었제. 근디 박태길 씨라고, 그 갈매기섬에서 살아 돌아온 사람이 말을 한 거다. 작은아버지가 거기서 죽었다고. 그 말을 듣고 작은어머니하고 할머니하고 우리 아버지하고 물어물어 수품항까지 가 가지고 거기서 고깃배를 빌려 타고 시신 찾으러 갔제. 가서 본께 사람이 엄청나게 죽어 있드란 말이여. 파리 떼는 시체들 피 빨아 먹는 데 정신 팔려서 쫓아도 소용없고. 죽은 지 한달 뒤라 부패돼서 여기저기 썩은 내가 진동하제. 경찰들이 뭔 짓거리까지 했냐믄 시신에다가 불을 질러 부렀어. 그러니까 못 알아봐. 지들 말로는 파리들이 많으니까 파리들 쫓아내려고 시신에다 불을 질렀단디……"

경찰의 말을 믿을 사람은 없었다. 누가 봐도 불은 증거 인멸이자 확인사살용이었다. 박태길 씨와 같은 생존자가 또 있었다면, 뜨거운 불길 앞에서만큼은 살아남지 못했을 것이다. 이로써 그들은 완벽히 죽일 수 있었고, 완벽히 죽은 사람들의 수가 헤아릴 수 없이 많았다. 산 여기저기에 흩어져 있었고, 절벽 아래에 또 층층이 쌓여 있었다. 한 차례가 아니라 여러 차례 사람들을 실어다 죽였던 것이다. 늘어나는 시체 수만큼 파리도 늘어났고, 수를 불린 파리 떼는 검은 구름을 이뤘다. 그 속에서 할아버지의 시신을 찾는다는 건 불가능해 보였는데 결국은 할머니가 찾아냈다. 그때 할머니 나이 고작해야 스물서넛, 그 어린 나이에 배가 불러 오기 시작한 몸으로 썩은 내 진동하는 시체 더미를 뒤져 찾아내신 거였다.

"뭘 보고 찾았냐믄 작은어머니가 바느질한 옷을 소집 때 입고 가셨는디, 그때 입고 간 옷, 그거하고 바느질 모양새 보고 작은아버지 시신을 찾으신 거다."

할머니는 남편의 무사 귀환을 기원하는 마음으로 쏟은 정성이, 그 한 땀 한 땀이, 남편의 시신을 찾는 이정표가 되었을 때 울지 않을 수 없었다. 할머니는 울고 또 울었다. 하지만 할머니의 눈물을 닦아 줄 사람은 없었다. 할머니 혼자만이 아니라 그곳에 있는 모두에게 너무나도 공평한 지옥, 지옥, 지옥이었기 때문에. 도대체 누가 허락한 것일까, 그 지옥을. 신앙의 선각자요, 건국의 아버지라 추앙받는 이승만이? 설마. 그가 몰랐을 리가 없지 않은가. 하나님이 모세에게 살인하지 말라는 계명을 주신 것을.

할아버지 장례는 해남군 마산면 외호리 만대산 땅골에서 치러졌다. 할아버지의 나이 스물아홉이었다. 할아버지는 이경식, 오성례의 아들이었고, 이병희의 동생이었고, 임정심의 남편이었고, 이춘자, 이기배, 그리고 아직은 모태에 있었던 이송자의 아버지였다. 스물아홉 청년의 죽음은 자식의 죽음이자 형제의 죽음, 남편의 죽음이자 아버지의 죽음이었기에 실로 많은 죽음이었다. 그 무엇으로 대신할 수도, 보상할 수도 없는 이병연이라는 이름의 유일한 죽음이기도 했다. 기다리지 않아도 때가 되면 아침이 오고, 봄이 오지만 영영 올 수 없는 것이 있으니 그것이 죽은 아버지라는 것을 어린 자식들은 알지 못했다.

한편 수복 후 경찰은 갈매기섬의 생존자 박태길을 잡기 위해 혈안이 돼 있었다. 그런데 같은 마을에 박태길과 동명이인이 있었다. 경찰은 그를 붙잡아 부역 혐의로 산이면 진산리 뻔지에서 죽였다. 이름이 같다는 이유로 억울하게 죽임을 당한 박태길은 큰할아버지의 처남이었다. 이후 경찰이 잡으려 했던 박태길 역시 끝내는 붙잡혀 진산리 뻔지에서 학살됐다. 그렇게 다시 붙잡혀 죽을 줄 알았다면 그날 그때 갈매기섬에서 죽었어야 했다고 생각했을까. 하지만 그때 그가 죽어 버렸다면 진실은 더 오래, 더 깊이 묻힐 수밖에 없었을 것이다. 또다시 죽음에 이를 수밖에 없었으나 그의 생존만큼 확실한 삶의 의미는 없었다.

학살의 광풍은 끝도 없이 계속됐다. 1950년 10월 초입엔 남학윤이라는 경찰과 홍광기 부대라 불리던 대한청년단에 의해 큰할아버지가 죽임을 당했다. 삐삐선으로 몸을 묶은 뒤 논둑에 엎드리게 해 놓고 죽창으로 목을 쑤셨다. 이것이 큰할아버지의 죽음을 본 이들의 치 떨리는 목격담이었다. 죽음의 문턱을 넘기까지 얼마나 고통스러웠을까. 얼마나 많은 피를 쏟았을까. 큰할아버지가 학살당한 곳은 '붉은데기'였다. 흙이 원체 붉은 곳이라 지명이 붉은데기인데, 큰할아버지가 피를 쏟았을 때 피를 머금은 흙들이 유난히 더 빨갛게 빛이 났다고 했다. 그로 인해 사람들은 붉은데기의 붉은 황토를 보면서 원래의 색이 그러함에도 학살을 떠올리지 않을 수 없게 돼 버렸다.

증조부 이야기

할아버지 집안은 빨갱이였을까. 어쨌든 학살을 자행한 그들에게 국민이 아니었던 건 확실해 보인다. 그렇다면 언제부터 국민이 아닌 빨갱이였을까. 어쩌면 창씨개명을 거부했던 해방 전으로 거슬러 올라가야 할지도 모를 일이다. 그때 친일 노릇을 했던 경찰이 해방 후에도 경찰이었으니, 할아버지 집안이 여전히 블랙리스트에 있었다 해도 이상할 건 없었다.

하지만 마을 사람들로부터는 존경받고 신망받는 집안이었다. 해남읍, 송지면, 완도 등지에서 서당을 하며 아이들을 가르치고, 한방에 대한 지식이 그 시절 선비가 가졌던 것 이상으로, 약방문도 내고 환약도 지어 주며 아픈 사람들을 돌보았던 증조부 때문이었다. 그러나 그런 삶은 더 이상 아무 의미가 없었다. 무자비한 총칼 앞에, 너무도 쉬운 죽임 앞에 붓이니 의서니 하는 것들만큼 가소로운 것도 없었다.

증조부는 아들 둘을 연달아 잃은 뒤 붓을 꺾고 의서와 침을 불태웠다. 그리고 어찌해도 사라지지 않는 울분으로 몸져눕고 말았다.

성경을 보면 죄 없는 욥에게 신의 재앙이 내린다. 그 첫 번째
가 가축과 하인의 몰살이고, 두 번째가 자식들의 죽음, 세 번째
가 욥 자신에게 찾아온 고통스러운 질병이었다. 욥은 고통에
못 이겨 어찌하여 내가 모태에서 죽지 않았던가, 어찌하여 어
머니 배에서 나오는 그 순간에 숨이 끊어지지 않았던가, 하고
삶을 원망하고 탄식한다. 그런 욥에게 친구는 전혀 위안이 되지
못한다. 찾아와서 한다는 말이라는 게 하나님은 죄 없는 자를
벌하지 않으니 너에게 죄가 있음이 틀림없다는 것이었으니까.

자식들이 죽어 나가는 걸 보면서 자신 또한 병에 걸려 고통
당하고, 그것으로도 부족해 죄 있는 자라 손가락질 당한 증조
부는 또 다른 욥이 아니었을까. 하지만 끝내 욥이 되지는 못한
욥. 성경의 욥은 나중에 잃었던 모든 걸 회복하지만 증조부는
단 하나도 돌려받지 못한 채 생을 마감한다는 점에서.

나는 비극의 한복판을 비극인지도 모르고 아장아장 걸어 다
녔을 어린 아버지를 생각했다. 때는 1950년 11월의 끝 무렵,
꽤 추웠을 테고, 옷깃을 파고드는 한기에 꼭 안아 줄 누군가가
필요했을 텐데, 그때 아버지는 자신을 안아 줄 어른을 찾을 수
있었을까. 찾지 못했을 것이다. 어린 눈에도 고통만 보이고 어
른들은 보이지 않았을 것이다. 나는 「욥기」를 좋아하지 않는다.
신의 재앙은 너무 쉽고 인간의 고통은 도무지 간단치가 않기
에. 하지만 나는 「욥기」를 보고 또 본다. 그 속에 등장하는 재앙

이나 고통이 아닌 '희생양의 무고함'을.

1953년 7월은 증조부 생애 마지막 7월이었다. 그로부터 2년 뒤인 1955년에는 증조모가 쓰러져 증조부의 뒤를 따랐다. 5년 새 초상이 네 차례. 그야말로 줄초상이었다.

할머니 이야기

5년 새 상을 네 번이나 치른 할머니는 산 사람이라고 할 수 없었다. 서른 살 여자의 삶은 끝장난 지 오래였고, 남은 삶은 죽음보다 더 무서운 것이었다.

집안에 남정네들이 없으니 여자 혼자 몸으로 농사일을 감당하느라 몸이 부서질 지경인데 엄마 손을 필요로 하는 어린 자식들이 셋이었다. 꼬물꼬물 아이들을 땡볕 아래 두고 농사일을 하자면 아이들도 농사도 엉망이 되기 일쑤였다. 이웃에서 품앗이라도 해 주면 좋으련만 빨갱이 집안이라는 낙인 때문에 품앗이는 꿈도 못 꿨고, 품삯을 준다고 해도 선뜻 일해 주마 하고 나서는 사람이 없었다.

"보리 치고 모 심고 할 때가 제일 바쁘잖아. 다른 집들은 품앗이도 하고 학교에서 선생들이 학생들 델꼬 와서 도와주기도 하고 그래. 근디 우리 집은 동네 사람들이 협조를 안 해. 우리끼리 하는 거여. 그때 작은어머니가 기껏해야 서른, 애들 셋 데리고 밭에다가 놀라고 놔두고 일을 한 거여. 그 땡볕에. 그럼 애들 꼴이 어떻게 되겠냐, 저게 사람 새낀가 싶어. 울다 붙다 콧물 범벅 눈물범벅. 글고 작은어머니가 일을 하믄 새끼들은 일을 저지르고 댕기지 얌전히 놀고 있겠냐. 혼자 애들 셋 키우면서 논으로 밭으로 얼마나 일하러 댕겼는지 몰라. 그러다 쓰러지신 거제.”

죽도록 일하는 동안 할머니 안에 잠복해 있던 죽음이 할머니의 삶을 먹어 치우고 있었다. 할머니는 큰고모가 열 살, 아버지가 여덟 살, 작은고모가 여섯 살 되던 해에 결국 쓰러지고 말았다. 병원이란 델 가 보지 못했으니 병명은 알 수 없다. 당시 초등학교 2학년이었던 큰고모는 어머니 병시중 든다고 학교 몇 번가 보지 못했다. 아픈 어머니를 돌보고 어린 동생들을 챙기는 것 외엔 아무것도 할 수 없는 생활, 그런 생활이 두 해째 되던 날, 할머니마저 돌아가시고 말았다. 그렇게 나의 아버지는 할머니와도 영원한 이별을 당했다. 아버지는 땅에서는 더 이상 만날 수도, 볼 수도 없는 당신의 어머니를 하늘 어딘가에서 찾았다. 자유롭게 날아다니는 새는 분명히 어머니일 거라고. 그리고 기도했다. 다시는 죽음에 잡히지 말고 자유롭게 날아다니시라고.

당숙 이야기

어머니가 돌아가시고 큰어머니 손에 맡겨져 당숙과 한 지붕 아래 살게 된 아버지. 사촌이긴 했지만 아버지와 당숙은 형제처럼 자랐다. 물론 한쪽 부모나마 살아 계셨던 당숙은 아버지

보다는 좀 덜 비참한 쪽이었을 것이다. 하지만 부모가 살아 있는 쪽이나 죽은 쪽이나 '빨갱이' 소리 듣기는 매한가지였다. 빨갱이 소리는 사람을 인간이 아닌 벌레로 만들었다. 실제로 당숙은 그 소리를 들을 때마다 '나는 버러지'라는 생각에 고개 한 번 들 수 없었다고 했다. 꿈을 먹고 자라야 할 아이에게 빨갱이 소리는 아무것도 꿈꿀 수 없게 만드는 주문과도 같은 것이었다. 꿈이 있다면 하루빨리 빨갱이 소리에서 벗어나 비국민이 아닌 국민으로 인정받는 것, 그것뿐이었다. 당숙이 아이에서 청년이 되었을 때 월남전 참전을 결심한 것도 오로지 그 이유 하나였다(당숙은 해병대원으로 월남전에 참전해 온갖 죽을 고비를 넘기고 살아 돌아왔다). 그런데 학살의 망령이 되살아나 활개 치던 1980년 5월, 당숙은 또 한번 그 소리와 마주하게 된다.

1979년 광주 광명택시에 입사해 택시를 몰던 당숙은 1980년 5월 20일 밤 차량 시위에 참여한다. 차량 시위는 시내 곳곳에서 계엄군의 만행을 직접 본 택시 기사들이 주도한 시위로, 버스 일곱 대가 선두에 서고 택시 200대가 뒤를 잇는 시위였다. 시위라는 말로만은 부족한 감동과 환희의 현장이기도 했다. 하지만 서슬 퍼런 무기가 여전히 시민을 향하고 있었다. 이때 당숙은 시민이 아니라 시민'군'이 되기로 마음먹는다. 정권에 반하는 목소리를 냈을 때 어떻게 된다는 걸 보여 준 큰할아버지의 죽음이 당숙에게 조용히, 조심히 살아야 한다는 교훈을 주지 못하고 오히려 그 반대로 작동하고 있었던 것이다. 그 대가로 당숙은 너무나 많은 이의 죽음을 가까이에서 보아야만 했다. 그중에는 함께 시민군에 참여해 광주공원을 지키다 계엄군의 총에 맞아 숨진 고등학생 유동운, 김영진도 있었다. 당숙을 "선생님"이라 부르며 따르던 아이들이었다. 월남전 참전 용사로 이미 숱한 죽음을 보았고, 그 트라우마를 감당하고 있던 당숙이었지만 두 학생의 죽음 앞에서만큼은, 그들을 지켜 주지 못했다는 죄책감 앞에서만큼은 무너지지 않을 수 없었다. 당숙은 큰 충격과 괴로움에 빠졌다. 하지만 괴로워만 하고 있을 순 없었다. 그들이 또 빨갱이 소리를 해 대고 있었기 때문이다.

"이것들이 죄 없는 시민을 죽여 놓고 빨갱이라고 한단 말이제. 그걸 보고 그동안은 빨갱이라믄 빨갱이인 줄 알았고, 버러지라면 버러지인 줄 알고 살았는디, 그게 아니었구나, 빨갱이라서 죽인 게 아니라 죽여 놓고 빨갱이로 매도하는구나, 하는 걸 알았제."

80년 5월 그날이 계기라면 계기였을까. 이후 당숙은 민간인 학살의 진실을 찾고 증언하는 일을 지금껏 해 오고 있다. 특히 해남 민간인 학살의 진실을 찾아내는 것이 당신 평생의 과업이 되었다.

아버지 이야기

집에서 한 쌍의 십자매를 키운 적이 있었다. 내가 중2 때였으니까 사춘기 시절을 새와 함께한 것이다. 집에 새를 들인 건 할머니가 죽어서 새가 되었을 거라 믿은 아버지였다. 아버지는 새장을 자주 들여다보았다. 새장 속 새가 할머니일 리가 없는데 아버지는 저것이 내 어머니일까, 아닐까 하는 눈길로 새를 보았다. 나는 아버지를 이해하기 위해 아픈 할머니를 옆에서 물끄러미 보고 있는 어린 아버지가 되어 보았다.

어린 아버지는 너무 오래 한곳에 누워 있는 할머니가 싫다. 곧 죽어 버릴 것 같기도 하고 이미 죽은 것 같기도 해서 너무 무섭고 싫다. 그럴 때마다 학교를 오갈 때 보았던, 나무와 나무, 담장과 담장 사이를 자유롭게 오가던 새들을 떠올린다. 나의 어머니도 방 안에만 있지 않고 새처럼 자유롭게 날 수 있다면 얼마나 좋을까 하고 생각한다. 어머니가 떠나던 날도 새를 본다. 현실에서였는지 꿈에서였는지 알 수 없지만 어린 아버지는 새를 본다.

이렇게 어린 시절의 아버지가 되어 보는 건 썩 유쾌한 일이 아니었다. 아버지의 유년 시절에는 뛰어놀 만한 마당은 안 나오고 어둠침침한 골방만 나왔다. 햇빛은 없고 늘 그늘만 있었다. 기쁨은 없고 복받치는 설움만 있었다. 아버지의 멜랑콜리도 그곳에서 온 게 분명했다. 자신이 원하는 대로 집 안에 새를, 아니 할머니를 들여놓고도 아버지의 술은 계속됐다.

아버지의 삶은 술로 꽉 찬 술 항아리 같았다. 늘 술 냄새가 났고 깨질 듯 말 듯 위태로웠다. 결국 술은 아버지를 쓰러뜨렸다.

아버지가 뇌출혈로 쓰러져 병원 치료를 받고 집으로 돌아왔을 때 가족 모두 아버지의 재활에 힘을 쏟았다. 하지만 아버지의 재활 활동은 오래가지 못했다. 불편하나마 다시 걸을 수 있게 된 아버지의 몸은 아버지에 의해 다시 술을 사는 데 사용됐기 때문이다. 아버지의 몸과 정신은 망가질 대로 망가져서 아버지는 다시 걸을 수 없게 되었고, 치매 증상까지 보였다. 나는 그즈음 서울에 직장을 얻어 집을 떠났고, 큰언니는 결혼했고, 딸 중에서 아버지 곁에 남은 건 둘째 언니뿐이었다.

둘째 언니는 내게 전화를 걸어 아버지가 무섭다고 했다. 움직이지도 못하시는 분이 어디서 술이 나는지 술을 드시곤 욕이란 욕은 죄다 퍼붓는다는 것이다. 하루도 빼놓지 않고 매일 밤 욕을 해 대며 다 죽여 버린다고 악을 쓰는 통에 지옥을 사는 기분이라고 했다. 가족한테 뭐 그리 서운한 게 많고, 원한이 많아 다 죽여 버린다고 하는 걸까를 생각하다 혼자 울기도 했다고 했다. 몇 년간 술 마시고 소리 지르기를 반복하다 요양병원으로 옮겨진 아버지는 2009년 여름 장맛비가 시작되던 날 돌아가셨다.

아버지 돌아가시고 한참 지나서 둘째 언니는 자신이 아버지를 오해했던 것 같다고 말했다. 아버지의 다 죽여 버리겠다는 소리가 가족이 아니라 학살의 망령을 향한 것이었는데, 그땐 보도연맹 사건을 몰랐었기 때문에 우릴 죽이겠다는 소리로 오해한 것 같다고.

아버지가 맞닥뜨린 게 학살의 기억이고 망령이라면 아버지는 자신의 감정을 가장 솔직하게, 가장 선명한 언어로 표현하고 있었던 게 아닐까. 나는 그렇게 생각했다. 그리고 무자비하게 폭력을 휘둘렀던 시대는 아버지에게 빚이 있다고, 그 빚을 청산하지 않아, 아버지는 자꾸 1950년 그때로 돌아가 현재를 제대로 살 수 없었던 거라고, 그것은 그 누구에게도 이해받지 못하는 고독한 싸움이었을 것이라고 생각했다.

기억 그리고 그리움

2020년에서 2021년으로 해가 바뀌었는데도 코로나19의 공포는 사그라들 기미가 보이지 않았다. 몇 번 외출했다가 딸들에게 코로나 걸리면 어쩔 거냐는 잔소리를 들은 뒤로 엄마는 트로트 프로를 보며 집 안에만 있었다. 당숙모가 전화했을 때도 엄마는 TV에서 흘러나오는 트로트를 흥얼거리고 있었는데, 전화를 받고선 "지금 하고 있어요? 몇 번이라고요?"라고 하는 것이 곧 나를 호출할 것 같았다. (그때 난 내 방에서 인터넷 쇼핑 따위를 하고 있었는데, 이 방 저 방 다니는 우리 집 애견 때문에 방문을 열어 놓고 사는 터라 거실에서 통화 중인 엄마의 목소리는 언제나 잘 들렸다.) 예상대로 엄마는 채널을 못 찾고 나를 불렀다.

"야야, 얼른 KTV 틀어 봐라, 42번이라는데 그쪽이랑 우리랑 채널이 다른지 우리는 안 나와."

"뭘 보라는 건데?"

"KTV에서 당숙 나오는 다큐 하고 있대."

채널을 찾긴 했지만 당숙은 안 보이고 화면 오른쪽으로 '땅끝마을의 비극, 해남군 민간인 희생 사건'이라는 타이틀이 떠 있었다. 이제 막 시작한 모양이었다. 직접 해남 땅을 밟지 않고도 당숙에게 말로만 들었던 사건 속 현장들을 볼 수 있는 기회여서 나는 눈을 TV에 붙박았다.

"땅이 비옥하고 넓어 농사짓는 사람들이 많아⋯⋯"라는 내레이션과 함께 하늘에서 내려다본 푸른 산과 바다, 농촌의 변화를 보여 주는 현대식 집들이 나오고, 얼마 전 있었다는 '해남 항일운동 순국열사 합동 추모제' 모습이 나왔다. 곧이어 나온 것은 해남군 산이면 상공리 전경. 할아버지 외가가 있었다는 곳, 동복 오씨들이 오순도순 모여 살았다는 그곳이었다. 그 위로 일제 강점기 독립운동가들이 많았고, 해방 후에는 농민운동이 활발히 일어난 곳이라는 내레이션이 얹어졌다. 그리고 보도연맹 학살 당시 희생당한 독립운동가 오홍탁의 이야기가 이어졌다. 오홍탁은 독립운동으로 옥고를 치른 후 고향으로 돌아와 해남군 건국준비위원회에서 활동했고, 1946년에는 친일 경찰 퇴출과 쌀 공출을 반대한 해남 추수봉기를 주도한 인물이었다. 그런 그가 추수봉기 주도 혐의로 또다시 옥고를 치른 후 한국전쟁 발발 직전 만기 출소해 다시 집으로 돌아오지만 집 안의 온기를 느낄 새도 없이 다시 또 끌려 나가 강제로 보도연맹원에 이름을 올린 후 진도 갈매기섬에서 희생당한다는 이야기였다.

푸른 바다에 이어 나온 것은 유해 발굴이 이루어지고 있는 진도 갈매기섬이었다. 영상이 아니라 사진 자료였는데, 사진으로나마 처음 보게 되는 갈매기섬은 아름다움과는 거리가 먼 듯했다. 여러 구의 유해와 사살에 사용된 것으로 보이는 탄피와 탄두 등이 나왔을 때는 더 그렇게 보였다. 화면은 다시 섬에서 할아버지 일가가 살았던 작은 마을 해남군 마산면 외호리로 바뀌었다.

마을은 학살의 광풍을 상상하기 힘든 아름답고 평화로운 모습이었다. 그 풍경 속에서 드디어 당숙이 모습을 드러냈다. 한적한 시골길을 지나 언덕배기를 오르던 당숙이 더 높은 어딘가를 가리키며 할아버지가 보도연맹 가입을 피해 숨어 지내던 굴이 있다고 했다. 굴의 모습이 궁금했지만 화면엔 나오지 않았다. 언덕을 내려온 당숙이 평범해 보이는 시골집으로 들어갔다. 과거 큰할아버지 가족이 살았던 집인 듯한데, 현재는 사람이 살지 않는지 오래전에 쓰다 만 것들로 보이는 살림살이들이 어지럽게 널려 있었다. 인터뷰를 시작한 당숙의 머리 위로 감 하나를 매달고 있는 감나무 가지가 보였다. 자신이 보았고 또 머리 위 감나무가 지켜보았을 아버지와의 마지막을 당숙이 이야기했다.

"아버지가 여기서 나를 보듬고 있다가 저기서 경찰하고 동네 이장하고 와서 가자고 하니까 나를 어머니한테 인계하고 따라

가신 것이, 그것이 마지막이에요."

큰할아버지의 마지막 모습이 당숙에겐 기억이 아니라 사진으로 남아 있는 것 같았다. 사진 안에 감나무가 있었을까, 없었을까. 있다면 그때가 11월이었으니 잘 익은 감이 대롱대롱 매달려 있었을 텐데. 아마도 그것은 사진에 없을 거라고, 사진에는 오직 아버지만이, 그 뒷모습만이 담겨 있을 거라고 생각했다.

큰할아버지의 생애 마지막 장소가 되었던 붉은데기가 나왔다. 들었던 대로 흙이 붉은빛을 띠고 있었다. 왠지 모를 생명력이 느껴지는 찰지고 건강해 보이는 붉은색 황토였다. 맨발로 걸어 보고 싶고, 한 움큼 쥐고 냄새를 맡아 보고 싶은 그런 흙이었다. 하지만 당숙은 다시 또 삶이 아닌 아버지의 죽음을 이야기했다. 당시 서너 살에 불과했을 당숙은 이제 백발 성성한 노인. 하지만 아버지를 이야기할 때만큼은 아이처럼 보였다. 여전히 아버지가 그리운 아이.

"어렸을 때 어머니한테 아버지 보고 싶다 하믄 느그 아버지 찾을 생각 말아라, 아버지는 멀리 가셨응께. 그래도 그렇게 아버지가 그립더라고요. 나이 들면 나같이 흰머리 나고 그러잖아요. 우리 아버지도 살아 계시믄 흰머리가 났을 거인디 그런 생각이 들고……. 그래서 제가 지금까지 머리 물(염색)을 한 번도 안 들였어요. 아버지 생각하니라고."

당숙의 인터뷰는 아버지에 대한 그리움으로 끝을 맺었다. 그리움, 그것은 모든 희생자 유족들이 가지고 있는 공통된 마음이 아닐까. 하지만 없다. 인터뷰는 끝내도 그리움을 끝낼 방법은 세상 어디에도 없다.

미완의 과제, 해원

당숙한테 파도가 잠잠한 날을 골라 갈매기섬에 가 보고 싶다고 말했다. 그런데 그게 좀 어려운 모양이었다.

"진도에서는 거기서 귀신 나온다고 고깃배들도 무서워서 못 간단다. 고기는 많다던디……, 높디높은 비탈에다가 세워 놓고 총질을 해 댔으니 바다에 떨어져서도 많이들 죽었제. 그 뒤로 바다에서 귀신 울음소리맹키로 음산스러운 소리가 들린다고, 거기 동네 사람들 말이 그래. 그러니까 그짝으로는 고깃배들도 무서워서 못 가, 대낮에도."

당숙의 말은 영화 〈비정성시〉*의 한 장면으로 이어졌다. 문청과 관미가 관영의 친구들과 식사하는 자리에서 따로 떨어져 '로렐라이 언덕'이란 노래를 감상하는 장면이다. 그때 관미는 듣지 못하는 문청을 위해 어떤 노래인지를 종이에 써서 알려 준다.

"독일에서 전해 오는 명곡으로 오래된 전설이 담겨 있어요. 아름다운 귀신이 라인강에 살고 있었는데 자주 강변에서 노래

* 대만이 일제에게 해방된 1945년부터 1949년 국공내전에서 실질적으로 축출되어서 국민당이 타이베이에 임시수도를 정할 때까지의 시기를 다루고 있는 허우 샤오시엔 감독의 1990년 개봉작.

를 불렀어요. 지나가는 어부들이 그 노랫소리에 심취해서 배가 암초에 부딪치는 바람에 많은 사람이 죽었대요."

나는 아름다운 귀신을 원귀라고 생각했다. 원한을 지닌 채 죽은 사람은 그 혼령이 승천하지 못하고 원귀가 된다고 했다. 원귀 중에서도 집 밖에서 죽은 혼령이 가장 두려운 존재라는데, 그 모습이 아름답지 말라는 법은 없으니까.

갈매기섬 주변을 떠돌며 음산한 소릴 내고 고깃배를 이리저리 흔들어 겁을 준 이들도 아름다운 귀신들일까. 70년 전 떠난 그들이 국화꽃 한 송이론 어림없다고, 원혼을 달래려 영무를 춘다 해도 해원은 어렵다고 노래하는 건지도 몰랐다. 나는 파도 소리 같기도 하고 노랫소리 같기도 한 소리가 들리는 갈매기섬을 떠올렸다. 그때 거긴 왜 가려는 것이냐고 당숙이 물었다. 그냥요, 하며 대답을 하는 둥 마는 둥 했지만, 그곳에 가서 종이 새든 종이비행기든 날 만한 것들을 날려 보자는 생각이었다. 추모를 위한 것은 아니었고, 그곳에서 무언가를 날리고 나면 기분이 좀 나아지지 않을까 해서였다. 그러니까 순전히 나를 위한 플랜이었던 것인데, 돌아오는 것은 갈 수 없다는 답이었다. 답을 준 건 당숙이었지만, 좀 더 지나 생각해 보니 귀신일 수도 있겠다는 생각이 들었다. '오지 마세요, 당신들을 위해서는……' 그것은 어쩌면 갈매기섬에 살고 있는 칡넝쿨과 동백나무의 소리였는지도 모르겠다.

수상 소식을 들었을 때 너무도 기뻤다. 그때가 또 추석을 한 달도 채 남겨 두지 않은 때라 이번 추석엔 할아버지와 아버지 산소에 들고 갈 좋은 선물이 생겼다는 생각에 더 기뻤던 것 같다. 그리고 할아버지와 아버지에 대해 더 자주, 더 오래 생각하게 되었는데 그것은 기쁜 일이 아니었다. 특히 스물아홉이라는 젊은 나이에 학살의 희생자가 되신, 그래서 할아버지라는 말이 어울리지 않는 청년 '이병연'을 떠올리노라면 기쁨과는 아주 먼 기분이 들었다. 스산한 바람이 가슴 안에서 소용돌이치는 것 같은 그 기분을 뭐라고 말할 수 있을까. 「갈매기 섬엔 갈 수 없다」를 쓰는 동안에도 그와 비슷한 기분을 가졌던 것 같다. 눈물을 흘리기엔 내가 태어나기도 한참 전인 너무 오래전 일이었고, 아무렇지도 않기엔 내 나라에서 일어난, 내 아버지의 아버지 이야기라 가슴 안에서 바람만 불고 있었던 게 아닌가 싶다.

꽤 오래전부터 할아버지 이야기를 써야 한다는 생각을 숙제처럼 안고 있었다. 처음엔 소설의 형식을 생각하고 써 보았는데, 픽션이 가미되는 부분에서 자꾸만 길을 잃었다. 그렇게 길을 잃은 채로 있던 중에 전태일문학상에 르포 부문이 있다는 것을 알게 되었고, 그렇다면 픽션을 걷어 낸 진짜 할아버지 이야기를 써 보자는 생각으로 다시 써 나가기 시작했다.

「갈매섬엔 갈 수 없다」는 1950년을 전후한 시대와 한국전쟁이라는 사건이 '인간의 존엄과 권리'를 어떻게 유린했는지에 대한 이야기이자 그 속에서 살아남은 자의 고통에 대한, 희생양의 죄 없음에 대한,

전쟁을 겪지 않은 세대에까지 미치는 전쟁의 영향력 대한, 여전히 미완인 진실과 화해에 대한 이야기라고 생각한다. 물론 충분히 잘 담아냈다고는 생각하지 않는다. 감히 안다고 할 수 없는 사건과 감정들을 더듬더듬 써 나간 부족한 글이다. 그럼에도 이 이야기를 읽어 볼 만한 이야기라 여겨 주시고 당선작에 올려 주신 심사위원들께 감사드린다. 아울러 당선의 기쁨을 함께해 주신 조선대 문예창작학과 이승우, 신형철, 김희정 교수님께도 감사드린다.

언제가 될지는 모르지만 만약 문학상에 당선되는 날이라는 게 온다면 수상 소감에 꼭 이름을 넣어 주기로 했던 글벗, 문진영 선생님께도 감사를 전함으로써 약속을 지키고 싶다.

그리고 나의 가족 모두에게 감사를 전하고 싶은데, 특히 퇴고를 도와준 이유미 님(나의 큰언니)께 감사드리고, 누구보다 이 글을 시작할 수 있도록 아픈 기억을 꺼내어 구술해 주신 해남유족회 회장이자 나의 당숙이신 이창준 님께 감사드린다.

끝으로 보도연맹 사건을 포함한 민간인 학살 희생자들께 애도를 표하고, 그분들께 갈매기섬에는 갈 수 없지만 그곳을 결코 잊지 않겠다는 이야기를 전하고 싶다.

다시 한번 모든 분께 감사드린다.

제29회 전태일문학상

심사평

시 부문 심사평

동시대를 설득한 시

올해 시 부문 응모작들의 수준이 고루 높았다. 이때 수준이란 전태일 열사의 삶과 정신을 단순히 주제화한 작품의 수가 월등히 줄었다는 것이며, 주제를 위해 기계적으로 쓰인 시가 아니라 쓰임으로써 자연히 주제를 녹여 낸 작품들이 많아졌음을 의미한다. 심사위원들은 '노동-문학'에 동시대성을 부여하면서도 전태일의 시대성을 잃지 않는 작품들을 우선으로 검토했다.

그렇게 해서 「간드레, 순흑빛 내 아버지의 별」 외 3편, 「껍질의 개인사」 외 2편, 「공장마당으로 꽃잎이 날아오네」 외 2편, 「굴뚝새를 위하여」 외 3편, 「기억의 집」 외 2편, 「나비」 외 4편, 「바다의 여인들」 외 2편, 「세상 맨 끝 방」 외 3편, 「손가락은 어디 갔어요」 외 4편, 「을지유감」 외 5편, 「절규」 외 2편, 「주름들 속에」 외 2편, 「피크닉」 외 4편이 본심에 올랐다. 언급된 작품들은 노동하는, 노동하지 못하는 개인의 삶을 시에 담아내면서도 그 삶을 시대와 결부시켜 성찰하려는, '개인의 시대'를 넘어 '시대의 개인'을 고민하는 작품들이었다.

이 중 「껍질의 개인사」 외 2편, 「세상 맨 끝 방」 외 3편, 「을지유감」 외 5편, 「피크닉」 외 4편을 두고 심사위원들은 최종적으로 의논했다.

「껍질의 개인사」 외 2편은 응모작 중에서 드물게 '여성'이 가시화되고 있는 작품들이었다. 노동-문학에서 기록되지 않고 쉬이 지워지는 여성의 모습을 시에 담아냈다는 의의가 있음에도 작품이 다소 감상에 머무는 점이 아쉬웠다. 여성의 삶을 시적으로 형상화한 작품들이 많아지길 기대한다. 전태일문학상의 미래는 여성의 것이기도 함을 감히 덧붙이고 싶다. 「을지유감」 외 5편은 시인의 상상력의 폭을 가늠할 수 있을 정도로 다채로운 색깔을 가진 작품들이었다. 특히 「파래씨, 그녀」와 「도미 레지스탕스」는 제목만으로도 주목하게 했다. 그러나 그 상상력이 발상의 차원에 머물며 뻗어 나가지 못하고 갇혀 있었다. 또한 「을지유감」 같은 시에서 감지되는 '오늘의 시'와의 거리감도 다음을 기약하게 했다. 「피크닉」 외 4편은 당선작과 더불어 최종까지 심사위원들을 붙든 작품이었다. 화물 운송 노동자의 비극적인 죽음을 꿈결처럼 담아내고 있는 표제작 「피크닉」에 담긴 비애와 슬픔은 가슴을 먹먹하게 했다. 「초록이라는 절망」, 「별자리」와 같은, 꾸미는 말을 줄여 꾸밈없이 세계를 담담히 담아낸 시인의 시편들은 그 자체로 믿음직했으나 그것이 '시화'되었는지는 주저됐다.

그리하여 마침내 우리는 「세상 맨 끝 방」 외 3편을, 그중에서도 표제작인 「세상 맨 끝 방」을 당선작으로 정하기로 합의했다. 4편의 안정적인 응모작은 시인의 시력(詩歷)이 짧지 않음을 감지할 수 있는, 기성 시인과 견주어도 손색이 없는 작품들이었다. 행과 연의 같이, 문장부호 하나까지 허투루 쓰인 것이 없었다. 「국자」는 거꾸로 걸린 국자와 물음표를 포개며 "나는 애초부터 물음표를 정확하게도 닮아 있"다는 실존적 성찰을 선명하게 드러내며, 당선작 역시 세상의 맨 끝으로 계속해서 내몰리는 오늘날의 개인에 관한 뜨거운 물음을 담고 있다. '세상 맨 끝 방'이라는 물음은 과거의 것이며 오늘의 것이고 동시에 미래를 향한 물음이기도 했다. 우리는 시인의 그 물음과 물음표에 설득됐다.

심사의 결과와는 상관없이 어떤 간절함으로부터 기원했는지 알 수 없는 채로 여전히 시를 쓰며 사는 모든 이들에게 진심 어린 응원을 보내는 바이다.

심사위원

김현(시인), 문동만(시인), 안현미(시인)

돌아오지 못한 사람들에 대한 애도

전태일문학상에 응모한 소설들에는 기존 문학 장 어디에서도 찾기 힘든 '현장성'이 있다. 작가의 상상력이나 취재만으로는 도무지 써낼 수 없을 것만 같은 이 생생하고 뭉클하고 아픈 이야기들은 어디에서 기인한 걸까. '전태일 정신'이라는 상의 정체성에 부합하려는 목적만으로 노동자·민중을 비롯한 약자, 소수자의 삶을 이토록 사실적으로 보여 줄 수 있을까.

심사를 하는 내내 어쩌면 작가들 스스로가 소설을 '살아 내고' 있는 것일지도 모른다고 생각했다. 그러니까 그들 모두가 대학생 친구도 스승도 없는 오롯한 전태일로, 투박하지만 정직하고 진실한 문장으로 청년 전태일이 사랑했던 사람들의 이야기를 써낸 것은 아닐까.

단언컨대, 이 소설들은 전태일문학상이 아니고는 찾아보기 어려울 것이고, 이것이 전태일문학상의 존재 이유일 것이다.

본심에 올라온 소설은 모두 9편이었고, 그중 「임계점」, 「해일」, 「영국여인숙」 3편을 집중적으로 검토했다.

「임계점」의 기복, 인호, 준배, 창수와 「해일」의 고아 청년 무명, 파키스탄에서 온 청년 빌랄, 공무원 시험을 준비하다가 실패한 지훈 등은 네 사람이 들어야 하는 무거운 철판을 둘이서 기계에 옮겨 컨베이어 벨트로 보내고, 자동차 부품 제조 공장에서 주야 맞교대로 일하는 노동자들이다. 규정을 위반한 중노동과 긴 노동시간 등, 오늘의 위험한 노동의 현실을 반영하듯 「임계점」의 인호도, 「해일」의 무명과 지훈도 공장 내 사고로 목숨을 잃는다.

위의 두 소설을 포함한 응모작들에 이주노동자와 청년 노동자의 이야기가 유난히 많았던 것은 문학이 예감하는 현실일지도 모르겠다. 청년과 노동자는 사회적 약자이기도 하겠지만, 물이 데워지면 어느 순간 '임계점'에 이르러 끓어오르듯 언젠가 지상의 풍경을 바꾸는 '해일'이 될지도 모르니까.

당선작으로 결정한 단편소설 「영국여인숙」은 치매가 진행되고 있는 노모와 세 자매가 긴 시간, 감당할 수 없는 슬픔을 고요로 위장하며 살아올 수밖에 없었던 어느 야만의 시절에 관한 이야기이다.

과거, 어머니가 세 자매를 키우며 운영하던 '영국여인숙'에서 일어난 끔찍한 일은 그간 무수히 듣고 읽어 왔던 80년 광주의 어떤 장면보다 참혹했다. 그 참혹한 장면의 목격자이자, 살아남기 위해 외면해야 했던 세 딸의 어머니는 기어이 그 시간, 그 장소, 능욕당한 사람들을 찾는다.

세 작품 모두 전태일문학상에 부합하는 성실한 소설들이었지만, '영국여인숙'이라는 죄 없는 사람들의 삶의 터전에서 일어났던 국가폭력과 범죄, 어쩌면 현재의 어느 구석진 골목에 여전히 존재할지도 모르는 그 장소, 그 시간의 이야기에 최고의 전태일 정신을 부여했다.

당선작 「영국여인숙」을 쓴 작가에게 축하를, 본심에 올라온 작

품들과 응모작을 보내 주신 미래의 수상자들께 감사의 마음을 전
한다.

심사위원

김이정(소설가), 김종광(소설가), 이수경(소설가)

경력단절 중년 여성의 구직 실패기

생활글은 1차 심사를 거쳐 10편이 최종 논의 대상이 되었다. 「금줄의 의미」, 「덩굴학교 보고서」, 「열아홉 달빛」, 「침묵을 깨는 방법」, 「이런 일은 없었으면」, 「새벽 첫차」, 「구직 실패기」, 「결코 역사가 될 수 없는 것에 대하여」, 「투명인간이 아닙니다」, 「방송사 프리랜서의 허상」이다.

지면을 허투루 넘길 수 있는 글은 없었다. 전태일문학상의 성격에 맞게 작품마다 우리 사회 노동과 삶의 풍경이 곡진하게 담겨 있었다. 몇 편의 응모작을 살펴보겠다.

「덩굴학교 보고서」는 응모자가 중학 시절 2년 동안 학교에서 겪은 부조리한 현실을 고발하는 르포르타주 성격이 짙은 작품이다. 그 부조리의 배경엔 '돈'이 있고, '교육'이 없는 학교 현장이 있다. 이 작품은 무겁고 심각한 상황을 재치 있게 풀어 가는 글솜씨가 인상적이었다. 다만 각 상황과 장면을 세밀하게 다루지 못하고 건너뛰는 점이 아쉬웠다. 그리고 응모자는 오랜 세월이 지난 그때의 이야기를 지금 꺼내 든 이유에 대해 숙고가 충분했는지 살펴보기 바란다. 그 부조리의 배경과 이면에 대한 사유를 좀 더 녹여 냈으면 보다 의미 있는 작품으로 완성되었을 것이다.

「열아홉 달빛」은 어린 나이에 고향을 떠나 봉제공장으로 간 언니에 대한 회고담이다. 그 시대, 가부장적 세계의 폭력에 스러져 간 '언니'

들에 대한 헌사를 담은 값진 글이다. 비극을 담은 글에서 감정을 적절히 절제한 문장들도 인상적이었다. 다만 그 헌사가 공감의 깊이를 획득하지 못한 것은 '언니'의 여러 면모를 보여 주지 못한 점에 있을 것이다.

「결코 역사가 될 수 없는 것에 대하여」는 할아버지의 노동을 소재로 하고 있다. 우리 사회가 미처 들여다보지 못한 '노인의 노동'을 다룬 점에서 흥미를 끌었다. 그러나 생활글 치곤 적잖은 분량임에도 노인 노동 문제를 제대로 드러내는 데 성공하지 못했다. 이는 할아버지와 그의 노동에 대해 다소 무리한 해석이 전개된 것에 기인한 것으로 보인다.

수상작으로 뽑은 작품은 「구직 실패기」이다. 이 작품은 경력단절 중년 여성이 처한 노동 현실을 보여 주고 있다. 끝날 듯 끝나지 않는 구직 실패 경험담을 재치 있고 섬세하게 서술한 점이 인상적이었다. 다만, 구직과 취직 경험이 병렬식으로 나열된 단조로운 구성을 취한 점이 아쉬웠다. 심사위원들은 이 작품을 수상작으로 하는 데 이견이 없었다. 자신의 경험담을 글로 형상화하는 솜씨와 필력에 신뢰가 갔기 때문이다.

심사위원
송기역(작가), 안미선(작가), 은유(작가)

기록을 기록문학으로 완성한 작품

전태일문학상은 제28회부터 생활글과 르포르타주 부문을 분리해 공모하고 있다. 이는 기록문학의 가치를 확인하고 알리기 위한 목적이다. 지난해도 그랬지만 올해도 르포르타주는 응모작이 많지 않았다. 소재에 대한 천착, 여러 자료를 살피고 현장을 취재해야 하는 집중도를 요구하는 장르적 특성 때문일 것이다.

지난해 수상작이 아시아의 제노사이드를 담은 작품이라면, 올해 수상작은 한국의 제노사이드 '보도연맹 사건'을 다루고 있다.

당선작인 「갈매기섬엔 갈 수 없다」는 진도 갈매기섬(갈명도)에서 벌어진 보도연맹 사건에 희생된 할아버지의 자취를 찾아가는 여정이면서, 그로 인해 예기치 않은 삶의 비극을 몸소 겪은 할머니와 아버지 등의 서사를 포함하고 있다. 역사에 몇 줄로 기록된 사건이 실제 한 인물, 한 가족의 삶을 어떻게 휩쓸고 지나갔는지 농밀하게 담아냈다. 응모자는 서두에서 이렇게 적는다.

"나는 할아버지 이름이 나온 짧은 기록이 아니라 서사가 필요했다."

이로 인해 기록은 기록문학으로 전이된다.

할아버지가 희생된 후 남은 이들은 '빨갱이'라는 낙인이 찍힌 채 살아간다. 할아버지의 죽음은 할머니의 죽음을 불러온다. 할머니의 부재를 견뎌야 하는 아버지는 그녀가 죽어 새가 되었다고 믿는다. 할머니를 그리워하며 십자매를 키우고, 술에 절어 살다 결국 술병을 얻어 세상을 떠난 아버지. 죽음에서 죽음으로 이어지는 여정. 이 날것의 참극은 글로 기록되어 죽음들의 의미를 묻는다.

3대째에 이른 응모자는 가족사의 비극 앞에서 술을 마시며 괴로워한 아버지와 달리 어느 정도 객관적 거리를 둘 수 있었다. 그래서 그는 글을 썼고, 기록으로 남겼다.

역사는 지배 블록의 거시사에서 서벌턴의 미시사로, 자기 역사 쓰기·가족사 쓰기·지역사 쓰기로 그 지형을 옮겨 가고 있다. '삶이 있는 역사', '가까이 있는 역사'로의 복원. 그 역사는 글과 문학의 형식을 통해 구체화되고, 이는 다시 역사의 일부가 될 것이다.

저마다 간직하고 있는 미시사적 이야기들을 내년에도 전태일문학상 르포 부문에서 만날 수 있길 바란다.

심사위원

송기역(작가), 안미선(작가), 은유(작가)

제16회 전태일청소년문학상

수상작

문화체육관광부 장관상

산문 부문 유선아 · 창원여자고등학교 3학년

전태일재단 이사장상

시 부문 김예미 · 경화여자고등학교 3학년

산문 부문 이주연 · 구로고등학교 3학년

독후감 부문 김연우 · 마산한일여자고등학교 2학년

경향신문사 사장상

시 부문 김은서 · 서영여자고등학교 3학년

산문 부문 김이현 · 고양예술고등학교 3학년

독후감 부문 김예본 · 고양신원중학교 1학년

한국작가회의 이사장상

시 부문 김혜원 · 점촌고등학교 3학년

산문 부문 안다영 · 소하고등학교 3학년

독후감 부문(단체상) 김요원, 박수민 · 북인천여자중학교 2학년

사회평론사 사장상

시 부문 이채은 · 세종양지고등학교 3학년

산문 부문 황예리 · 부산여자고등학교 2학년

독후감 부문 신지원 · 양산남부고등학교 1학년

철인삼종경기

1. 수영, 반드시 완주할 것

검은 우산 아래, 그림자 하나가 웅덩이에 비쳤다. 하지만 그 그림자 속 사람은 둘이었다. 얇은 우산 위로 빗방울이 무섭게 떨어졌다. 맞은편 신호등 앞에 서 있던 동료 한 명이 손을 흔들며 다가오고 있었다. 차 한 대가 거대한 물보라를 만들며 횡단보도 앞을 빠르게 지나갔다. 나는 다급히 배를 감싸 안았다. 순식간에 날아간 우산이 내 앞의 웅덩이에 떨어졌다. 그 모습을 본 동료가 토끼 눈을 하며 나를 쳐다보자, 나는 멋쩍게 웃으며 웅덩이에서 우산을 집어 들었다. 비를 맞아 축축해진 머릿결이 뺨에 달라붙어 떨어질 생각을 하지 않았다. 빗줄기가 튀어 사방으로 흩어지는 얼굴은 번진 초상화 같았다. 신발 틈으로 들어오는 물 때문인지, 빗물에 비친 모습 때문인지 몸과 마음은 순식간에 축 처졌다. 나와 동료 앞으로 커다랗고 검은 봉고차하나가 다가왔다. 문이 열리고 동료들과 가벼운 눈인사를 마쳤다. 봉고차에는 '수산 물산'이라는 간판이 새겨져 있었다. 가죽이 반 이상 벗겨져 까칠한 좌석 위로 몸을 기댔다. 곰팡이 냄새가 신경을 자극했지만, 주변 사람들은 잠수하는 것처럼 고개를 떨어뜨리기 바빴다. 인원 체크를 마친 기사가 담배 냄새를 풍기며 운전석에 앉았다. 탁한 냄새에 무의식적으로 인상을 찌푸렸다. 기사의 바지 주머니 사이로 빠져나온 담뱃갑을 뺏어 창밖으로 내던지고 싶었다. 목적지 근처 비포장도로에 진입한 봉고차는 더욱 덜컹거리며 굉음을 냈다. 쉴 새 없이 몸이 흔들리는 통에 무의식적으로 배에 손을 올렸다. 큰 소리에도 깨는 기색 없던 직원들이 이내 한숨을 내쉬며 일어났다. 봉고차는 거센 빗줄기를 맞으며 오르막길을 오르기 시작했다. 돌부리에 걸린 봉고차가 큰 소리를 내며 정차했다. 발판에 남은 빗물 탓에 좌석에서 퀴퀴한 냄새가 올라왔다. 그 냄새가 역하게 느껴져 괜히 헛구역질이 새어 나왔다. 봉고차가 다시 한번 커다란 돌에 걸려 덜컹거렸다. 차 문과 세게 부딪혀 어깨가 쓰려 왔다. 공장 직원들의 목소리와 빗방울의 시끄러운 합주 속에서, 나는 언젠가 나를 감쌌던 물처럼 배를 자꾸만 감싸 안았다.

유망주. 물 안에서 나는 그렇게 불리곤 했다. 그곳에서 발장구를 칠 때면 사방에서 박수가 터져 나왔다. 매년 개최되는 전국체전에서 메달을 놓치는 일이 없었다. 시상대의 중심에서 마주한 카메라 렌즈는 수많은 눈처럼 보이기도 했다. 그 순간에는 항상 코치가 함께했다. 코치가 내뱉은 "은희는 하나를 가르

치면 열을 알지."라는 말이 사람들 사이에서 파도처럼 퍼져 나갔다. 나를 비추는 조명이 사라지면 짙은 명암이 자리 잡은 얼굴이 물에 드리웠다. 코치는 가끔 내가 왜 깊은 물속에 있는지 생각하게끔 했다. 그는 내 얼굴에 그림자가 질 때마다 굳이 나를 이름 석 자 대신 유망주라고 불렀다. 달력에 빨간 날은 존재하지 않았으며, 스톱워치 속 숫자가 줄어들 때까지 물 밖으로 나올 수 없었다. 숫자에 대한 공포감 때문에 시계를 보지 못할 정도였다. 물 안에는 장애물이 없었지만, 누군가 자꾸 나를 막아섰다. 메아리처럼 울리는 마찰음 속에서 아무 말도 하지 못했다. 뺨이 낯선 손에 의해 양옆으로 돌아갈 때마다 하얀 천장의 파편이 바닥으로 꽂히는 것 같았다. 시계 안의 숫자가 몇 번이고 바뀌고, 수영장의 모든 불이 꺼질 때까지 그의 손은 멈추지 않았다. 코치는 기록이 낮다는 이유 하나로 목청이 터질 만큼 소리를 질렀다. 그가 손에 쥔 기록표가 칼처럼 느껴졌다. 숫자를 뛰어넘으라는 코치의 말이 환청처럼 귓가에 맴돌았다. 언젠가 그 칼이 간신히 잡고 있던 이성마저 가차 없이 끊어 낼 거라고 생각했다. 아물지 않은 상처 위로 붉은 핏덩이가 다시 역류했다. 그 비릿함을 참으며 삼켰던 구역질은 목 끝까지 차올랐다. 차라리 암흑 밑으로 가라앉아 눈을 감고 싶었다.

"왜 자꾸 기록이 낮아져, 왜!"

끝없이 이어지는 천장 아래에서 낮은 목소리가 울려 퍼졌다. 그의 목소리가 제대로 들리지 않아 간신히 숨을 쉴 수 있었다. 그러나 칼끝이 목덜미까지 다다랐을 때, 나는 큰 굉음과 함께 명치를 잡고 무너져 내렸다. 맞은편 전신 거울 위로 초상화 하나가 인상을 찡그렸다. 곧바로 푸른 몸이 차디찬 바닥을 향해 낙하했다. 뒤집힌 눈은 온몸에 소름이 돋을 정도로 징그러웠다. 그리고 내 주위로 사람들이 모여들었다. 떡밥을 보고 몰려오는 물고기처럼.

일어…… 일어나…….

코치의 말은 귓속에서 큰 파동을 일으켰고 모든 신경을 잡아 먹었다. 고장 난 장난감처럼 물이 마른 바닥 위에서 나뒹굴었다. 창백해진 얼굴이 거울 끝을 바라보았다. 순간 명치 위로 자리 잡은 작은 피멍이 물처럼 퍼져 나갔다. 물 안에서 누구보다 편하게 유영했지만, 지금은 꾸덕꾸덕한 페인트 속으로 떨어지는 것 같았다. 뜨거운 땀을 흘리며 발을 움직였지만 묶인 발은 쉽게 움직이지 않았다. 움직이면 움직일수록 사방이 흰색인 사면 안으로 빨려 들어갔다. 그렇게 나는 끝도 없는, 머리가 어지러울 정도로 하얀 공간 안으로 추락했다. 그 속에서 큰 굉음을 내며 정체 모를 무언가와 부딪혔다. 결국 질퍽한 페인트 속에 가라앉고 말았다. 간신히 정신을 차리자 조금은 누런 하얀 천장이 나를 반겼다. 기록표를 들고 소리를 지르는 코치의 모습이 아직도 생생해 물을 먹은 것처럼 숨을 헐떡였다. 하염없이 작은 내 그림자가 숙소와 베란다의 경계에 걸쳐졌다. 그 위로 노란 달빛이 그림처럼 드리웠다. 창문의 얇고 촘촘한 철창이 시야를 거슬리게 막았다. 그리고 착시 현상처럼 조금씩 움직였다. 곧장 수영 가방을 열고 가방을 탈탈 털어 냈다. 텅 빈 가방은 각종 봉지가 가득한 구석에 놓인 상자에 버렸다. 나는 무언가에 홀린 사람처럼 모든 옷장을 열고, 수영복이 아닌 다른 옷들을 넣을 캐리어를 찾기 시작했다. 옷장에서 발견한 검은 가방에 최소한의 옷들만 넣고 지퍼를 급히 닫았다. 나는 이 세상 밖을 향해 누구보다 빠르게 질주했다. 지퍼 사이로 삐져나온 작은 무언가가 둔탁한 소리를 내며 떨어졌다. 수영 선수로서 처음 빛이 되었을 때 함께한 수경이었다. 나의 부재와 함께 방 안은 암흑 속으로 가라앉았다.

빗줄기가 귀가 아플 정도로 둔탁한 소리를 내며 차 유리에 박혔다. 큰 소음에 양옆을 둘러보자 거대한 물줄기가 펼쳐졌다. 사방으로 튀는 물이 차 안으로 들어올까 봐 창문을 더 굳게 닫았다. 얼마 안 가 사면에 물 로고가 새겨져 있는 한 건물로 들어섰다. 차 문을 열자마자 우산 사이로 빗줄기가 들어와 급하게 발을 움직였다. 한 걸음 내디딜 때마다 질퍽한 흙탕물이 발목을 붙잡고 놔주지 않았다. 각종 기계가 돌아가는 소음들이 신경을 자극했다. 큰 소음 때문에 금방이라도 귀가 쪼개질 것 같았다. 복도에 나열된 각진 사물함은 갇혀 있는 것 같아 답답했다. 끝없이 펼쳐진 유리창 안에는 수레바퀴처럼 생긴 기계들이 붉은빛을 내며 제 몫을 하고 있었다. 나는 주로 기계가 돌아갈 때 일지를 작성하는 일을 했다. 내 이름이 새겨진 회색 사물함 안으로 가방을 넣었다. 그 순간, 창밖에서 큰 굉음과 함께 검은 하늘이 반으로 쪼개졌다. 푸른 뚜껑을 덮은 페트병들이 줄줄이 상자 안으로 들어갔다. 이 업무는 단순해서 언제든 다른 누군가로 대체될 수 있다는 공포감이 나를 짓눌렀다. 그러나 이 공장은 다른 공장에 비해 근무 환경이 쾌적했다. 무엇보다 가장 두드러지는 장점은 정규직이 되면 육아휴직을 3개월간 사용할 수 있다는 점이었다. 좋은 직장을 하루아침에 잃고 싶지 않았다. 옆에서 하품을 빽빽 내쉬던 홍 언니는 얼른 밥을 먹으러 가자며 내 어깨를 흔들어 댔다. 점심시간을 맞은 구내식당은 사람들로 발 디딜 틈이 없었다. 빽빽하게 앉은 직원들 틈 사이로 들어가 식판을 놓고 앉았다. 대화의 주제는 뻔했다. 자신의 이야기를 꺼내는 사람은 손에 꼽을 정도였다. 그들의 입방아에는 같이 일하는 사람들의 이름만 올랐다. 덕분에 영양가 없는 이야기와 정보 들도 내 배 속에 쌓여 갔다. 반찬으로 나온 감자가 덜 익어 아삭거렸지만, 그럴수록 턱관절을 로봇처럼 빠르게 움직였다.

"영희였나, 기억은 잘 안 나는데, 일 잘하던 그 직원 하나 있 잖아요. 일주일 전부터 안 나와요. 내가 보기엔 임신 들켜서 눈 칫밥 먹다가 나간 것 같은데."

순간 스타트를 기다리는 수영 선수처럼 몸이 굳어 버렸다. 젓가락질을 하던 사람들도 동시에 아무 말도 하지 못하고 입만 오물거렸다. 입 안의 감자가 쏟아질 것 같았으나 손가락으로 누르며 악착같이 참았다. 나는 괜히 티도 안 나는 배에 힘을 주 었다. 갑자기 내 배가 스프링처럼 존재감을 드러내는 것 같았 다. 영희 언니는 평소 나와 친분이 있던 사람이었다. 그녀는 우 리 공장의 분위기 메이커였다. 모두가 바람 빠진 풍선처럼 처 져 있을 때도 홀로 웃으며 손을 빠르게 움직였다. 혼자 밥을 먹 는 직원들을 챙겨 주는 유일한 사람이기도 했다. 영희 언니 덕 분에 사람들과 말을 텄다 해도 과언이 아니었다. 오랫동안 기 다리던 아이가 생겨 좋아하던 언니의 모습이 눈앞에서 아른거 렸다. 재계약을 목표로 삼자며 커피를 내어 주던 언니, 아이의 초음파 사진을 보여 주며 활짝 웃던 언니. 그 모습들이 내 목에 걸려 좀처럼 넘어갈 생각을 하지 않았다. 이제 이곳에서 내 편 은 하나도 없는 걸까. 물기 없는 감자가 목구멍을 넘어가지 못 하고 한참을 떠돌았다. 로봇처럼 움직여 대던 내 턱관절도 어 느새 고장 난 듯 멈춰 버렸다. 귓속에 윙윙거리는 벌레의 소리 가 반복해서 꽂혔다.

"우리 같은 사람은 임신해도 축하를 못 받아. 바로 잘리는 거지."

사람들은 무거운 침묵만을 유지하며 덜 익은 감자를 씹어 댔다. 결국 텁텁한 감자가 목구멍에 걸려 급하게 물을 마셨다. 분위기와 대화 주제 때문인지 자꾸만 속이 메스꺼웠다. 은희 괜찮아? 홍 언니가 옆에서 급하게 등을 두드렸지만, 그 손길이 등을 억눌러 더욱 고통스럽게만 했다. 수많은 눈동자가 모두 나를 향했다. 죄송하다는 말만 연신 반복하며 재빨리 구내식당을 빠져나왔다. 이마에서 뜨거운 빗줄기가 떨어지기 시작했다. 복도 끝에서 음식 냄새가 나지 않았으나 속에서는 무언가가 자꾸만 역류할 듯 올라왔다. 하늘을 집어삼킨 먹구름이 틈새로 비춰 오는 햇빛을 막았다. 나는 조용히 내 배를 감싸 안았다. 이 아이를 물기 없는 세상 밖으로 꺼내기엔 세상을 감싼 공기가 너무나 삭막했다. 바닥으로 반사된 작은 그림자가 조금씩 떨리기 시작했다.

2. 사이클, 휴식 없이 경기를 이어 나갈 것

휴게실 밖에선 페트병을 올린 레일이 쉴 새 없이 돌아가는 소리가 났다. 가방 구석에 숨겨 둔 염산 뚜껑을 열었다. 손목에 큰 반동을 주자, 얼마 남지 않은 알약들이 손바닥 위로 나뒹굴었다. 마침 뒤에서 들려오는 사람들의 목소리에 서둘러 약을 입으로 털어 넣었다. 사람들이 얼마 남지 않은 휴식 시간을 즐기려 수다를 떨기 시작했다. 둥글게 자리 잡은 상들과 소파가 그들의 지친 몸을 감쌌다. 휴게실은 공장 안에서 유일하게 활기가 넘치는 장소였다. 여러 명의 목소리가 겹쳐져 큰 소음을 냈다. 사람들은 커피에 다과를 찍어 먹기도 했고, 자판기에서 뽑은 음료를 마시기도 했다. 그때 낯선 그림자 하나가 휴게실 안으로 들어섰다. 순식간에 조용해진 휴게실 안에는 남자의 구둣발 소리밖에 들리지 않았다. 그는 휴게실을 한번 둘러보더니, 벽에 커다란 종이 하나를 붙였다.

"여러분, 잠시 주목해 주세요. 30일부터 비정규직 인원 조정됩니다. 저도 위에서 전달받고 어쩔 수 없이 말씀드리는 거예요. 요새 공장 재정 상태 안 좋은 거 다들 아시죠? 여러분 중 20퍼센트만 재계약 진행할 거고요. 자세한 건 공고문 읽어 보세요."

습하고 더운 공기 속으로 커다란 얼음 조각 하나가 떨어졌다. 순식간에 사람들의 몸이 얼음 조각에 짓눌린 듯 축 늘어졌고, 그들의 눈에서는 무언가가 붉게 불타올랐다. 사람들이 반응이 없자 당황한 직원은 서둘러 휴게실 밖으로 도망치듯 나갔다. 남은 사람들의 침묵이 날 선 목소리보다 더 무섭게 느껴졌다. 공장의 계약 기간은 총 2년이었다. 이번 계약을 끝으로 공장을 그만두려는 사람도 있었고, 정규직을 노리는 사람들도 있었다. 대부분이 후자에 속했다. 요즘에는 작은 공장에 입사하기도 쉽지 않고, 반 이상이 지켜야 할 가정이 있기 때문이다. 나도 후자에 속했기에 한숨만 내쉴 수밖에 없었다.

"우리한테 와 이카노. 내 아들 둘에 남편 하나 있다. 남편은 아프고, 아들 하나는 아직 졸업도 몬 했다. 내가 다 먹여 살려야 하는데, 이대로 물러서가 되겠나? 이번 일은 우리가 단디 짚고 가야 하는 기다."

한 직원의 말에 사람들은 고개를 거세게 흔들었다. 순식간에 적막했던 분위기가 소란스럽게 변했다. 작업복을 입고 울분을 토해 내는 사람은 전부 여성이었다. 우리는 결국 위태로운 외발자전거를 끌고, 두렵고 외로운 경기를 이어 나가야만 했다. 빗줄기가 둔탁한 소리를 내며 박혔다 꺾이길 반복했다. 연이은 빗방울의 강타로 벽에서 쪼개지는 소리가 났다. 동시에 내 안에서 수많은 감정이 부딪히고, 밟히길 반복했다. 무서움, 두려움, 그 모든 것을 감싸는 한 생명. 끊임없이 달려 체인이 엉킨 자전거처럼 나는 한참을 방황했다. 우리끼리라도 힘을 합쳐야 해요. 어수선한 분위기를 깬 사람은 다름 아닌 나였다. 사람들의 혼란스러운 목소리가 바람에 스쳐 지나가는 것처럼 귓가에서 맴돌았다. 빛을 받은 우리의 그림자는 더욱 몸집을 부풀려

갔다. 그리고 등 아래, 사람들의 그림자가 하나가 되어 커다란 점을 형성했다. 나는 그 중심에 서 있었다.

맞은편 기계에서 굵은 체인들이 천천히 돌아갔다. 그리고 그 체인에 맞춰 작은 병들에 투명한 물이 채워졌다. 공장의 체인에 비해 얇고 짧은 내 체인은 어쩌면 쉽게 풀 수 없을 정도로 꼬였을지도 몰랐다. 부품이 고장 나 가까운 목적지를 빙빙 돌아가는 것 같았다. 쉴 틈 없이 진행되는 경기에 숨이 찼고, 꼬일 대로 꼬인 매듭이 더 복잡하게 엉켰다. 혼자임을 깨닫고 뒤늦게 뒤를 돌아봤을 땐 출발선마저 보이지 않았다. 그러나 엉킨 체인에 의존하여 이 경기를 완주해야만 했다. 목적지와 길도 모른 채 가로등 없는 어두운 거리를 외발자전거를 타고 빙빙 돌고 있었다. 눈앞의 기계가 작은 소음을 내며 붉은빛을 내뿜었다. 나는 바닥에 반사되는 새빨간 점을 보고도 좀처럼 움직이지 못했다. 정리되지 않은 조각들이 머릿속에서 떠돌았다. 내 안의 빛은 무슨 색일까. 아무래도 빛이 나는 형광보다 새빨간 경고등에 가까웠다. 수영할 때는 속도가 가장 빨랐지만, 지금은 바퀴가 탈선해 레일을 벗어난 것 같았다. 내 그림자 위로 커다란 그림자 하나가 겹쳐졌다. 은희는 참 덤벙거려. 머리에 새치가 앉은 홍 언니가 붉은빛이 나는 기계를 고치고 내 등을 쓰다듬었다. 그녀에게 종종 들어 왔던 말이었다. 그녀가 챙겨 줄 때면 긴장해서 굳어 있던 몸이 녹아 잠시라도 행복하게 웃고는 했다. 함께 웃던 홍 언니가 옆에서 빙빙 도는 모기를 잡으려 두 손을 뻗었다. 며칠째 공장 안에서 모기 한 마리가 거슬리는 소리를 내며 나가지 않고 있었다. 언니의 박수 소리와 함께 어수선했던 공장이 순식간에 조용해졌다. 나도 다시 마음을 가다듬고 기계의 소음에 맞춰 기록지에 숫자들을 적어 나갔다. 자리로 돌아간 언니도 바쁘게 기계를 만지기 시작했으나, 허공 위의 손은 갈 길을 잃은 듯 방황했다. 붉은빛이 돌던 공장에 초록빛이 쨍하게 퍼져 나갔다. 그때 다리 위로 긴 무언가가 기어 다니는 느낌이 들었다. 서둘러 다리의 붉은 점을 긁으니 크기는 걷잡을 수없이 커져만 갔다. 부은 곳을 계속 긁은 탓에 끈적한 팔 위로 붉은 피가 고였다. 쨍한 천둥소리에 팔을 긁던 손을 멈추고 고개를 들었다. 공장 안에서 밖을 볼 수 있는 창은 없었다. 꽉 막힌 사면 안에 사람들과 갇혀 있었다. 커다란 디지털시계에 적힌 숫자가 30을 띠었다. 그 숫자가 이 공장에서의 남은 날들을 의미하는 것 같았다. 가슴 위편에 달린 사원 배지가 금방이라도 날아갈 것처럼 기계 바람에 흔들렸다. 배지 속의 물방울 로고는 명암이 드리운 내 얼굴과 반대로 맑은 푸른색을 띠고 있었다. 쉽게 흔들리는 배지가 가슴에서 떨어지지 않도록 손으로 꾹 눌렀다. 혼잡한 공장 안에서는 잔잔한 클래식 음악이 흘러나왔다. 회사에서 매일 틀어 주는 음악이었으나 지금의 분위기와는 이질적이었다. 느린 리듬과는 다르게 내 손은 빠르게 상자를 분리하기 시작했다. 기계에서 완성되어 나오는 페트병들을 담을 상자였다. 페트병이 내려오는 기계 하반부를 향해 손을 내밀었다. 순간 쌓아 뒀던 상자들이 내 손과 부딪혀 바닥으로 나뒹굴었다. 혹시라도 다른 사람들의 눈에 띨까 싶어 다급히 상자들을 주워 올렸다. 매번 일을 열심히 하려 노력해도 손재주가 뛰어나지 않아서인지 실수가 잦았다. 바닥에 반사된 아주 작은 그림자가 더욱 처량하게 느껴졌다. 또다시 팔을 긁으려 몸을 움직이던 참, 바지 주머니 안에서 무언가가 작은 소음을 내며 떨어졌다. 바닥에 떨어진 수첩 안에는 도통 알아볼 수 없는 알파벳이 적혀 있었다. 그 위로 형형색색의 형광펜과 볼펜 자국 들이 가득했다. 영희 언니에게 인생은 장거리라는 말과 함께 전해 받은 수첩이었다. 불확실한 미래를 위해 뭐라도 해야 한다는 언니의 말이 귓속에서 맴돌았다. 비어 있는 옆자리가 더욱 허전하게 느껴졌다. 맞은편 유리에 비친 얼굴의 그늘이 더욱 짙어졌다. 유리는 투명했지만, 그 속의 나는 여전히 불투명했다.

3. 마라톤, 맨몸으로 장거리를 완주할 것

사복 차림의 정직원은 주로 사무실 안에서 근무했다. 나는 사무실 안에서 발을 동동 구르며 손톱을 씹었다. 함께 온 홍 언니도 긴장되는 듯 머리를 자꾸 쓸어넘겼다. 이곳에 온 이유는 파업이라는 선택은 우리에게 큰 영향을 끼칠 뿐만 아니라, 회사에 막대한 피해를 줄 수도 있다는 언니의 말 때문이었다. 떨리는 손으로 반쯤 남은 커피를 홀짝이며 마셨다. 모범 사원이라는 이미지에 해를 끼칠까 하는 두려움이 손에 땀을 쥐게 했다. 습하고 찝찝한 바깥 공기와는 다르게 사무실은 쾌적했다. 입구부터 나열된 공기 정화 식물들은 사무실의 공기를 더욱 맑게 만들었다. 와이셔츠를 입은 사람들은 기다리라는 말만 반복하고는 우리가 앉아 있는 테이블로 오지 않았다. 심지어 나와 언니를 힐긋 쳐다보고는 퇴근한 사람도 있었다. 커피를 두 잔째 비운 언니는 결국 자리에서 일어나 가장 구석에 앉아 있는 한 남자에게 다가갔다. 책상 위에는 서류들이 가득 쌓여 있어 내가 앉아 있는 곳에서는 남자의 얼굴이 제대로 보이지 않았다. 재계약 인원에 대해 자세한 이야기를 나눠 보고 싶어서 찾아왔습니다. 곧바로 남자의 한숨 소리가 적막한 사무실을 채웠다. 반 이상 잘린다는 걸 뭘 어떻게 더 설명해야 하나. 남자는 난감한 듯 손을 내저으며 언니를 밖으로 쫓아내려 했다. 살짝 열린 사무실의 창문 사이로 가냘픈 빗줄기가 떨어졌다. 직원들은 사무실 바닥에 비가 고이고 있음에도 불구하고 빗줄기를 신경조차 쓰지 않았다. 금방 마를 것이라는 생각 때문일까. 표정이 반쯤 구겨진 언니와 나는 아무 수확 없이 사무실을 빠져나왔다. 몇몇 사람들은 우리를 끝까지 아니꼬운 시선으로 쳐다보았다. 준비했지만 뱉어 내지 못한 말들이 입술 근처에서 떠돌았다. 복도 창문을 열어 두어 바닥에 빗물이 고였다. 작은 빗방울 하나에도 미끄러져 넘어지는 사람이 있기 마련이었다.

　관리 직원들의 외근이 끝날 때까지는 약 한 시간 정도 남은 시각이었다. 나는 가득 채운 기록지를 갈아치우며 한숨을 내뱉었다. 새로 바꾼 볼펜으로 관리자 옆에 내 이름을 적었다. 공장 안에서 시원한 공기를 내뿜는 에어컨이 돌아갔지만, 여름의 습한 공기가 쉽게 정화되진 않았다. 낮에도 기승을 부리던 모기가 아직 날갯짓을 하며 사람들의 심기를 건드렸다. 모기를 보기만 해도 온몸이 간지러웠다. 홍 언니와 나는 넓은 공장을 온몸에 힘이 풀릴 만큼 뛰어다니며 목이 쉴 정도로 사람들을 설득했다. 우리의 계획을 처음 들은 사람들은 자신은 안 된다며 고개를 내저었다. 대부분이 보복의 두려움 때문이었다. 결국 고개를 끄덕이는 사람의 얼굴에는 옅은 그림자가 드리웠다. 납품을 담당하는 언니가 커다란 카트에 사람들이 하루 동안 만든 상자들을 담아 갔다. 그 순간 수많은 눈동자가 공장의 입구에 있는 홍 언니를 향했다. 시계를 보니 어느덧 약속한 시각이 되어 있었다. 홍 언니가 기계의 불을 끄자, 그 옆의 직원들이 도미노처럼 연달아 자기 앞에 있는 기계의 불을 끄기 시작했다. 순식간에 붉은빛으로 물든 공장은 빨간 등을 연상시켰다. 연이어 속도를 낮추던 기계가 내 앞에서 뚝 끊겼다. 홍 언니의 파업 계획에 가장 토를 많이 달던 언니였다. 언니는 불안한 듯 다리를 떨며 무모한 계획을 실행하는 동료들을 지켜보았다. 내 손가락과 함께 양옆의 기계들도 둔탁한 소리를 내며 꺼졌다. 수많은 붉은 등이 켜졌다 꺼지길 반복했다. 문고리를 걸어 둔 문밖에서 다급히 달려오는 사람들의 발소리가 들려왔다. 얼마 안가 남자의 고함과 함께 굳게 잠근 문이 덜컹거렸다. 문이 열리고 사람들이 들이닥치자, 비로소 완벽한 암흑이 되었다. 맞은편에 선 언니는 다리를 떨며 관리자의 눈을 피하지 않고 바라보았다. 남자는 공장 안을 뛰어다니며 당장 기계를 켜라고 소리질렀다. 시선을 옮기자 홍 언니는 내 옆에서 손가락을 떨며 가쁜 숨을 몰아쉬고 있었다. 그 옆의 기계는 여전히 붉은빛을 뿜어냈다. 붉게 물든 공장 안에서 당황한 남자의 목소리가 메아리쳤다. 바닥에 붙어 있는 노란 경고 선이 이 경기의 완주선처럼 보였다. 내 얼굴 위로도 뜨거운 빗줄기가 쏟아져 내렸다. 어둠 속에서 마주친 수많은 눈동자가 흔들리지 않고 올곧이 정면만을 응시했다. 그동안 참아 왔던 숨을 한 번에 내쉬었다. 끊임없이 내면을 갉아먹던 무언가를 뱉어 낸 것 같았다. 나는 차갑고 뜨거운 공기 속에서 조용히 배를 감싸 안았다. 활짝 열린 문밖에서는 궂은비가 굉음을 내며 계속 쏟아지고 있었다.

아무래도 누가 한 사람 죽어야 될 모양이다. —『전태일평전』에서

불꽃 고해

당신은 내 교복의 안감 속에 있고
내가 매일 먹는 쌀알 속에 있고
내가 늘 읽는 소설 속에도 있었어요

그때 당신은
웃고 있었습니다
불에 타고, 얼굴 한쪽이 쭈그러지고, 손마디까지 다 오그라든
당신,
영화 포스터 안에서 한 번 본 게 전부인 당신 얼굴이요
세상 편안하게 웃고 있었지요
다 됐어, 됐어 하는 눈으로요
심장이 불꽃인데
이까짓 불이 무슨 소용이냐는 듯

그러나
당신이 붉어진 만큼 다른 누군가의 옷이 하얘지고
다른 누군가의 코에서 핏물이 흐르지 않고

다른 누군가는 손에 움켜쥐던 황금을 쥐똥만큼이나마 내놓
을 수 있게
기꺼이 당신은 붉어진 거죠

당신이 그랬더군요
우린 기계가 아니라고,
근데 세상이 다
당신을 우리를 그들을 기계라고 하면 어떡해요

시뻘겋게 달아오른 아버지 목구멍에 흘려 넣은 소주는 연료
부르면 3초 안에 울리는 호출 벨
언제든 사람을 실어 나를 준비가 된 택시,
봐요,
인간과 기계가 무엇이 다르죠
인간이 되기 위해 기계의 삶을 사는 세계에서
인간이 되기 위해 타오른 당신

한 번 더 내 앞에 나타나 준다면
그땐 당신의 불꽃 아래 투명한 소주 한 잔 올리겠습니다
소주 속에 당신의 심장이 더욱 타올라
내가 입은 흰옷과
고슬고슬한 쌀밥과
푹신한 이불을 태울지라도 말입니다

밥 반 그릇

24개월 중 18개월
채우지 못한 반년에 어머니는 울었다
당신 품이 좁아서 나를 오래 품고 있지 못했다고
그래서 늘 불안하게 생각했고
가만히 서 있어도 땅이 굽었다 여겼다고
좋은 건 뭐든 입에 넣어 주고
품에 안겨 주고 싶었는데
받지를 못했다고 그 무엇도 삼키지 못했다고
나약한 자식새끼에게 언제나 어머니는 미안한 사람
목구멍이 째질 때까지
매일 밤 울어 젖히는 새끼 때문에
어머니 눈 밑은 까만 기 빠질 새가 없었고
잠깐 한눈팔면 목 뒤로 꼴깍꼴깍 넘어가는 숨에
퍼 놓고 반도 비우지 못한 밥그릇

늘 뭐가 그리 미안한지 손 꼭 잡으실 적마다
속에서 오르던 더운 김
낯부끄러워서
이해할 수가 없어서

당혹스러워서 그 김을 줄곧 외면했다

그런데
이젠 그 작고 가물거리던 새끼가
생신 미역국을 끓이고
당신 목에 두를 스카프를 고민하는 나이가 되었는데도
고 작은 밥 한 그릇 다 뜨질 못하시더라
한 술 두 술 세 술 뜨고
불안한 듯 눈 두 번 끔뻑
또 한 술 두 술 뜨고
내가 왜 여기서 이러고 있지 고개 갸우뚱
순진무구한 새끼 오리처럼 고개를 갸웃거리는
어머니 눈앞에 놓인
끝내 비우지 못한 밥 반 그릇

여름날의 기억 혹은 구름이 삼킨 비

그날은 비가 왔다
구름이 빗방울을 한껏 머금고 있다가
더는 버틸 수 없을 때 투엣, 하고 내뱉듯
빗방울은 땅의 따귀를 때렸다
지나가다 시선이 맞물린 고양이 두 마리가
비를 피하기 위한 영역 다툼을 시작했다.
언제라도 출발할 수 있는 노란 마티즈 아래에서

풀잎을 퍽 소리 나게 치는 비
자연을 먹여 살리려는 비가 그 강도 때문에 원망을 받는다
그럼에도 불구하고 끝내 삼킨다 그 원망마저 삼켜 버린다
더위에 우는 것들의 목을 축이기 위해서는 구름의 욕심을 줄
여야 하고
통나무 하나 안고 쓸려 가는 생명들을 보호하려면 최대한 많
이 끌어안아야 한다
그 간극에 중심을 잃은 구름이 휘청이면 또 아우성이 들린다

이 썩을 것, 우릴 죽일 셈이냐

그들은 그들 안에서 우리이나 비는 그들과 분리된 것
바싹 마른 땅덩이와 시들어 버린 풀잎을 보기 전에는
그저 통행을 방해하는 성가신 존재에 불과하다는
그래도 내가 있어 너희가 사는 것이다
내가 오지 않았다면
내가 이러지 않으면 너희는 죽는다
흙덩이에 파묻혀 누가 누구인지 분간도 되지 않게 얽히고설
켜 결국 내게로 돌아오겠지
구름은 안다
전부 알지만 그가 내미는 건 또 생명의 줄이다
과연 그건 관용에서 우러나온 것인가
희생이라는 건 품 넓은 이에게서 도래하는 것이 아닌
줄이고 줄여 겨우 나온 것을
제가 삼켜야만 하는 것을 뱉어 내미는 것이거늘
땅으로 곤두박질치는 여름날의 눈물을 받아 삼킨 아이들이
볼일이 끝나면 차디찬 눈길 한 번 돌리지 않고 외면한다는
걸 알까
만일 전부 안다면 그래, 그 높은 곳에서 보지 말아야 할 것조
차 보고 있다면
가끔 우리 땅을 삼키는 그의 오열을 기껍게 포용하지 못할
것은 무언가

죽어라고 울어 대는 여름의 생명체

5년을 꼬박 흙덩이에 처박혀 살았으니 그 원이 오죽하랴

하면 그 생명체의 눈물조차 가려 버린 비는 지탄받아야 마땅
한가

그의 가혹한 운명의 탓은 누구에게로 돌려야 옳은가

그저 운 상황이 그것을 그렇게 만든 것이니

그 누구도 원망치 말고 홀로 삼키라 하면 갈 곳 잃은 분노는
닿을 곳 없어 방황하게 돼

누구에게로 쏟아 내야 할지 모르는 눈물

그 눈물을 받아 삼킨 하늘은 수없이 많은 미물들의 고통을

지켜보고

끌어안고

길을 찾고

때로는 도태시키고

뜨거운 온도에 누군가의 양식 위로 올라타 알을 낳은 생명체

양식이 더러워져도 역시 그와는 분리된 일

제 새끼가 어여쁘게 깨어나기만 한다면 그는 몇 번이고

몇 번이고 몇 번이고 그렇게 한다

살아야 하니까 나도 살아야 하니까

그런데 정말, 그 새끼가 모두 그의 새끼일까

핏방울 머금은 어떤 것이

비에 젖은 날개를 펼치지 못하고 바스라지기 직전 무언가를
남겼다
그게 무언지는 그를 적신 비만이 알리라

노예사회에서 벗어나 진정한 인간이 되려고 발버둥 치는 사람들
은 비정상적으로 취급된다. ─『전태일평전』에서

철가방이 간다

칠흑 같은 어둠 속에서 두 개의 자그맣고 동그란 빛이 반짝였다. 허름한 아파트 단지에서 나온 그것은 가로등 밑의 헌옷 수거함으로 천천히 다가갔다. 그러고는 수거함 옆에 놓은 물과 사료를 게걸스럽게 씹어 먹었다. 그것의 검은 털은 서로 들러붙어 떨어질 생각을 않았고, 뼈는 얇은 가죽을 금방이라도 찢고 나올 듯이 한껏 도드라져 있었다.

"밥을 맨날 주는데 왜 계속 말라만 가는 건지 이유를 모르겠네."

나는 오토바이에 앉아 시동을 걸다 말고 그것을 빤히 쳐다보았다. 내 시선이 부담스러웠던 건지 녀석은 사료를 먹다 말고 날카로운 눈으로 나를 흘끗 쳐다보더니 내게서 등을 돌려 앉았다. 그래, 간다, 가. 마음 같아선 다 먹는 거 보고 가고 싶었는데. 하지만 그렇게 시간을 보내다가 눈 빠지게 기다릴 사장의 심기를 거스를 순 없었다. 나는 오토바이를 타고 사람들의 말라붙은 손때가 탄 골목길을 빠르게 빠져나갔다.

주택들이 옹기종기 모여 있는 마을 앞에서 잠시 오토바이를 세웠다. 주택과 주택 사이에, 소형차 한 대가 겨우 지나갈 수 있는 좁은 길이 보였다. 나는 방향을 바꾸어 그 길을 향해 달렸다. 길에 들어선 뒤 주택과 상가 사이를 가로지르며 한참을 운전한 끝에, 드디어 내가 일하는 중국집 앞에 도착했다. 나는 오토바이를 중국집 외벽에 가까이 붙여 세우고 헬멧을 벗어 손에 쥐었다. 안으로 들어가기 전 유리문 손잡이를 잡은 채 식당 내부를 이리저리 살펴보았다. 사장이 어디에 있는지, 표정은 어떤지 확인하기 위해서였다. 예상대로, 사장은 카운터에 몸을 기댄 채 유리문 너머에 있는 나를 향해 어서 들어오라고 손짓했다. 에이씨, 오늘도 한 소리 듣겠네. 나는 고개를 숙여 하수구에 대고 침을 찍 쏘았다.

"넌 인마, 저번 주부터 그러더니 왜 요즘 평소보다 점점 늦게 돌아오는 거야?"

안으로 들어서자마자 사장은 금방이라도 터질 듯한 얼굴로 내게 따졌다. 사장이 큰 소리로 말할 때마다 입 주변에 있는 주름들이 춤을 추듯 씰룩거렸다. 사장은 배달이 1분이라도 늦을 때마다 가게가 떠나가라 소리를 질러 댔다. 요즘은 그놈의 고양이 때문에 하루에 한 번꼴로 사장의 호통을 듣고 있다. 들을 때마다 고막이 찢어지고 혼이 빠져나가는 듯한 느낌을 받지만 그렇게 이야기할 수밖에 없는 사장의 입장도 시간이 지나니 어느 정도 이해할 수 있게 되었다.

우리 중국집은 사람들도 별로 돌아다니지 않는 외진 골목길에 자리 잡고 있기 때문에 굳이 가게까지 와서 식사를 하고 가는 손님은 드물었다. 특히 가게는 손님이 앉을 식탁과 의자 네 개가 들어가면 꽉 찰 정도로 좁고, 인테리어 또한 붉은색 벽지로 내벽을 한 번 두른 것이 끝이기 때문에 가게 안을 구경할 맛도, 분위기도 전혀 나질 않았다. 그러나 음식 맛은 다른 중국집보다 훨씬 괜찮았기 때문에 배달 손님은 꽤 있는 편이었다. 이 때문에 사장은 어느 순간부터 사사로운 배달 일에도 참견을 해 대기 시작했다.

"배달하다 길 좀 헤맸어요. 야밤에 교차로에서 도로공사를 하고 있어 가지고……."

차마 고양이 밥 주다 늦었다는 말을 할 수는 없어 아무렇게나 둘러댔다. 사장은 의심스러운 듯 팔짱을 끼고 나를 노려봤다. 사장의 한 손에는 하얀 봉투가 들려 있었다. 나는 사장의 사나운 눈초리와 봉투를 애써 외면했다.

그때, 다른 배달원 두 명이 중국집 문을 열어젖혔다. 사장은 똑바로 몸을 세운 후 나를 잡아끌고 억지로 어깨동무를 시켰다. 또 시작이네. 배달원들의 썩은 표정이 그렇게 말하는 것 같았다. 사장은 배달원들을 의자에 대충 앉혀 놓고 내게는 들고 있던 봉투를 쥐어 주며 입을 열었다.

"니들은 석호보다 일도 오래 했으면서 어째 배달 속도가 얘보다 느리냐? 석호 봐라, 총알같이 빠르잖냐. 이 세상 속에서 살아남으려면 총알이 돼야 한다구. 그러지 않으면 니들은 날아오는 총알에 맞아 죽고 만다. 알았냐? 배달만 더 빨리하면 보너스도 이렇게 주는데 왜 이걸 못하나 몰라."

사장은 내 어깨를 세게 토닥였다. 나는 한 손으로 구겨진 봉투를 매만졌다. 이것도 배달원들의 사기를 북돋기 위한 일종의 쇼일 뿐이다. 사장이 침을 튀겨 가며 말을 이어 나가자 방금 막 헬멧을 벗은 신일이 붉으락푸르락해진 얼굴로 자리를 박차고 나갔다. 그 덕에 옆에 앉아 같이 배달 일을 하는 그의 친구도 당황스러운 표정을 지은 채 신일을 뒤따라갔다. 평소에도 빈번한 사장의 잔소리를 한 귀로 듣고 흘리는 녀석이었다. 그랬던 신일이 갑작스럽게 뛰쳐나가는 모습은 내게도 낯설었다. 저 저 싸가지 없는……. 사장은 혀를 두어 번 차더니 내가 들고 있는 봉투를 툭툭 두들기며 말했다.

"다음 달도 계속 이런 식으로 늦으면 보너스는 더 이상 없을 줄 알아."

예, 예. 건성으로 대답하고는 철가방에 다음 집으로 배달할 짜장면 두 개와 짬뽕 한 개를 욱여넣었다. 헬멧을 들고 중국집 밖으로 나오니 차가운 칼바람이 얼굴을 사정없이 베고 지나갔다. 나는 철가방을 오토바이 뒤에 얹고 헬멧을 썼다.

날카로운 바람을 정통으로 맞아 온몸이 얼어 가면서까지 쌩쌩 달리는 기분은 그야말로 최고였다. 이 일을 선택한 가장 큰 이유였다. 겨울엔 춥고, 여름엔 덥지만 그 모든 것을 잊게 하는 속도감. 나는 즐비하게 늘어선 차들 사이를 날렵하게 가로질렀다. 아무도 없는 도로에서는 제한된 속도보다 훨씬 더 높여 버리기도 했다. 나는 백미러에 비친 내 모습을 자랑스럽게 여겼다.

고등학교에선 먹이사슬의 가장 밑바닥에 있던 나였다. 싸움으로도, 공부로도. 심지어 제때에 운영비를 낼 돈조차 없어 선생님들에게 항상 동정의 눈빛을 받으며 살아야 했다. 그러나 자퇴를 하고 난 뒤 내 인생은 달라졌다. 반 친구였던 아이들은 여전히 교복을 입은 채로 학교나 학원을 향해 걸어갈 뿐이었지만 난 그 옆을 빠르게 내달렸다. 학원버스 따위와는 견줄 수 없을 정도로 빠른 내 속도가 너무나 자랑스러웠다.

배달 장소인 7단지에 들어선 뒤 나는 주위를 둘러보았다. 재개발 지역인 건지, 한창 공사가 진행 중이었다. 나는 미소를 지으며 철가방을 내렸다. 역시 이번에도 신속 배달의 신조를 지켜 냈다.

"어이, 총알. 맛있냐? 사장이 너 존나 치켜 주더라? 이야, 기분 째지겠다."

배달을 끝마치고 가게로 돌아와 짜장면 한 그릇을 먹어 치우고 있을 때, 신일이 내 앞에 앉으며 비아냥거렸다. 나는 그릇 안에서 퍼질러진 소스를 싹 다 긁어모으며 신일의 얼굴을 쳐다보았다. 노랗게 염색한 바가지 머리에 작고 두꺼운 코, 쭉 째진 눈과 입술을 가진 신일은 내 짜장면을 흘겨보며 입맛을 다셨다.

"왜, 사장한테 한 소리 들어서 짜증 나냐? 그럼 나처럼 빨리 달리든가."

"야, 내 이름에 있는 '신' 자가 '빠를 신'이어서 원래 누구보다 빠른 사람이야. 그리고 '일' 자가 '해 일'인데……. 이름에 들어가면 매사에 장애가 많이 일어나는 한자란다. 고아원에서는 왜 이름을 이따구로 지어 줘 가지곤……."

나는 며칠 굶은 개마냥 그릇을 입에 갖다 대고 허겁지겁 음식을 삼켰다. 오늘따라 신일의 얼굴에 유독 그늘이 져 보이는 것 같기도 했다. 신일은 나를 뚫어지게 바라보더니 오랜만에 배달하는 친구들끼리 술자리를 갖는 게 어떠냐며 물었다. 어차피 오늘 영업도 다 마감했을 때였기에 난 흔쾌히 수락했다.

분위기도 안 나는 겨우 10평 남짓한 호프집에 왜 이리 사람이 많은지. 직원에게 대충 고개만 까딱하며 인사를 건네고는 사람들이 앉지 않은 테이블에 짐을 놓았다. 의자에 앉으니 천장에 걸린 전등에서 나오는 주황색 불빛이 눈을 사정없이 찔러 댔다. 왜 아무도 안 앉았는지 알겠네. 나는 고개를 살짝 숙이며 웅얼거렸다. 맘 같아선 이런 좁아터진 호프집 말고 다른 좋은 데를 가자고 하고 싶었지만, 신분증 검사를 하지 않는 가게는 여기밖에 없었기 때문에 나는 잠자코 메뉴를 주문했다.

같은 배달원 친구들과 수다를 떨며 화기애애한 분위기를 유지하는 동안, 신일은 잠자코 술만 들이켰다. 평소 같으면 제일 큰 목소리로 분위기를 주도할 놈인데, 오늘따라 왜 저러나 싶었지만 가만히 있었다. 어차피 술에 잔뜩 취하고 나면 굳이 묻지 않아도 어련히 알아서 자신의 고민을 털어놓을 애였다. 그리고 역시 내 예상대로, 식탁에 머리를 박을 정도로 취하고 나서야 신일은 풀린 눈으로 나를 쳐다보며 입을 열었다. 그러나 그의 고민은 내 예상과는 전혀 달랐다. 끽해 봤자 진상 손님 만난 얘기일 거라고 생각했던 나는, 신일의 고민을 듣고 난 뒤 한동안 입을 다물지 못할 정도로 큰 충격에 빠졌다.

"같은 고아원 출신 여자애가 내 애를 임신했대."

나는 애서 정신을 가다듬고 금붕어처럼 입을 뻐끔거리며 물었다. 그래서? 어쩔 셈이야? 신일은 소주를 한 잔 더 들이켜더니 말했다.

"몰라. 지우든지 낳든지 둘 중에 하난 해야 하는데……. 수술비도 키울 돈도 아무것도 없다."

신일은 푹 숙인 고개를 들었다. 술기운 때문인지, 말해 놓고 창피한 건지 신일의 얼굴은 벌겋게 달아올라 있었다. 문득 사장에게서 보너스 봉투를 받았을 때 붉어졌던 신일의 얼굴이 떠올랐다. 나는 겉옷 안주머니에 넣어 놓은 봉투를 만지작거렸다. 괜히 미안한 마음이 들었지만 계속 술만 마시며 결정을 내리지 못하는 신일의 모습이 답답하기도 했다.

"그러면 배달 좀 빨리빨리 해서 사장한테 보너스라도 받든가. 그렇게 술만 처마시고 있으면 뭐가 달라지냐? 뭐 하나라도 제대로 하는 게 없어……."

강하게 밀어붙였으나 신일은 내 말에 한마디 대구도 하지 않은 채 소주잔만 만지작거렸다. 다른 친구가 내 어깨를 툭툭 건드리며 왜 그러냐고 눈치를 줬지만 나는 그의 손을 거세게 뿌리쳤다. 한껏 가라앉은 분위기를 견딜 수 없어 먼저 가겠다고 통보한 뒤 자리에서 일어섰다. 전보다 더 울상이 된 신일의 표정을 보고는 괜히 소리쳤나 하고, 뒤늦게 후회가 밀려왔다. 주머니 깊숙이 넣어 둔 봉투가 가뜩이나 무거운 가슴을 더욱 짓누르는 것 같았다. 나는 봉투를 빼서 신일 앞에 던졌다. 일 좋게 마무리되면 나중에 갚으라는 말을 한마디 던진 뒤 무거운 발걸음으로 호프집을 빠져나왔다.

집으로 가는 방향에 있는 다리를 건너다가, 저 멀리 위치한 허름한 아파트가 눈에 들어왔다. 추운 날인데, 고양이는 잘 있나 확인하고 싶은 마음에 아파트 쪽으로 발걸음을 돌렸다. 고양이는 아파트 안에서 몸을 웅크리며 겨울의 추위를 버티고 있었다. 나는 편의점에서 산 사료를 헌옷수거함 옆에 놓여 있는 고양이 밥통에 조금씩 쏟아부었다. 고양이는 나를 쳐다보다가 헌옷수거함 쪽으로 시선을 옮겼다. 고양이는 천천히 다가오더니 사료를 향해 고개를 숙였다. 살 장소가 마땅찮은 고양이에게서 음식물 쓰레기 같은 고약한 냄새가 풍겼지만 나는 아무렇지 않게 그것의 머리를 쓰다듬어 주었다.

추위에 온몸을 부르르 떨면서도 살고 싶다고 사료를 열심히 씹어 삼키는 모습을 보자니, 본래 이 녀석의 주인이었던 노파가 떠올랐다. 그녀는 금방이라도 귀신이 튀어나올 것만 같은 허름한 아파트에서 살았다. 또한 우리 가게의 단골손님이기도 했다. 언젠가 노파의 집에 짜장면 한 그릇을 배달하러 갔던 날이었다. 본래 짜장면 한 그릇은 최소 주문 금액에 한참 모자라기 때문에 배달하지 않지만 노파는 나름대로 오랜 단골이었기에 사장이 예외로 인정을 해 주었다. 그런데 평소처럼 짜장면 한 그릇을 들고 간 내게 노파가 말을 걸어왔다. 내가 살날이 얼마 남은 것 같지 않으니, 자신의 고양이를 키우진 못하더라도 간간이 먹을 것을 챙겨 달라고. 그렇게 노파는 지난주에 숨을 거뒀다.

나는 노파가 한 말을 곱씹으며 고양이를 쭉 훑어보았다. 자연스럽게 지나가던 내 시선은 고양이의 배에서 멈췄다. 안에 풍선이라도 든 것마냥 배가 빵빵하게 부풀어 있었다. 무슨 일인가 하고 배에 손을 갖다 대자마자 고양이는 펄쩍 뛰더니 내 손을 빠르게 할퀴고는 몇 걸음 뒤로 물러났다. 상처가 점점 벌어지며 핏방울이 맺혔다. 바람이 유난히 차가운 겨울 저녁이다 보니 고통은 배가 되었다. 아픔을 덜어 보려 다친 손을 다른 한 손으로 감쌌다. 그제야 고양이도 미안한 듯 내게 다가와 손을 핥았다. 괜찮아. 고양이의 머리를 쓰다듬어 주며 중얼거렸다. 나는 그 조그만 것이 밥을 다 먹고 아파트 안으로 들어가 잠을 청할 즈음에야 자리에서 일어나 집으로 향했다.

집 안은 도둑이 들쑤시고 가기라도 한 듯 엉망진창이었다. 화장실은 물론 모든 방의 전등이 전부 켜져 있었고, 싱크대에는 씻지 못한 그릇들이 한가득 쌓여 있었다. 싱크대 주변에서 나뒹굴고 있는 약통들을 흘겨보며 집 안을 구석구석 뒤졌으나 그 누구도 모습을 보이지 않았다. 이 야밤에 어딜 나간 거야. 나는 주위를 둘러보다 식탁 위에 붙은 메모지 하나를 발견했다.

'엄마가 아프다고 해서 우리는 병원에 가 있을게.'

방구석처럼 엉망인 글씨 탓에 나는 한참 동안 메모지를 들여다보고 나서야 겨우 내용을 파악할 수 있었다. 아마 내 동생, 선영이 쓴 글 같았다. 평소에는 그 누구보다 반듯하게 쓰는 아이라 그런지 저마다 따로 노는 글씨에서 선영의 다급한 마음이 배어 나왔다. 덩달아 마음이 급해진 나는 메모지에 쓰여 있는 병원 이름을 핸드폰으로 검색했다. 주소를 알아낸 뒤 현관문을 박차고 나와 병원으로 향했다. 가는 길에 선영에게 전화를 걸었지만 신호만 갈 뿐, 받지 않았다. 정확히 어디가 아픈 건지, 병명은 무엇인지 아무것도 모르는 터라 엄마에 대한 오만 가지의 부정적인 생각들이 머릿속에서 스쳐 지나갔다. 차가운 바람을 온몸으로 맞고도 쉬지 않고 달리는 바람에 두 눈이 시큰했다. 나는 감각이 없어진 다리를 붙들고 병원 문을 열어젖혔다.

"엄마 상태가 많이 안 좋아서 수술을 해야 할 것 같대."

병실에 들어오자 선영은 상기된 얼굴로 헉헉거리는 내게 쉴 틈조차 주지 않은 채 말을 던졌다. 선영의 큰 눈에 눈물이 한가득 고였다. 선영의 등 뒤로 엄마가 침대에 미동도 없이 누워 있었다. 선영의 입에서는 '폐암'이라는 단어가 오르내렸다. '수술'

과 '폐암'. 이 두 글자가 눈앞에 한없이 어른거렸다. 그럼 돈이 얼마나 있어야 하는 거지? 나는 선영과 엄마의 얼굴을 마주 볼 생각조차 하지 못한 채 머릿속으로 계산을 시작했다. 보너스 받은 거 신일한테 주고 없는데. 내 주제에 누굴 돕는다고. 울상을 한 채 애꿎은 머리만 쥐어뜯던 그때였다.

"오빠, 돈 있어? 엄마 수술하는 데 돈 많이 든대……."

내 생각을 읽기라도 한 듯 선영이 물었다. 스스로를 한탄하던 찰나에 돈이 있냐는 선영의 물음에 당황하여 버벅거렸다.

"나라고 도, 돈이 어디서 갑자기 떨어지는 줄 알아?"

의도치 않게 버럭 소리를 질렀다. 동시에 선영의 눈에서 눈물이 뚝 떨어졌다. 나는 긴 한숨을 내쉬며 서럽게 우는 선영을 뒤로하고 병실을 빠져나왔다.

집으로 돌아와 소파에 앉아 두 손을 얼굴에 파묻었다. 신일에게 준 보너스가 아직도 머릿속에서 맴돌았다. 그러게 평소에 건강검진 좀 자주 받으라니까. 돈이 없다는 핑계로 항상 검진을 미뤘던 엄마를 원망해 보기도 했으나 금방 생각을 접었다. 일단 있는 돈이라도 확인해 봐야겠다는 생각으로 나는 내 방 서랍을 열었다. 적금 통장을 꺼내 숫자를 차근차근 세어 보았다. 통장 속에 잠들어 있는 돈은 엄마의 병원비를 메꾸기에 턱없이 부족했다. 순간 울분이 솟구친 나는 통장을 있는 힘껏 벽에 던졌다. 퍽. 통장은 힘없이 바닥에 떨어졌다.

그 뒤로 나는 엄마의 병원비를 벌기 위해 몸이 부서지도록 일했다. 이 지역의 모든 짜장면과 짬뽕은 내가 갖다준다는 마음가짐으로 누구보다 빠르게 움직였다. 갑작스레 변해 버린 내 모습에 사장은 이유를 묻지 않고 그저 흐뭇한 표정으로 나를 바라볼 뿐이었다.

내 오토바이가 달리는 속도만큼이나 시간이 빠르게 흘렀다. 어김없이 분주하게 배달 일을 준비하던 어느 날이었다. 가게 밖에선 진눈깨비가 펑펑 내리고 있었다. 나를 빤히 바라보던 신일이 내게 가까이 다가왔다.

"석호야, 보너스 뺏길 준비나 해라."

그 말과 함께 신일은 의미심장한 미소를 지었다. 뭔 소리야, 짜증 나게. 엄마의 병원비를 버느라 가뜩이나 예민해져 있던 나는 음식을 담은 철가방을 한 손으로 든 뒤 신일을 밀치고 가게를 나왔다. 가게 밖에 주차된 오토바이에 올라타자 뒤따라 나온 신일도 자신의 오토바이에 시동을 걸며 말했다.

"가는 방향 비슷하더라. 같이 가자."

신일의 말에 나는 헛웃음을 내보이며 말했다.

"뒤처지는 거 아니냐? 나 오늘도 배달 빠릿빠릿하게 할 건데, 방해 말고 조용히 따라와라."

"나 이제부터 돈 열심히 모을 거야. 안 봐줄 테니까 너나 방해 마."

신일은 웃으며 오토바이의 액셀을 돌렸다. 신일의 오토바이는 몇 번 기합을 넣더니 빠르게 튀어 나갔다. 야, 반칙이다 반칙! 같이 가야지! 나는 신일의 뒤통수에 대고 소리치며 다급하게 따라갔다. 낮 시간대라 그런지 도로에 차들은 별로 없었지만, 신일은 신호등도 무시한 채 속도를 줄일 생각이 없어 보였다. 나는 무작정 달리는 신일을 보고 당황하여 오토바이를 멈춰 세운 뒤 신일에게 소리쳤다. 너 뭐 해! 목이 나가도록 소리를 치며 신일을 세우려던 그때였다.

쾅음과 함께 신일의 몸이 공중으로 붕 떠올랐다. 트럭과 충돌한 신일은 오토바이로부터 튕겨져 나가더니 가로등에 부딪혔다. 순식간에 바닥으로 곤두박질친 신일의 머리에서는 붉은 피가 쏟아져 나왔다. 순간 머릿속이 새하얘진 나는 오토바이에서 내린 뒤 도로 한복판에 누워 있는 신일에게 뛰어갔다. 하지만 나는 신일을 바로 눈앞에 두고 멈춰 서고 말았다. 신일의 사지는 기괴하게 뒤틀려 있었다. 온몸에 흐르는 피에 먼지가 엉겨 붙었다. 영화나 드라마에서 보던 죽음이 아니었다. 훅 끼쳐 올라오는 피비린내에 나는 그만 아침에 먹은 것을 토해 내고 말았다. 다시 고개를 들고 신일에게 가까이 다가가고 싶었으나 다리가 바닥에 눌어붙어 버리기라도 한 건지 전혀 움직이질 않았다. 주위에 차들이 멈춰 서고 구급차가 호들갑스럽게 달려올 때까지 나는 계속해서 땅바닥만 바라볼 뿐이었다. 도저히 신일의 모습을 다시 볼 용기가 나지 않았다.

신일이 죽은 뒤, 사장은 한동안 배달이 늦어도 배달부들에게 잔소리를 하지 않았다. 나는 가게 의자에 앉아 하염없이 허공만 바라봤다. 호프집에 갔을 때 내가 신일에게 했었던 매몰찬 말들이 내 귓가에서 맴돌았다. 신일의 붉어진 얼굴이 오랫동안 내 눈앞에서 머물러 있었다. 나는 두 손으로 얼굴을 가렸다. 왜 그렇게 빨리 달리라고만 강요했는지, 왜 항상 빨리 달려야만 했는지……. 배달 일을 하면서 처음으로 든 의문이었다. 사장은 조심스레 내 옆에 의자를 끌고 와 앉았다. 긴 시간 동안 사장은 말없이 내 어깨만 토닥이다 입을 열었다.

"신일이 일은 나도 안타까운데……. 일을 안 할 수는 없잖냐. 대타 구하기 전까지만 네가 신일이 몫까지 고생 좀 해 줘라. 시급도 좀 더 줄게. 응?"

나는 주먹을 꽉 쥐었다. 지금 그게 할 말이냐며 벌떡 일어나 사장에게 소리치고 싶었지만, 나는 고개를 떨구고 잠자코 있었다. 사장에 대한 분노보다 신일에 대한 미안함이 더 컸기 때문이었을까. 아니면 시급을 올려 준다는 말에 엄마의 병원비가 셈이 되었기 때문이었을까.

"너 뭐야? 다쳤어? 왜?"

다음 날, 병실에 들어선 나는 선영의 손을 우악스럽게 낚아챘다. 선영의 손은 군데군데 길게 찢어진 상처가 자리 잡고 있었다. 딱지가 내려앉은 걸로 보아 다친 지 꽤 된 모양이었다.

"알바 하다가 다쳤어. 엄마 수술비 급하잖아."

선영은 기어들어 가는 목소리로 대꾸했다. 나는 땅이 꺼질 듯 한숨을 내쉬며 사장에게 미리 가불해서 받은 월급봉투를 선영에게 던져 주었다.

"넌 일하지 마. 내가 알아서 돈 벌 테니까 엄마 걱정은 하지 말고."

당장이라도 뻔뻔한 사장에게 욕을 퍼붓고 가게를 뛰쳐나오고 싶었지만, 이제 막 고등학생이 된 선영에게 이런 말을 해 줄 수는 없었다. 나는 선영의 머리를 쓰다듬으며 안심시켰다.

"그치만 내가 어렵게 구한 건데……. 요즘 고등학생 받아 주는 가게도 없어서 내가 이곳저곳 돌아다녀서 알아본 거란 말이야."

"시끄러워. 하지 말라면 하지 마."

나는 단호하게 선영의 말을 잘랐다. 그러나 굳건한 내 말과 달리 어깨는 한층 더 무거워진 느낌이었다. 나는 무게를 이기지 못하고 축 늘어진 어깨를 간신히 들어 올리며 병실을 나왔다.

신일이 죽은 뒤로 나는 좀처럼 속력을 내지 못했다. 사거리를 지날 때면 주위를 몇 번이고 둘러보았다. 나는 7단지 쪽으로 배달을 가면서 신일을 생각했다. 어쩌면, 신일이 날 만나지 않았다면, 이런 일은 일어나지 않았을까. 빠르게 달리길 강요한 나, 사장, 그리고 세상을 무시한 채 평화롭게 살아가지 않았을까. 그런 오만 가지 생각을 하는 동안 나는 7단지에 도착해 있었다. 공사는 또 언제 다 마무리됐던 건지, 하늘을 찌를 듯 당당하게 서 있는 아파트들이 눈앞에 펼쳐졌다. 괜히 위축되어 어깨를 한껏 웅크린 나는 배달을 시킨 아파트를 찾아가 초인종을 눌렀다. 이윽고 도어록의 전자음이 들려오더니 누군가가 현관문을 열었다.

"어? 야, 석호 아니냐, 너?"

익숙한 목소리에 나는 고개를 들었다. 고등학교에 다닐 때 그나마 친하게 지냈던 친구였다. 이런 데서 만나다니, 운수도 지지리 안 좋은 날이었다. 나는 입꼬리를 광대뼈까지 끌어올리려 애썼다. 현금을 받고 거스름돈을 주머니에서 빼 주면서 예의상 궁금하지도 않은 그의 안부를 물었다.

"아이, 나야 뭐 잘 지내지. 내가 가고 싶어 했던 대학교 붙었어. 그나저나…… 넌 대학 안 가려고? 계속 배달 일 할 거야?"

"뭐가 어때서. 이게 내 직업인데."

"농담이지? 그게 어떻게 직업이야. 너 검정고시라도 보는 게 낫지 않아? 그래도 대학은 간 다음에 하고 싶은 거 하면서 살아야지."

"내가 알아서 할게, 걱정 고맙다. 다음부터는 주문할 때 얘기해. 서비스라도 챙겨 줄게."

나는 그에게 마음에도 없는 말을 남기고는 아파트를 나와 오토바이에 탔다. 나는 하늘을 향해 한숨을 뱉었다. 하고 싶은 거? 내가 하고 싶은 게 있나? 중학생 때 꿈이 있었던 것 같기도 하고……. 그게 뭔 소용이야. 돈이 제일 중요한데. 나는 먼지가 가득 쌓인 기억 속을 뒤져 보려다 이내 포기하고 시동을 걸었다. 운전에만 집중하려 했으나 '취미'에 대한 내 생각은 쉽사리 지워지지 않았다. 예전에 선영에게 하고 싶은 거 다 하고 살라고 했는데, 정작 내가 하고 싶은 건 뭔지 모르는구나. 몸에 구멍이라도 난 듯 어딘가가 허했다.

"너, 요즘 왜 이리 늦어? 이렇게 계속 늦으면 시급 올려 주는 건 힘들어."

다음 배달 음식을 철가방에 넣고 나가려는데 사장이 한껏 찌푸린 얼굴로 내게 다가왔다. 몸 안에서 무언가가 솟구치며 목구멍이 턱 막히는 기분이 들었다. 참자. 선영이 말대로 여기 말고는 고등학생 받아 주는 가게가 별로 없어. 나는 사장의 말에 대꾸도 하지 않은 채 가게를 나왔다.

배달을 가던 도중, 저 멀리 허름한 아파트가 눈에 들어왔다. 노파의 고양이가 순간 뇌리에 스쳐 지나갔다. 엄마의 병원비를 벌어야 한다는 생각 때문에 그동안 고양이의 존재를 까맣게 잊고 있었다. 나는 신일의 마지막 질주보다도 빠르게 아파트 단지를 향해 달렸다. 오토바이에서 헐레벌떡 내리며 헌옷수거함 쪽으로 다가갔다. 고양이는 밥통을 끌어안은 채 눈을 감고 있었다. 배와 팔다리는 이미 차게 식어 버린 뒤였다. 노파와의 약속을 지키지 못했다. 나는 고양이를 묻어 줘야겠다는 생각으로 주변을 두리번거렸다. 하지만 콘크리트와 아스팔트뿐이었다. 이러지도 저러지도 못하는 사이, 철가방에 든 음식이 식고 말 것이라는 무서운 생각이 들었다. 나는 이따가 와서 묻어 줄게,라고 중얼거리며 다시 고양이를 내려놓고는 오토바이에 올랐다.

오토바이의 속도는 점점 빨라졌다. 시간을 지체한 만큼, 더 빨리 달려야 했다. 신호에 걸린 자동차들을 뒤로한 채, 2차선 도로를 내달렸다. 그러다가 문득 백미러를 보았다. 백미러의 방향이 틀어진 탓에 차들이 아닌 내 얼굴이 보였다. 죽은 고양이를 닮은 얼굴이었다. 바람을 맞으며 가만히 백미러를 보고 있자니 선영의 얼굴, 신일의 얼굴, 그리고 엄마의 얼굴이 보이는 것 같기도 했다. 순간 병실에 누워 있는 엄마의 모습이 떠올랐다. 이렇게 느리게 가다간 시급을 올려 주기 힘들다는 사장의 말도 생각났다. 나는 점차 속도를 높였다. 차가운 바람을 직격으로 맞으면서 액셀을 조금씩 더 세게 밟았다. 그러고는 뒤늦게 깨달았다. 총알의 역사는 쉽게 막을 내리지 않을 것임을.

전태일 사상은 각성된 밑바닥 인간의 사상이다. 그것은 오랜 침묵에서 깨어나서 이제껏 현실이 자신에게 강요해 왔던 가치관을 전면적으로 거부하고, 오직 스스로의 인간적인 체험에 의거하여 그자신의 가슴으로 느끼고 자신의 머리로 생각하고 자신의 눈으로 세계를 보는, 주체적인 인간의 사상이었다. 그러므로 그것은 거꾸로의 거꾸로, 사회의 거꾸로 된 가치관을 하나부터 열까지 다시 거꾸로 뒤집어놓는다. —『전태일평전』에서

우리의 뜨거운 심장

이 책을 읽고 깨달은 것과 마음을 절절하게 울리는 대목이 많아서 어디서부터 풀어 적어야 할까, 고민했다.

나는 이 책을 읽고 애탄의 감정을 필두로 한 여러 가지의 감정이 들었다. 평소 백일장에 관심이 많아서 이번에 주최하는 전태일 백일장에 호기롭게 도전장을 내밀었다. 나는 전태일 열사를 노동운동을 하다가 분신자살을 하신 거 정도로만 어렴풋이 알고 있었고, 이 책을 읽기 전까지는 지금처럼 그의 이름만 들어도 가슴에서 뜨거운 무언가가 생길 정도로 그를 잘 알지 못했다. 내 자신이 무지했단 점에 반성을 하는 순간이기도 하였다.

나는 이 책 구절 중 83쪽, "그리고 그 현실과 싸워 이기려는 분명한 의지가 들기 시작했다고 한다면, 우리는 그가 남들처럼 고등교육을 받을 수 없었던 것을 슬퍼할 필요가 없을 것이다. 현실이야말로 가장 좋은 교사다."라는 구절이 인상 깊었다.

이 책을 계속 읽다 보면 그가 못 배우고 무지하단 점을 강조하는 구절이 자주 나오는데 나는 그가 누구보다도 배운 사람이라고 생각한다.

그는 자기 입에 풀칠하기도 급급한 상황에서 자신의 교통비를 쪼개서 노동착취를 당하는 여공들에게 빵을 사서 나눠 주고 서너 시간을 걸어 집으로 갔다.

그는 나 살기 바빠 남을 모른 척하는 것이 아닌 말도 안 되는 착취에 항의할 줄도, 자신과 처지가 같은 힘 없는 약자들에게 베풀 줄도 아는 사람이었다.

학교에서 수업으로 배우는 것보다 더욱 심도 있는 교육을 현실에서 몸소 배운 사람이었다. 배움의 기준은 국·영·수로만 나눌 수 없다.

그의 열여덟 살과 나의 열여덟 살을 비교하며 내가 너무 편하게, 비교적 훨씬 좋은 인프라를 누리며 살아온 것 같다는 생각을 아주 잠깐 하였다. 과거와 비교하며 현실에 안주한다는 생각도 했다.

과거에 그와 같은 숭고한 희생이 있어 착취적 노동 환경에 전환점을 갖게 되었지만 아직까지 노동착취로 인한 문제점들이 끊임없이 나오고 있으며 여전히 사각지대에 놓인 취약계층이 있음을 알아야 한다. 어떤 차별도 절대 묵인할 수 없다.

우리는 잘못된 것을 바로잡고 이에 맞서 싸울 줄 알아야 하며 불의에 굴복하지 않는 법을 그를 보며 배우고 실천할 힘을 가져야 한다고 생각했다.

그것이 이 책이 나에게 전달한 '전태일 정신'일 것이다.

그는 착취받는 그 시절 노동자들에게 한 줄기 희망이 되어 주고, 분노의 원동력이 되어 주었다. 그는 정말 열악한 환경에서 노동운동을 전개하였다.

노동운동은 공산주의 운동과 같다고 봤었기에 정치적인 탄압이 심했고 '바보회' 회원들은 그가 살아 있을 당시 그의 열의의 반쯤 되는 열의도 보이지 않았다.

바보회 회원들이 그만큼의 열의밖에 보이지 않았음이 너무 아쉬운 대목이었는데, 그들이 그 시절 대부분 노동자들의 삶이라는 생각이 들었다.

사실 각박한 삶 속에서 사회정의는 늘 뒷전이 되곤 한다.

안타깝지만 어쩔 수 없는 것이 아닐까? 바보회 활동에 소홀했던 그들을 마냥 욕할 수는 없다고 생각했다.

또한, 모범 기업을 만들려 3,000만 원 모금도 하였지만 그에게 누구 하나 거액을 내준다는 사람이 없었다. '노블레스 오블리주.' 나는 이 단어를 그렇게 좋아하진 않는다. 누구에게나 도덕의 잣대는 같아야 하기 때문이다. 하지만, 3,000만 원 모금 운동을 하기 위하여 광고도 하고 갖은 노력을 하였지만 실패로 끝나 버린 그가 한없이 작아 보였다. 3,000만 원은 몸을 혹사해 가며 밤낮없이 평생을 일해도 반도 모을 수 없는 사람이 있다. 그렇지만 누군가에겐 그만한 가치의 돈이 아닐지 모른다. 3,000만 원쯤이야!라고 말할 수 있는 사람 중 한 명이 전태일을 도왔으면 어떤 국면을 맞이하였을까 생각해 보았다. 그가 죽음까지 간 데에는 기득권과 부를 가졌던 사람들의 무관심이 크게 한몫을 했다는 생각이 들기 때문이다. 바보회 회원들처럼 하루만 쉬어도 먹고사는 것을 걱정해야 하는 처지보다 훨씬 여유 있고 나은 처지의 사람들이 어려운 사람들에 대한 무관심, 자신들의 권력 유지를 위해서 또는 성가셔서 등의 이유로 무관심한 것이 그렇게 괘씸할 수가 없었다. 나는 그래서 '노블레스 오블리주'가 필요하단 것을 느꼈다.

내가 가장 좋아하는 영화 〈기생충〉에서 인상 깊었던 대화가 있다.

순수하고 착한 사모님을 칭찬하는 기택에게 충숙이 말했다. 부자여서 착한 거라고, '내가 이 집을 다 가졌으면 그 사모님보다 착했지.'라는 뉘앙스로 말했다.

세상에는 베풀고 싶어도 베풀지 못하는 사람들이 있다.

선행에도 자격이 있는 것일까? 하는 한탄스러운 마음은 숨기지 못한다.

또한, 운명이 전태일을 놀리기라도 하듯, 전태일은 사랑 비슷한 감정이 싹틀 시기가 있었다. 하지만 그에겐 이마저도 너무 큰 사치일 뿐, 바라볼 순 있지만 넘볼 순 없는 그저 아픈 감정일 뿐이었다. 차라리 바라보지도 않는 게 마음이 편할 것 같다. 내가 그였다면 그랬을 거니까. 아니 그래야만 했으니까. 정말 아름다워야 할 청춘에 그런 감정까지 억제되어야 했는지, 그의 처지가 그의 잘못으로 이루어진 건지, 그는 왜 그런 삶을 살 수

밖에 없었던 건지 의문이 들었다. 태어날 때부터 빈한 삶, 부한 삶이 없는 노릇인데 사회는 왜 그를 창살 없는 감옥에 가두었을까? 그 당시 사회에 개탄스러운 마음이 들었다. 저런 사회에 내가 전태일과 같은 처지에 놓였다면 나는 어땠을까. 바보회 회원들의 무성의했던 태도마저 안타깝게 본 나였지만 나는 달랐을까? 정말 하루 벌어 하루도 먹고살기 힘든 나날에 노동운동이나 할 정도로 내 마음에 여유가 있었을까? 피곤에 찌든 육신과 마음. 물론 불합리한 세상이 너무 지긋지긋하고 신물 날 정도로 나의 삶을 혐오했을 것이다. 가진 자들이 내게 주는 모진 착취와 멸시를 견디지 못했을 거 같다.

그렇다고 해도 내가 그와 같은 투쟁정신을 가지지는 못했을 것이다. 이미 마음이 고장 나서 화낼 상황에서도 화를 내지 못할 정도로 화내는 법을 까먹은 듯 체념하며 살지 않았을까 싶다.

당시보다 비교적 평탄한 나의 삶 속에서 나도 조금의 좌절감이나 회의감으로 쉽게 마음이 무너질 때가 있는데 그러한 착취적인 환경에선 정상적인 사고가 피어나지 못할 거 같다. 그렇게 나는 이 책을 읽으며 모두를 이해했다. 그는 정치적 탄압, 바보회 회원들의 적극적이지 않은 태도, 자금 마련 등 너무나 수많은 벽에 부딪쳤다. 자본도, 자신과 같은 열의로 함께 싸울 동지들도 턱없이 부족했던 전태일에게 죽음이란 너무나 불가피한 선택이 아니었을까?

전태일의 죽음은 사회적 타살이라 볼 수 있겠다.

독자인 나의 입장에서 봤을 때 그는 모든 상황이 위태로운 사람 같아 보였다. 그가 가진 거라곤 노동에 찌들었지만 그나마 젊은 육신과 불의를 보면 참지 못하는 강인한 마음뿐, 오랜 시간 고착화된 이 사회의 불합리한 행태를 뜯어고치기엔 그는 가진 게 정말 그것뿐인 사람이었다. 그래서 슬펐다.

짠한 감정이 내 마음을 뒤덮는 것 같았다.

그가 만약 분신이라는 선택을 하지 않고 계속 노동운동에 전념했다고 한들 이렇다 할 성과를 거두었을까를 생각해 보니 더욱 착잡하게만 느껴졌다.

자신의 모든 걸 내던진 그날, 그는 타는 그의 육신으로 추운 겨울 손이 얼어붙을 새 없이 바쁘게 움직여야만 했던 노동자의 이야기를 알렸다. 그는 뜨거운 몸으로 얼어붙은 노동자들의 마음을 녹여 주었다. 그 마음들이 후에 전태일과 같은 노동운동을 하는 수많은 열사들의 뜨거운 심장이 되었다.

한 사람이 사회에 주는 경각심과 파급력이 대단했음을 이 책을 통해서 느꼈고 잘못된 사회 풍조가 한 사람을 어떻게 죽음으로 내모는가를 느끼기도 했다.

그의 삶, 그의 가족들의 삶, 그 밖에 노동자들의 삶은 누가 보상해 줄 것인가?

태어날 때부터 고귀한 삶, 천박한 삶이 있는 거라면 우리는 노력할 필요도, 열심히 무언가를 해 보려고 아득바득 살 필요도 없을 것이다.

우리가 열심히 도모하며 오늘보다 나은 내일을 위해 오늘을 사는 이유는 태어날 때부터 규정된 삶은 없기 때문이다.

갖은 노력으로도 성과를 볼 수 없는 사회는 잘못된 사회이다.

전태일은 이 사회에 통탄했을 것이다. 기계보다 더 많은 양의 일을 해 가며 청춘을 버려도 남는 거 없이 밑지는 인생을 살게 되는 계층이 존재하는 사회 말이다.

내가 이 책을 읽고 그에게 더욱 감동하고 눈시울이 붉어졌던 건 그는 그런 삶은 존재하지 않는다며 수많은 약자들에게 개척해 나가는 법을 남기고 갔기 때문이다.

그가 있었기에 그 시절 너무 당연했던 노동자들이 받는 착취, 멸시는 당연하지 않은 것이 되었다. 저학력, 배움이 짧은 그이지만 가르침을 준 그이다.

그는 이로써 평생을 미련에 아파했던 배움의 갈망을 느끼지 않아도 된다. 그가 교과서이고, 그가 배움 그 자체가 되었기 때문이다.

그는 노력해도 벗어날 수 없는 지옥 같은 삶을 살았기에 그의 갈망이 수십 해가 흐른 뒤 태어난 독자들에게 전달되었다. 나의 경우도 그렇다.

책에서도 현실의 발가벗은 모습을 본 사람만이 자신의 인간성을 지킬 수 있다고 했는데 그의 발자취만 본다 하더라도 그 시대에 살지 않았던 나까지 감정이 서글펐다.

진심과 진실은 어떻게 해서라도 통한다. 누군가 길을 막고

막아도 결국은 전달되는 것이 진심과 진실이다.

책을 읽은 우리가 앞으로 실천해야 할 것은 이 책에 나오는 참상들이 너무 먼 나라 얘기가 아님을, 아직까지 기본적인 권리를 누리지 못하는 사람들이 있음을 알아야 되는 것이다. 이 사회의 주역이 될 청소년들에게 세상의 주인공은 특정 계층이 아니라는 것을 당부하고 싶다.

기본적인 권리를 박탈당한다면 그 권리를 요구할 권리 또한 당연히 있다. 투쟁할 의무 또한 지녀야 한다고 생각한다. 불합리한 행태를 묵과한다면 더 큰 불합리로 우리 사회를 병들게 할 것이다. 사회라고 포괄적으로 묶어 말하면 사실 마음에 확 와닿기는 힘들 것이다. 좁게 봐서 나, 우리 가족들, 내 친구, 내 친구의 가족들이 모여 사회가 되는 것이다. 나를 위해서, 우리 가족을 위해서 투쟁할 의무 또한 민주시민으로서 갖고 있지 않을까 하는 나의 개인적 생각도 이 책을 통해 자라나고 성장하게 되었다.

백일장을 떠나 이 책을 읽는 것이 너무 뜻깊은 나날이었다. 책을 읽는 동안에는 책에 흠뻑 빠져 일상생활 모든 게 책과 겹쳐 보였다. 책을 읽은 기간은 나에겐 코로나로 무력해진 일상에 새로운 흥밋거리처럼 유익한 시간이었기 때문이다. 나와 같이 '전태일청소년문학상'에 참가하는 학생들도 이 책이 선물해 주는 뜨거운 심장을 얻었기를 바라며 독후감을 마무리해 본다.

하늘에선 정말 정말 맘껏 쉬시길.

"자기의 심장으로 느끼고, 스스로의 머리로 생각할 수 있었던 사람이야말로, 교과서의 해설이나 권위자의 암시를 통하여 왜곡되는 일이 없는 현실의 발가벗은 모습을 생생히 본 사람이야말로, 현실에서 가장 많은 것을 배울 수 있고 자신의 인간성을 가장 열렬하게 지킬 수 있다." ─『전태일평전』에서

레미콘

아버지의 주머니에선 콘크리트 못이 사방으로 흩어진 냄새
가 났다
그는 잊힌 건물 벽을 부수며 나온 잔해들을 좋아했다

그는 건물에 항상 이름이 붙는다 했다

다정한 이름일수록
아름다운 이름일수록 좋아
아름다운 이름을 가진 것들은
부수어져 깨질 때 더 아름답다

이를테면
신열을 겪어 이리저리 뻗어 나간 잎맥을 가진
잎이 나무에서 추락하는 것

사랑대중목욕탕

사랑장례식장
사랑상영관
러브호텔
……

이번에는 전모를 알 수 없는 사랑의 잔해들을 부수고 싶었던
것일까

부스러지고
바람에 날려 이리저리
죄다 먼지가 되어 버리고 마는 것처럼

사랑이라는 이름으로 얽힌
녹슬어 버린 잔해들이 비처럼 쏟아질 때
잎맥의 잔해들은 뼈대처럼 남아 가닿을 곳이 없다

콘크리트 못들은 그가 훔친 기념이고 잔해였을지도

손안에서 맞부딪힌 못들의 냄새가 지나치게 달콤해지는 오후

그는 그러쥔 못들을 하염없이
하염없이 만지다가
몸을 가누지 못하고 앞으로 고꾸라졌다

도무지

꽉 막힌 잎맥 사이에는 방이 있다
그곳에서 흘러나온 달팽이가 점액질을 뿜듯
사선의 입을 열고 침을 튀기며

형이 자기 위해 땅에 배를 붙이다 말고 말했다

우리는 설득을 포기해야 해
노력과 진실들을
귓등으로도 안 듣는 인간들을 위해

엄마와 아빠는 소리 지르다가
냉전이 시작됐고
식탁에선 밥 먹는 소리조차 들리지 않았다

형은 밥을 두어 번 씹다가
방 안으로 들어갔다
끈적끈적한 형의 발에 방바닥이 달라붙어서
도무지 떨어질 것 같지가 않았다

방에서는 뉴스가 흘러나왔다
채널을 돌릴수록 연설대의 모습은 점점 보이지 않았다

그야말로 연설대가 두 번 작아지고
수사학이 두 번 추방당한 시대

사람들은 이제
달팽이처럼 더 이상
말을 하지 않는다
집 밖을 나서지 않는다

형과 나 역시
사선으로 접히고 접혀
곡선으로 만들어진 입을 묶고
방문을 바라만 볼 뿐

뿜어져 나온 점액질들로 벽과 벽 사이를 틀어막고
좁은 세상의 끝으로 점점 기어들어 가고 있다

동화

나는 손등으로도 피아노를 칠 수 있게 되고
고개를 떨구지 않고도 페달을 밟을 수 있다

길을 따라가는 소리에 맞춰
익숙한 지름길에서 빠져나오지 못할 때에도
길바닥에 껌을 붙이며
발소리를 두려워하지 않았다

회전축이 바뀔 때까지 나는 당연한 것들을 사랑했으니까

계속하여 건반 위를 걸었다

누군가가 있다고 생각했는데
뒤돌아보면 아무것도 없었다

음이 자꾸만 헛돌았다

발소리가 맴도는 것처럼
길을 찾으려 길바닥에 붙인 껌이

어둡게 동화될 때까지
자동차와 사람들은 자꾸만 껌만 밟고 돌아다녔다

발걸음은 점점 무거워지고
사람들이 블루스를 췄다 끈적하게

지루하니까
돌고 돌아도 종국에는
처음으로 돌아가야 하는 것처럼

껌을 빼려 안간힘을 썼지만
우리가 하나의 입 속에 자리 잡은 것 같았다

어중간한 마음이 자꾸자꾸 불어나고
피아노는 무거워지고
점점 걷는 소리가 들리지 않았다

이제 건반 위에는 무거운 음만 남았다
우리는 저음으로 된 노래를 연주했고

쉽게 꺼지지 않는 건반 위에는 침이 뚝뚝 흐르고 있었다 그것은 자기 비하에서 자존으로, 비굴에서 긍지로, 공포와 위축에서 분노와 용기로, 의존과 자학에서 자주와 해방으로, 체념과 침묵에서 비판과 투쟁으로 전환하여 가는 사상, 노예에서 인간으로 거듭나는 민중의 사상이다. ―『전태일평전』에서

청소 금지 구역

시신으로 발견된 여자는 빅토리아의 동료였다. 유명 관광지인 골드코스트, 그것도 길 한복판에서 폭행을 당해 사망한, 빅토리아와 같은 구역에서 청소하던 한국인이었다. 빅토리아는 사건 당일 동료를 만난 적이 없지만 그동안 같은 시간대에 일했다는 이유로 며칠 동안 조사실을 가야 했다. 한국과 달리 호주 골목길엔 CCTV가 거의 없어 범인을 잡기 힘들 것 같았지만 용의자는 금방 추려졌다. 얼마 뒤 잡힌 범인은 사건이 일어난 곳 인근에 위치한 한 고등학교에 다니는 십 대 아이들이었다. 그들은 여느 고등학생들과 다를 바 없는, 젖살이 미처 다 빠지지 않은 앳된 얼굴을 하고 있었다. 마찬가지로 빅토리아 동료도 새벽 출근을 하던 그저 평범한 아시아인 여성이었다. 빅토리아는 그 일이 있고 난 후 곧장 일을 그만두었다. 이 모든 것은 호주에서의 일을 연결해 준 한국 유학원에서는 알려 주지 않은 현실이었다.

빅토리아는 안전상의 문제로 한동안 아시아인을 고용할 수 없다는 고용주의 메시지를 곱씹었다. 아시아인이 문제가 아닌데. 그녀는 손톱 옆에 난 거스러미를 잡아 뜯었다. 따끔거림과 동시에 핏방울이 손끝에 맺혔다. 흰 휴지에 붉은 점이 퍼지자 그녀는 떠난 동료를 떠올렸다. 이 상황을 언니가 겪었더라면 분명 명백한 인종차별 발언이라고 한마디 했겠지. 빅토리아는 얼마 안 되는 짐을 쌌다. 도시에서 잠시 떨어질 겸 큰돈을 벌기 위해 농장이 많기로 유명한 카불처로 향했다. 기차역은 관광 온 것으로 보이는 사람들과 현지인들로 붐볐다. 호주에 온 직후부터 일에 쫓기며 살던 그녀는 기차 풍경을 보며 오랜만에 여유를 즐기려 했지만 짧은 휴식조차 허락되지 않았다. 통로 자리에 앉은 그녀 옆을 지나가며 윙크를 하거나 '니하오'라고 말을 거는 사람이 한두 명이 아니었기에. 얼굴을 들이밀고 눈을 찢는 시늉을 하는 이도 있었다. 그녀는 21세기에도 여전히 존재하는 질 낮은 인종차별을 무시했다. 애써 침착하려 했지만 벌벌 떨리는 손은 맘대로 할 수 없었다. 하는 수 없이 그녀는 두 손을 허벅지 아래에 깔았다. 당장이라도 눈에 띄는 행동을 했다간 자기도 언제 맞아 죽을지 모를 일이기 때문이었다. 그녀는 창문으로 시선을 옮겼다. 푸른 벌판이 파도치듯 바람에 휩쓸리고 있었다. 몇 시간이 지나자 서울에선 볼 수 없던, 건물 하나 없이 넓게 펼쳐진 자연경관마저 지겨워졌다. 기차가 달리는 동안 휴대전화는 보지 말아야지, 풍경을 하나라도 더 눈에 담아야겠다고 다짐했던 계획은 순식간에 무너졌다. 주머니 깊게 넣어 뒀던 휴대전화를 꺼내고 이어폰을 귀에 꽂았다. 그리

고 생각했다. 하루빨리 돈을 모아 어학원에 등록해야겠다고. 그
녀는 영어 회화 인터넷 강의를 틀었다. 리브 미 어론(Leave me
alone), 리브 미 어론…… 그녀는 화면을 보며 중얼거렸다.

*

농장이 많은 만큼 일자리를 구하기도 쉬웠다. 속전속결로 이
뤄진 아르바이트 계약 이후 처음 맡은 일은 딸기 모종을 심고
이파리에 붙은 진드기를 떼어 내는 것이었다. 태양 아래 몇 시
간 동안 허리를 숙이고 일하는 건 아침잠을 줄여 가며 길거리
를 청소하던 것보다 더 힘들었다. 고된 일인 만큼 돈을 많이 벌
수 있을 줄 알았지만 오산이었다. 농장은 능력제로 운영되고
있었기에 손이 느린 사람에게는 불리했다. 그곳에서 딸기 따는
법을 배웠지만 신참인 그녀는 행동이 굼떴고 그만큼 벌어들이
는 수입도 남들보다 적었다. 뙤약볕 아래 종일 쭈그리고 일을
하다 보니 점점 무릎에 무리가 왔다. 바퀴 달린 티롤리를 타고
있었지만 하체에 온 무게가 쏠리는 느낌이었다. 하지만 하나라
도 더 작업해 돈을 벌어야 했기에 다리에 신경 쓸 겨를이 없었
다. 빈 트레이에는 빨갛게 잘 익은 딸기가 하나씩 쌓여 갔다. 과
일 중 딸기를 가장 좋아했던 그녀였기에 잘 익은 것을 골라 옷
에 대충 닦은 뒤 몰래 먹는 일도 종종 있었다. 별거 아닌 딸기
한 덩어리였지만, 입 안에서 녹는 달콤함 덕에 그녀는 일을 꾸

꿋하게 참아 낼 수 있었는지도 모른다. 선크림을 바르고 자외선 차단 토시, 밀짚모자를 썼지만 피부는 하루가 멀다 하고 어두워져 갔다. 트레이에서 몰래 빼먹는 딸기의 개수도 점점 줄어들었다. 마트에 갈 때면 그녀는 과일 코너에 들르지 않았다. 빨강과 분홍의 경계에 놓인 딸기를 바라만 봐도 억센 풀에 스치는 손의 느낌이 생생하게 느껴지는 기분이었다.

그나마 그녀가 속한 농장에선 숙식이 제공됐기에 지출이 적은 게 다행이었다. 밤마다 귓가에서 들리는 모깃소리와 정체를 알 수 없는 벌레가 무는 바람에 잠을 설치는 것 정도는 참을 수 있었다. 문제는 남녀 혼숙이었다. 농장 주인은 이곳의 치안이 좋지 않다며 혹시 모를 사고 예방을 위해 농장에 딸린 기숙사에 남녀가 섞여 살아야 한다고 했다. 그녀가 배정받은 방에는 일본인 두 명, 대만인 한 명, 그리고 그녀를 포함한 한국인 세 명이 지냈다. 조금만 움직여도 끼익 끼익 소리를 내는 이층 침대 세 대가 꽉 들어찬 방. 인원에 비해 좁은 공간인 탓에 방은 물건 하나라도 제때 치우지 않으면 금세 지저분해 보였다. 엎친 데 덮친 격으로 환기조차 잘되지 않았다. 창문을 항시 열어 놨지만, 바닥에 눌어붙은 각종 음료수와 술의 끈적임이 냄새를 끈질기게 잡고 있는 듯했다. 아무도 그 악취를 신경 쓰지 않아 자연스레 그녀의 팔엔 고무장갑이 들렸다. 그 이후부터 빅토리아의 별명은 '301호 하우스 키퍼'가 됐다.

화장실도 하나뿐이었다. 건물 바깥에 공용 샤워실이 있었지만 사용하는 이는 몇 없었다. 구석구석에 쳐진 거미줄에 언제 죽었는지 모를 각종 곤충이 매달려 있기도 했거니와 배수 시설이 잘되어 있지 않아 물이 역류하는 경우가 허다했다. 잘못 걸리면 농장주에게 싫은 소리를 듣고 막힌 하수구를 뚫어야 하는 고역을 치러야 하기도 했다. 낯선 이성들과 한방에서 자는 것은 불이 꺼지면 하나둘씩 나오는 벌레 사이에서 생활해야 하는 것보다 더욱 고된 일이었다. 늦은 밤마다 술병을 하나씩 쥐고 큰 소리로 떠드는 사람들의 행패가 날이 갈수록 심해졌기 때문이었다. 그녀에게 직접 해를 가하지 않았지만 그들의 큰 목소리와 몸짓에 괜히 몸이 위축됐다. 베개에 얼굴을 파묻자 십 대 학창 시절 모습이 떠오르곤 했다. 향수 냄새 대신 알코올 냄새를 풍기는 아빠를 피해 방에 틀어박혀 귀를 계속 막아 대야 했던, 제 존재를 숨기느라 급급했던 날들. 빅토리아는 묵묵히 다음 날 그들이 즐긴 광란의 흔적을 대신 치울 뿐 입을 열지 않았다. 괜히 일을 크게 벌이고 싶지 않았거나 어쩌면 싸울 힘도 없는 것일지도 몰랐다.

승리하자. 빅토리아, 너는 견뎌 낼 수 있다.

그녀는 싫은 내색 하나 하지 않았다. 돈만 아낄 수 있다면 못할 것이 없었다. 그러나 마음 한구석에선 한국으로 돌아가는 것이 더 나은 선택인가에 대한 질문이 끊임없이 떠오르고 있었다.

친해진 사람들과는 곧잘 어울렸다. 가끔 여행을 가는 건 숨통을 돌릴 수 있는 유일한 낙이었다. 여행이라고 해 봤자, 근처

산에 올라 각자 도시락으로 싸 온 제 나라의 전통 음식을 먹거나 바다에서 배를 타는 것이었다. 쓸데없는 일에는 철저히 돈을 아끼던 그녀였지만 놀러 가는 것만큼은 한 번도 빠지지 않았다. 미세먼지 걱정 없는 맑은 공기, 구름 한 점 없는 푸른 하늘, 그리고 농장에서 만난 다국적 사람들의 문화에 대해 알 수 있었기에 그들과 어울리기에 이질감이 없었다.

하지만 마냥 좋은 일만 있는 건 아니었다. 이유 없이 길거리에서 놀림이나 욕설을 듣거나, 카페나 식당에서 그녀의 발음을 일부러 못 알아듣는 척하는 등의 일을 심심찮게 당했다. 그리고 한국인에게 사기를 당하기도 했다. 환전 사기는 비일비재하게 일어나는 일이었다. 좋은 기억들도 많았지만 그녀의 기억엔 좋지 않은 기억들이 조금씩 더 큰 자리를 차지하고 있었다.

*

결국 빅토리아는 다시 도시로 돌아왔다. 동료에 대한 기억이 좀체 사라지지 않았지만 골드코스트로 돌아온 이유는 단 하나뿐이었다. 더 나은 삶을 살기 위한 것. 농장에서 번 돈으로 어학원에 등록했다. 살아생전 동료가 커리큘럼이 가장 괜찮은 곳이라며 소개해 준 곳이었다. 빅토리아는 영문학과를 다녔지만, 구사할 줄 아는 영어는 간단한 의사 표현뿐이었다. 사회생활을 할수록 자연스레 영어가 는다는 말은 거짓이었다. 영어 능력이 부족한 만큼 할 수 있는 일이 한정됐고 그에 따라 언어를 사용하지 않는 직업이 따라왔기 때문이었다. 악순환이었다. 그렇기에 도시에서의 삶은 지출 그 자체였다. 어학원 등록비, 게스트하우스 장기 투숙비, 식비 등 시골과는 다르게 돈이 빠져나갈 일이 많았다. 하는 수 없이 그녀는 어학원이 끝난 뒤 할 수 있는 일을 찾았다. 카불처와는 다르게 도시에선 일자리가 쉽게 구해지지 않았다. 그녀는 미리 적어 둔 이력서를 들고 무작정 거리로 나갔다. 보이는 대로 가게에 들어가 이력서를 건넸다. 며칠 동안 오는 연락은 없었다.

구인광고가 붙은 네일숍이 그녀의 시야에 들어왔다. 쇼핑몰 지하에 위치한 숍의 내부는 보잘것없는 외부 간판에 비해 생각보다 큰 규모를 자랑하고 있었다. 사장이 베트남인인지 천장 곳곳에는 풍등이 달려 있었다. 붉은색의 동남아풍 인테리어에 맞춰 직원들은 아오자이 스타일의 빨간색 유니폼 차림이었다. 사장은 그녀의 이력서를 받아 들고 쓱 훑고는 네일에 관련된 경력을 물었다. 경험이 없다는 빅토리의 말을 다 듣기도 전, 사장은 다음 날부터 나오라고 했다. 그녀는 경력이 없는 자신을 바로 채용한 것이 의아했지만 생계를 이어 나갈 수 있다는 사실에 안도했다. 직원의 안내를 따라 들어간 곳은 먼지가 가득한 창고였다. 그 사이에서 직원은 각 맞춰 접혀 있는 유니폼을 그녀에게 건넸다. 유니폼 왼쪽 가슴팍엔 핀셋이 꽂힌 자국이었을 작은 구멍들이 여럿 뚫려 있었다.

빅토리아는 주인 모를 손톱과 발톱 그리고 각질이 담긴 쓰레기를 수시로 비웠다. 그리고 굳어 버린 네일 용품을 뜨거운 물로 세척하는 것에 한숨이 절로 푹푹 새어 나왔다. 한국에서 사년제 대학을 졸업했음에도 해외에선 그저 별 볼 일 없는 쓰레기 치우는 아르바이트생이었으니. 무엇보다도 제일 견디기 힘든 건 역한 냄새를 풍기는 발 각질 제거 용액을 사용할 때였다. 심지어 발 냄새까지 섞여 말로 표현할 수 없을 만큼 냄새가 지독했다. 잡일 외 맡은 일은 매니큐어를 바르기 전 단계인 마사지와 각질 제거였다. 마스크를 꼈지만 효과는 없었다. 손님들 앞에서 한껏 찌푸려지는 얼굴을 가려 주는 효과는 있었지만 얇은 천은 냄새를 막기엔 역부족이었다. 콧속으로 독한 냄새가 스멀스멀 새어 들어왔다. 샌들을 많이 신는 호주인들의 발꿈치엔 굳은살이 단단하게 자리 잡고 있었다. 뜨거운 물과 제거용 용액을 사용했음에도 불구하고 각질 제거용 칼로 열심히 긁어냈지만 쉽지 않았다. 몇 시간 동안 쉴 새 없이 일하니 근육통을 달고 사는 건 일상이 되어 양팔엔 파스가 떨어질 날이 없었다.

직원은 그녀를 제외하고 모두 베트남인이었다. 사장도 베트남 사람이었다. 손님이 없는 한가한 시간대에 베트남인들은 그녀에게 다가와 말을 걸었다. 이름이 뭐냐는 물음에 그녀가 빅토리아라고 대답하자 직원은 손을 내저었다.

"아니, 그거 말고 너의 진짜 이름."

"그냥…… 빅토리아라고 불러 줘."

뒤돌아서자마자 일거리가 쌓이는 건 일상이었다. 열심히 설거지하고 쓰레기를 비워도 눈 깜박할 사이에 다른 일거리들이 눈앞에 있었다. 파트타임 잡이었지만 어학원이 끝나고 밤늦게까지 일하는 건 쉽지 않았다. 잠을 못 자 정신이 피폐해져도 이상하리만치 반복되는 일상에 몸은 슬슬 적응하기 시작했다. 알람시계를 맞추지 않아도 일어날 시간에 눈이 저절로 떠졌다.

언젠가부터 베트남 사장은 어디서 배웠는지 그녀에게 한국어로 "빨리, 빨리"라고 말하며 재촉했다. 그녀는 사장이 한국어를 쓰며 자신을 구박할 때마다 왠지 모를 이상한 기분이 들었다. 한국에 있는 대부분의 동남아인은 우리가 기피하는 험한 일을 도맡아 하는, 상대적으로 빈곤한 사람들이었으니까. 익숙지 않은 상하 관계에 고개를 갸웃거렸지만 사장의 부름에 금세 생각을 떨쳐 냈다. '빨리'는 '차이니즈? 재패니즈?' 다음으로 그녀가 이곳에서 가장 많이 듣는 말 중 하나가 되었다.

호주에 오기 전 그녀는 여러 매체에서 보이던 서양인들의 느긋한 태도를 부러워했다. 하지만 그 생각은 금세 산산조각이 되고 말았다. 호주에 와 보니 모든 고용주는 그녀가 행동을 부지런히 하길 원했다. 그녀가 외국인들의 느긋함을 부러워했던 것처럼 그들도 아시아인들의 부지런함을 부러워한 것일까. 결국 계속되는 압박과 다그침에 자연스레 손과 몸이 빨라졌다. 마스크를 쓰지 않아도 고약한 냄새에 코가 적응하게 될 즈음 그녀는 마침내 매니큐어를 바를 수 있게 됐다. 회사로 따지면

승진을 한 것과 마찬가지였다. 기쁨을 만끽하는 것도 잠시, 일은 더 많아졌다. 매니큐어 시술을 한다고 기존에 하던 잡일이 사라지는 건 아니었다.

수면 부족으로 인해 학원에서 조는 일이 잦아졌다. 잠은 오고 아르바이트를 가야 하는 시간은 1분 1초가 무섭게 다가왔다. 그녀는 초조하게 시계만 쳐다보다 결국 수업을 제대로 듣지 못했다. 수업이 끝나자마자 그녀는 곧장 짐을 챙기고 일터로 향했다. '빨리, 빨리'를 외쳐 대는 사장을 뒤로하고 그녀는 유니폼으로 갈아입었다. 여느 때와 다름없이 매장의 바닥을 쓸고 손님과 점원 들이 사용한 컵을 설거지했다. 그녀는 차라리 손님들의 발 각질을 녹이는 것보다 설거지와 쓰레기를 치우는 일이 낫다고 생각했다. 그녀는 각질제거제 용액과 라텍스 장갑을 챙기다 거울에 비친 자신의 모습을 바라봤다. 반팔 유니폼인 탓에 어깨 아래로 드러난 살이 비췄다. 양손 모두 흉한 상처와 파스 자국으로 군데군데 얼룩져 있었다. 생긴 지 얼마 안 되어 피딱지가 붙은 상처도 있었고 툭 튀어나온 흉터가 자릴 잡고 있기도 했다. 네일숍에서 일하기 전 청소 일과 농장에서 딸기를 따며 생긴 상처들도 있었지만, 대부분은 매장에서 생긴 것이었다. 억센 풀 사이에서, 야외에서 청소하는 일도 아닌 실내에서 이렇게나 많은 상처가 생길 줄은 꿈에도 몰랐다. 거울속 그녀는 울상을 짓고 있었다. 생전 해 본 적 없던 강도 높은 노동을 호주에 와서 하고 있었다. 그녀는 성한 곳이 없는 팔들을 유심히 지켜보다 매장에서 빨리! 하는 소리가 들리자 얼른 휴게실에서 나왔다.

직원이 한 명 더 늘었다. 누가 봐도 앳돼 보이는, 스무 살도 채 되지 않은 외모의 베트남 여자아이였다. 새 직원의 이름은 부였다. 부는 그녀와 마찬가지로 쓰레기를 버리고 설거지를 하는 잡일을 맡았다. 그녀는 싹싹한 성격의 부를 탐탁지 않아 했다. 자신은 한참 뒤에나 맡을 수 있던 매니큐어를 바르는 일을 단 며칠 만에 시작했기 때문이었다. 어쩌면 자신보다 나이가 어린 아이가 일을 더 잘 해낸다는 것에 자격지심을 느낀 것인지 그녀조차 헷갈렸다. 부는 호주에 오기 전 네일숍 직원으로 일했다는 이유 하나로 바로 매니큐어 실습을 진행했다. 부의 등장에 그녀는 매니큐어를 바르는 일마저 할 수 없게 됐다. 다시금 그녀의 손엔 발 각질 제거 용액이 매니큐어 대신 들려 있었다.

한 손님이 샌들을 질질 끌고 와 의자에 앉아 대뜸 그녀에게 발을 들이밀었다. 이젠 이런 일도 익숙해졌다. 손님의 신발을 벗기고 미리 데워 둔 물에 손님 발을 넣고 천천히 마사지했다. 몇 분의 족욕을 끝으로 각질 제거 용액을 듬뿍 뿌렸다. 한참 칼로 굳은살을 벗겨 내고 있을 때 다리를 꼬고 있는 자세가 불편했는지 손님이 몸을 꿈틀댔다. 그러다 그녀의 손을 발로 찼다. 칼이 바닥으로 떨어졌고 용액이 그녀의 손등에 흥건히 묻었다.

"미안. 네 앉은키가 작아서 못 봤어."

영롱하게 빛나는 맑은 색의 눈동자가 그녀를 빤히 쳐다보며 말했다. 후끈거리는 손등을 얼른 수건으로 닦으며 그녀는 애써 웃음을 잃지 않고 괜찮다고 말했다. 흐르는 물로 손을 씻었지만 손은 쉬이 나아질 생각이 없는 듯 계속 후끈거렸다. 발에 맞아서인지 독한 약물에 묻어서인지는 알 수 없었다. 영어를 잘하지 못하는 그녀에게 이렇게 대놓고 조롱하는 경우는 적지 않았다.

피크 타임이 지나 매장엔 손님이 몇 없었지만 그녀에겐 잠깐의 쉬는 시간도 주어지지 않았다. 밀려 있는 설거짓거리와 넘쳐나는 쓰레기가 기다리고 있었다. 그녀는 싱크대를 보며 한 손을 허리에 올리고 한숨을 내쉬었다. 그런 그녀를 보고 한걸음에 다가와 설거지를 도와주는 사람이 있었다. 부였다. 그날만큼은 그녀는 부가 달갑게 느껴졌다. 그리고 작게 말했다. 땡큐. 물소리에 묻혀 부에게 전해지지 않은 듯했지만.

부는 어렸지만 일을 야무지게 잘 해냈다. 손님들이 원하는 것을 눈치껏 챙겨 그들의 마음을 사기도 했다. 호주에 온 지 1년이 다 돼 가는 그녀는 어학원을 다님에도 불구하고 간단한 영어조차 겨우 해냈지만 부는 그녀보다 능숙하게 손님들과 대화했다. 그녀는 그러고 싶지 않은 마음과는 다르게 어린 신참을 경계하고 질투했다. 부가 오자마자 매니큐어를 하게 된 것도 한몫했다. 매니큐어를 바르는 사람들은 잡일을 하지 않아도 됐다. 하지만 부는 예외였다. 매니큐어 시술을 했지만 그녀처럼 잡일도 동시에 해내야 했다. 사장은 군말 없이 자신의 할 일을 잘 해내는 부를 그녀와 비교하기 시작했다. 그럴수록 그녀는 자신의 자리를 부가 차지할까 두려웠다. 전염병이 돌기 시작한 건 그쯤이었다.

*

날씨가 점점 따뜻해졌지만 손님이 도통 늘지 않았다. 평소라면 더위를 피하기 위해서라도 가게에 들르는 손님이 많았다. 하지만 손님은커녕 애꿏은 날벌레들만이 가게 안을 배회하고 있었다. 아시아에서 시작된 폐렴 바이러스가 바다를 건너 호주까지 퍼지기 시작했다. 한국을 포함한 아시아는 쑥대밭이 된 뒤였다. 그중 중국의 감염자 수가 가장 많았다. 중국인과 한국인을 구분하지 못하는 서양인의 경우 아시아인들만 보면 피하곤 했다. 하는 수 없이 사장은 가게 앞에 큰 글씨로 글을 적어 붙였다. '이곳은 베트남인이 운영하는 곳입니다.'

사장이 조치를 취했음에도 불구하고 중국인과 한국인을 잘 구별 못하는 손님들이 그녀를 꺼려 했다. 심지어 그녀와 안면을 튼 몇 안 되는 손님마저도 그녀를 피했다. 그녀가 발을 관리하게 되면 그들은 사장에게 직원이 중국인이냐고 묻거나 직원을 바꿔 달라고 요청했다. 자연스레 그녀는 각질 제거하는 일조차 할 수 없게 됐다. 야간 수당을 합쳐도 돈은 농장에서 일할 때보다 적게 들어왔다. 하루하루 빠져나가는 금액을 보며 그녀는 돈을 더 아끼기 위해 밥을 굶을 수밖에 없었다.

하루가 멀다 하고 폐렴 바이러스는 심각해졌다. 대수롭지 않게 여기던 사람들마저 호주에 점차 퍼지는 폐렴이 무서워 외출 자체를 꺼려 했다. 그나마 오는 손님들마저도 그녀의 눈치를 보며 마스크를 고쳐 쓰기 급급했다. 그녀를 꺼리는 건 가게뿐만이 아니었다. 어학원에서도 그녀를 포함한 아시아인들은 모두 강제로 마스크를 쓰고 있어야 했다. 부당함을 느낀 한국인들이 원장에게 가서 따졌지만 돌아오는 대답은 한결같았다.

학생들이 불편해하니 수업할 때만이라도 참아라.

눈에 띄게 학원엔 아시아계의 학생들이 줄어들었다. 빅토리아 역시 그들을 따라 자국으로 돌아가야 하나 생각했지만, 한 번뿐인 비자를 이렇게 포기할 순 없었다. 아니, 못 버티고 한국으로 돌아갔을 때도 금방 포기해 버릴 것만 같았기에 그녀는 굳건히 발바닥을 호주 땅에 붙이고 있었다. 길거리엔 마스크를 쓴 자와 안 쓴 자로 나뉘기 시작했다. 물론 예방 차원에서 자발적으로 마스크를 쓰는 서양인들도 있었지만 그마저도 소수였다. 당연시하게 중국인을 받지 않는 식당도 늘어나고 있었다. 아시아인들이 운영하는 식당은 모두 무기한 임시 휴업을 하게 됐다. 마스크를 쓴 채 일터까지 가는 동안 그녀는 아시아인이라는 이유로 세균 취급을 받았다. 그녀에게 스프레이 통에 담긴 소독제를 뿌리는 사람도 있었다.

가게가 한가해진 탓에 예전보다 일찍 청소를 끝냈다. 멀뚱히 가게 안에 있는 시간이 늘어나자 빅토리아는 닦은 바닥을 또 닦거나, 도구들을 다시 한번 세척하곤 했다. 그럴수록 사장은 괜히 그러지 말고 가만히 있으라며 제재하기도 했다. 손님이 없었지만 그녀는 마스크를 계속 착용하고 있어야 했다. 그녀는 바닥을 닦느라 더러워진 걸레를 마저 닦은 뒤 답답했던 마스크를 잠시 벗고 휴게실로 향했다. 그때 사장이 그녀를 붙잡았다. 사장은 그녀에게 더 이상 가게에 나오지 말라며 봉투를 쥐여 줬다.

"수당 포함해서 좀 더 넣었어."

사장이 말했다. 그녀는 자신이 해고당하는 이유가 부 때문이라고 생각했다. 그녀 하나쯤 없어도 부가 대신 그 자리를 메꿀 수 있으니까. 아니, 사실 그녀는 정확한 이유를 알고 있었다. 실적을 내지 못하는 상황에 손님의 발길마저 뜸해졌으니 말이다. 하지만 그녀는 끝까지 그 사실을 부정했다. 자신이 잘린 이유는 모두 부 때문이라고 생각하며 돈 봉투를 손에 꽉 쥐고선 가게를 나섰다. 다른 일자리를 찾아야 했다. 한국으로 돌아갈 순 없었다. 그녀는 정처 없이 인도를 따라 걷다 선팅이 짙게 된 창문에 비친 자신의 모습을 바라봤다. 오랜 시간 동안 몸을 숙인 탓에 거북목이 되어 버린 체형. 흐릿하게 번지는 듯한 모습에 그녀는 눈가를 손으로 닦았다. 차라리 원하면 언제든 등딱지에 숨을 수 있는 거북이의 삶이 더 나을지도 몰라. 난 어디에 숨을 수 있을까. 그녀의 코에서 네일 리무버인지 알코올인지 헷갈리는 냄새가 맴돌았다. 밤낮 상관없이 집 안을 굴러다니던 빈 술병들. 학교 선생님들에게서 술 냄새가 난다며 오해를 받고 지냈던 그동안의 시간이 주마등처럼 지나갔다.

길거리에서 방황하는 그녀를 향해 한 남자가 다가오고 있었다. 그녀는 남자의 제안을 듣고는 노우, 노우 하면서 손을 좌우로 휘저었다. 남자는 의미심장한 눈빛으로 몇 번 더 물으며 그녀를 따라왔다. 그녀가 빠른 걸음으로 걷자 남자도 속도를 높여 그녀를 쫓았다. 급하게 피할 곳을 찾다 근처에 위치한 한인마트에 들어가자 남자는 그제야 포기하고 발길을 돌렸다. 그녀는 아무 말 없이 남자를 빤히 쳐다보았다. 정신을 차리니 주위 풍경이 눈에 들어오기 시작했다. 한국과는 다른 가로수 나무들과 비둘기처럼 흔하게 날아다니는 앵무새들. 교통 체증이 일어나도 경적을 울리지 않고 기다려 주는 운전 매너……. 아름답게만 보였던 것들이 점점 크게 와닿기 시작했다. 갈 곳이 없었다. 그녀는 길 한복판에 멈춰 서서 가만히 하늘을 올려다봤다. 구름 한 점 없는 하늘이 금방이라도 무너질 것만 같았다. 마스크를 고쳐 썼다. 그리고 발걸음을 옮겼다. 이미 멀어져 버린 낯선 남자에게로. 그리고 생각했다. 동료들과 함께 놀러 다닐 때 돈을 모아야 한다며 항상 자리를 빠졌고, 그 누구보다도 열심히 살았던 동료를. 빅토리아는 억울하게 세상을 뜬 동료를 떠올리며 발걸음을 재촉했다.

"이 세상의 어두운 곳에서 버림받은 목숨들, 불쌍한 근로자들을
위해 죽어 가는 나에게 반드시 하나님의 은총이 있을 것입니다."
―『전태일평전』에서

누가 전태일을 죽였는가

한 사람의 인생을 담은 책. 난 원래 그런 분야에 별 관심이 없었다. 내 인생 하나 살기도 바쁜데 남의 인생을 자세히 알아서 나에게 득이 될 게 없다고 생각했던 것 같다. 『전태일평전』도 마찬가지였다. 전태일청소년문학상에 참가해 보고 싶어서 도서관에서 빌려 왔지만 워낙 두껍기도 하고 재미도 없어 보여서 몇 주째 손도 안 대고 처박아 두었던 기억이 있다. 하지만 별 기대 없이 읽기 시작한 『전태일평전』은 내게 상상 이상의 놀라움과 두려움, 그리고 많은 생각들을 안겨 주었다. 『전태일평전』을 읽는 그 짧지만 길었던 기간들, 그리고 그동안 머릿속에 스쳐 간 여러 가지 복잡 미묘한 감정들, 그것들을 이제부터 차근차근 소개해 보려고 한다.

사실 『전태일평전』을 읽기 전에도 나는 전태일이라는 사람에 대해 어느 정도는 알고 있었다. 그가 어떤 일을 했었는지, 그리고 그 끝이 결국 어땠는지까지 대부분 알고 있는 상태에서 책을 읽어 나가기 시작한 것이다. 차라리 아무것도 모르는 상태에서 읽었더라면 다음 내용이 궁금해서 빨리 읽었을 텐데, 이미 결말을 알고 있기도 하고 그 결말이 썩 유쾌하지도 않았기 때문에 책장을 넘기기가 조금 꺼려졌던 것도 사실이다. 솔직히 말하자면 이 책을 읽기 전에 난 전태일이 참 어리석다고 생각하였다. 분신항거가 아니더라도 노동운동을 하는 수많은 방법이 있었을 텐데 군이 자기 자신을 불태우면서까지 대항할 필요가 있었을까 하는 안타까움과 나라면 절대 그러지 않았을 거라는 오만한 태도가 합쳐져, 책을 읽기도 전에 전태일이 어리석다는 섣부른 결론을 내린 것이다. 보통 이런 생각들은 책을 읽어 가면서 점차 바뀌기 마련인데, 난 그 반대였다. 오히려 책을 읽어 나갈수록 드러나는 전태일의 불타는 열의와 고운 성품, 그것 때문에 더더욱 전태일의 죽음이 안쓰럽게 다가왔다. 저렇게 올곧은 사람이 살아 있었더라면 노동운동뿐만 아니라 그가 하는 모든 일에 선한 영향을 끼쳤을 텐데 하는 아쉬움과 동시에, 저런 사람이 분신항거를 결정한 데에는 다 그럴 만한 이유가 있지 않을까 하는 호기심. 그리고 여러 복합적인 감정들이 합쳐져 마음을 싱숭생숭하게 만들었다. 그럼에도 그 속에는 여전히 전태일이 어리석었다는 생각과 전태일을 이해하지 못하는 나의 가치관이 뒤섞여 읽는 내내 머릿속이 복잡했다.

미리 결말을 알고 있었기 때문에 머릿속이 복잡하기도 했지만 한편으로는 결말을 알고 있어서 더 다음 내용이 궁금해지는 점도 있었다. 나는 전태일이 분신항거를 했다는 것만 알고 있었지 정확한 그 전후 상황은 몰랐기 때문에, 처음에는 책을 읽기 꺼려졌던 마음이 책을 읽어 나가며 그 상황들에 대한 여러 가지 의문점으로 바뀌게 된 것이다. 사실 나는 전태일이 그동안 얼마나 많은 노력을 해 왔고, 얼마나 많은 생각과 고민을 했는지 책을 읽으며 다 보았기에 그런 전태일의 마지막 순간은 정말 불꽃처럼 빛날 줄로만 알았다. 노동자들의 삶의 길을 비춰 주는 환한 불꽃이 될 줄 알았다. 하지만, 내가 읽은 전태일의 마지막 순간은 정말 상상도 못 할 만큼 당황스러웠다. 정말 딱 한순간이었다. 전태일의 마지막이 고작 글자 몇 자로 정의되는 순간, 몇 줄의 글로 전태일의 모든 삶이 끝나 버리는 순간, 그동안 전태일이 노력하고 고심하던 모든 것들이 한 번에 무너지는 순간, 그 순간은 너무도 짧고 허무했다. 생각했던 것보다 훨씬 더 놀랍고 당황스러워서 몇 번이고 다시 읽으며 곱씹어 보았지만 곱씹으면 곱씹을수록 허무함과 공허함만 더 커져 갈 뿐이었다. 이렇게 한순간에 불타 버리려고 그동안 그렇게 노력을 했던 걸까, 이렇게 끝날 거였으면 왜 그런 선택을 한 걸까, 과연 전태일이 죽는다고 달라지는 게 뭐가 있을까, 도대체 누가 전태일을 이렇게 만든 걸까, 순식간에 많은 생각이 머리를 비집고 들어왔다. 그리고 그 순간, 이 문장이 눈에 들어왔다.

"누가 전태일을 죽였는가?"

그냥 별 뜻 없는 말일 수도 있다. 분노에 찬 사람들이 시위하면서 외친 한마디일 뿐이었다. 하지만 이 한마디가 눈에 들어오는 순간, 뭐라 형용할 수 없는 감정이 들었다. 저 말 한마디가 그렇게 내 마음을 울렸다. 정말 전태일을 죽인 건 누구였을까, 전태일을 죽인 건 무엇이었을까, 열심히 고민해 보았다. 열악한 근로 조건? 얼마 안 되는 급여? 고통받는 노동자들? 아무리 노력하고 시위해도 바뀌지 않는 상황? 어쩌면 이 모든 것들이 다 맞을 수도 있다. 하지만 오랜 고민 끝에 내가 내린 결론은 전태일, 이 하나였다. 결국 전태일을 죽인 사람은 전태일 자기 자신인 것이다. 어떻게 보면 사실 당연한 것이다. 처음부터 평화시장으로 간 것도, 노동 조건의 열악함을 개선하겠다는 생각을 한 것도, 노동운동을 계획한 것도, 그 끝으로 분신항거를 선택한 것도 모두 다 전태일 자기 자신이었다. 하지만 나는 여기서 전태일이라는 사람을 뜻하는 게 아니다. 전태일의 열의와 성품, 그의 가치관, 그의 마음가짐, 그것들이 결국 전태일을 죽게 만든 것이다.

만약 누군가 나에게 전태일을 이해할 수 있겠느냐고 묻는다면 나는 아니라고 대답할 것이다. 만약 누군가 나에게 노동 조건 개선을 위해 전태일처럼 할 수 있겠느냐고 물어도 나는 아니라고 대답할 것이다. 난 고통받는 사람을 보고 그냥 지나치지 못할 만큼 사려 깊은 사람도, 고통받는 모두를 위해 직접 나서서 노력할 만큼 이타적인 사람도, 그리고 다른 이들을 위해 내 목숨을 희생할 만큼 용기 있는 사람도 아니기 때문이다. 하지만 전태일은 달랐다. 고통받는 사람을 보고 절대 그냥 지나치지 못할 만큼 사려 깊었고, 고통받는 모두를 위해 손발을 걷어붙이고 노력할 만큼 이타적이었고, 마침내 다른 이들을 위해 목숨까지 희생할 만큼 용감했다. 오직 전태일이었기에, 전태일의 열의와 전태일의 성품, 전태일의 가치관과 전태일의 마음가짐이었기에 가능한 일이었다. 결국 전태일은 스스로 자기 자신을 죽인 것이다. 그 누구도 그를 죽이지 않았다. 스스로 선택한 일이었고 스스로 실행한 일이었다. 그리고 그 선택을 후회하지 않았다면, 그걸로 된 것이다.

전태일은 죽어 가며 이렇게 말했다. 내 죽음을 헛되이 말라고, 내가 못다 한 일 마저 해 달라고, 그렇게 부탁하였다. 사실난 전태일의 죽음이 헛된 것일 줄 알았다. 이 책을 읽기 전부터쭉 생각해 왔듯이 전태일이 어리석었다고 판단한 것이다. 전태일 하나 죽는다고 노동운동에 있어서 달라지는 점은 눈곱만큼도 없을 거라고 생각했다. 하지만 내 예상은 완전히 빗나갔다. 전태일의 죽음, 그 이후의 이야기들은 입이 다물어지지 않을 정도로 놀라웠다. 전태일이 살아생전 아무리 노력해도 절대 바뀌지 않던 것이, 전태일이 죽고 나자 하나하나 바뀌어 가는 그과정이, 너무나도 놀라웠고 신기했다. 도대체 뭐 때문에 이렇게된 것일까, 어떻게 전태일의 죽음이 저렇게 큰 결과를 불러온

걸까, 그저 믿기지 않는 기적이라고밖에 설명할 수 없는 일 같았다. 어쩌면, 전태일을 기특히 여긴 신의 선물이 아닐까 하는 생각도 들었다. 불우한 환경에서 힘들게 살아왔지만, 그럼에도 희망을 잃지 않고, 늘 남을 먼저 생각하며 올곧게 살아온 전태일에게 신이 주는 처음이자 마지막 선물. 이 선물을 살아 있을 때 받았더라면 전태일이 얼마나 기뻐했을까 하는 안타까움도 있지만 그래도 결국 전태일의 죽음은 전혀 헛되지 않았기에, 오히려 죽음으로써 오랫동안 간절히 고대해 왔던 모든 것들을 이뤄 냈기에, 전태일이 어리석다는 나의 섣부른 결론은 결국 오해였던 것 같다.

하지만 누군가 다시 나에게 전태일을 이해할 수 있겠느냐고 묻는다면 난 여전히 아니라고 대답할 것이다. 누군가 다시 나에게 전태일처럼 할 수 있겠느냐고 물어도 난 여전히 아니라고 대답할 것이다. 전태일과는 달리 경솔하고 이기적이고 겁이 많은 나로서는, 절대 이해하고 따라 할 수 있는 일이 아니기 때문이다. 그 일은 오직 전태일이었기에 할 수 있었고, 오직 전태일만이 할 수 있는 일이었던 것이다. 이 책을 다 읽고 독후감까지 쓰고 있는 지금도, 나는 여전히 전태일을 이해하고 따라 할 수는 없다. 하지만 책을 읽는 과정에서 전태일과 함께 고민하고 많은 생각을 나눈 것만으로도 충분히 의미 있고 값진 시간이었다고 생각한다.

'전태일'.

이 세 글자 이름을 들으면 마지막으로 집을 떠나기 전 옷매무새를 정리하던 전태일의 모습이, 내 죽음을 헛되이 말라며 외치던 전태일의 모습이, 죽기 전 내가 못다 한 일 마저 해 달라고 부탁하던 전태일의 모습이 떠올라 눈시울이 붉어지곤 한다. 어둠 속에서도 늘 노동자들의 앞길을 환히 비춰 주었던 불꽃 전태일, 이제는 그가 홀가분한 마음으로 그곳에서 편안히 잘 쉬고 있기를 더없이 바라며 글을 마친다.

허덕이며 고통의 길로 끌려가고 있는 노동자들에게 삶의 길을 비추는 것은 오직 불꽃뿐, 불타는 노동자의 육탄뿐. 얼음처럼 굳고 굳은 착취와 억압과 무관심의 질서를 깰 수 있는 것은 오직 죽어가는 노동자의 참혹한 모습을 적나라하게 고발하는 불꽃뿐이었다. —『전태일평전』에서

마네킹

누가 먼저랄 것 없이 시작된 리듬
두 개의 손과 두 개의 눈을 가졌지만
아는 방식으로는 존재하지 않는 사람들 사이
공정 기계의 박자에 맞춰 하루가 굴러간다

늘상 피부를 깎아 내는 마네킹 공장의 오전
제법 사람과 닮아 가는 얼굴
눈코를 색색의 물질로 채워 가는 인부들
표정 잃은 사람들이 입꼬리가 한껏 올라간
마네킹의 입술을 붉게 물들이고 있다

그가 너덜너덜한 발걸음을 딛을 때면
접힌 바짓단에서 떨어져 나오는 살구색 가루들
온종일 돌아가는 핸드피스의 소음은
더 이상 손목에서 몸을 비트는 분침과 구분할 수 없다

완벽한 모형들이 가득한 이곳

그는 스스로를 유일한 흠으로 여긴다

목에 묻은 분진을 털어 내며 천천히 눈을 깜빡이지만

그의 두꺼운 어깨는 거친 소리들 사이에서 한없이 작아진다

닦아 내도 어디에나 지워지지 않는 자국이 있다

젖은 모래 아래 또 작은 게들

밀려드는 파도를 따라 무수한 구멍들이 사라진다
여름 밤 해변 몸을 낮춘 채
걸어가는 게의 움직임을 본 적 있다
동생 있는 공장 기숙사 바닥엔
미처 다 헤아리지 못할 만큼
어린 공원들의 꿈이 켜켜이 쌓여 간다는데

아귀가 맞지 않는 톱니에 우리를 맞춰 보는 일
방에서는 언제나 마른 눈물 냄새가 났다
눈물을 모아 모양을 만들어 낼 수 있다면
그것은 나보다도 한참이나 클 테고
우리는 무엇을 시절과 맞바꾸나

거꾸로 매달려 자라는 따개비처럼 있으라던
작업반장의 우스운 낯을 뒤로
커튼 열린 창 너머
꿈은 투명한 음성으로 우리들을 부르고
잠긴 목소리를 바깥으로 끌고 가
잘 자, 각자의 안녕을 빌어 줄 때

쌓여 가는 살풍경한 해변의 게를 생각한다
문득 몰려오는 어지럼증과
우리는 함께 이불을 덮는다
젖은 모래 아래 또 작은 게들이 있다
여전히 해변은 그곳에 있다

집으로 돌아가는 길

밥 굶는 견습공 애들에게 주머니 털어 1원 하는 풀빵 몇 개
건네고서 청계천 6가부터 도봉산까지 쌀쌀해진 대기를 가로지
르며 걸어오는 길 한참 만에 손끝에 전해 오는 저릿한 감각

나를 누르는 시간을 가늠하고 있다
차가운 공기는 슬멋 손가락 사이를 빠져나가고

일기예보는 언제나 맞는 일이 없다 헐렁한 작업복 위로 얇은
빗방울 오늘의 땀을 식히기에는 더운 소나기도 나쁘지 않다 굽
고 딱딱해진 손마디만이 나로서 간신히 남아 있다 손바닥을 뒤
집어 흔들면 버스도 택시도 잡을 수 있을 텐데 질문을 보내지
않고서는 어떤 대답도 들을 수 없다

희미해진 세 글자 이름 위로 나는 한숨의 길이를 칸칸이 늘
려 간다
언젠가 오늘의 파란을 닦아 낼 수 있을까
톱날 같은 삶의 궤적은 가슴 한쪽을 아주 천천히 그으며 지
나간다

비인간으로 몰락한 민중이 그 몰락을 자신의 원죄로 돌리는 한,
그리하여 그것을 부끄러워하고 스스로를 경멸하고 자학하는 한,
현실을 개혁하려는 의지는 절대로 움틀 수 없다. ─『전태일평전』
에서

구제역

누런 벽지의 인력 사무소에는 사람들이 우글거린다. 나는 아침 5시부터 와서 소파의 한자리를 차지하고 있는 중이다. 밖에서 주워 온 것 같은 갈색 소파는 겉가죽이 다 뜯어져 너절하다. 여름 반팔과 반바지를 입고 있었다면 진드기 때문에 온몸에 애벌레가 기어 다니는 느낌이 들 것 같은 소파이다. 내 앞에는 기름 난로가 공기를 덥히고 있다. 20평 남짓한 사무소에 사내들만 몇십 명이 모여 있으니 이마에 땀이 송골 맺힌다. 밖에는 하얀 눈이 내리고 있다. 금방 들어온 사람들은 머리와 어깨에 묻은 눈을 털어 낸다. 이 인력 사무소를 자주 오는 사람들은 기름 난로 위에 놓인 주전자를 가져가 인스턴트커피를 타 먹기도 한다. 돼지 열병이 유행하고 있는 지금 인력 사무소는 호황기이다. 살처분 현장은 다른 곳보다 돈을 많이 주기 때문에 사람들이 많이 몰린다. 나는 살처분 현장에 배정받기 위해 일찍부터 와서 소장에게 사정 사정을 한 참이었다. 전에 일하던 빌라 건설 현장에서 징기스는 말했다. 징기스는 한국말을 원어민처럼 자연스럽게 했다. 몽골을 떠나 한국에서 15년을 살았으니 그럴

만도 했다. 생긴 것도 한국인처럼 생겨 나는 6개월 동안 그가 한국인인 줄 알고 있었다. 내가 저번에 반나절 동안 보도블록 깔았을 때 12만 원. 근데 살처분은 이틀에 50만 원 받았어. 그 말을 듣자마자 나는 그가 언제 AI 한번 크게 안 터지나 노래를 부르던 것이 단번에 이해가 됐다.

작은 인력 사무소에서 듣도 보도 못한 나라의 말들이 섞여서 들려온다. 어이! 이리로 와 봐. 나는 인력 사무소 소장의 부름에 한달음에 그의 앞으로 달려 나간다. 그는 나를 매서운 눈으로 쳐다본다. 담배를 물고 있는 잇새 사이로 그의 누런 황니가 보인다. 사실 방역 업체가 외노자들만 찾는 경우도 많거든. 한국인들은 다치면 산재 처리해 주고 귀찮아지니께. 외국인들이 훨씬 잘하기도 하고. 나는 소장에게 박카스 한 병 건네주며 말한다. 살처분 현장으로 좀 부탁드릴게요. 아내가 임신을 해서 급전이 필요해요. 얼마 전 아내가 임신 소식을 알려 왔다. 초음파 사진을 보여 주며 잘 보이지도 않는 점을 가리키더니 우리의 아이라고 했다. 지금은 초기라 작은 점만 한 아이가 그녀의 배 속에 자리 잡고 있었다. 오늘 저녁에는 아내와 태명을 어떻게 지을지 생각해 볼 참이었다. 소장은 나를 아래위로 훑어보더니 혀를 차며 말한다. 그럼 잘혀. 너가 잘못하면 컴플레인 받는 건 우리니께. 밑에서 기다리면 8시에 오는 초록색 봉고차 타고 가면 돼요. 나는 허리를 꾸벅 숙이며 인력 사무소를 나왔다.

앞 범퍼가 찌그러진 초록색 봉고차에는 대부분 외국인들이 타고 있었다. 나는 외국인들 사이에서 입을 꾹 닫고 창밖을 바라본다. 봉고차는 낮은 건물이 모여 있던 시내를 나와 점점 시골길로 들어섰다. 건물은커녕 비닐하우스와 논밭, 빨간 지붕의 축사들이 보일 즈음 방역복을 입은 공무원들이 야광봉을 흔들며 차를 세웠다. 차에 소독약을 뿌리고 조금 더 들어가서야 우리는 차에서 내릴 수 있었다. 우리는 차에서 내리자마자 A조와 B조로 나뉘어 일을 배정받았다. 나는 구덩이에 돼지들을 몰고 빠져나오려는 놈이 있으면 다시 집어넣는 일을 맡았다. 방역복을 차려입고서 마스크를 썼다. 벌써부터 오물 냄새와 썩은 살 냄새가 코를 후벼 팠다.

나는 구덩이에서 울부짖는 돼지들을 바라본다. 살려 달라고 절규하는 수백 마리의 울음소리가 나를 옥죄어 온다. 살처분은 생각보다 힘든 일이었다. 포클레인이 사정없이 돼지들을 구덩이 속으로 집어넣는다. 돼지들은 그곳이 자신들의 묫자리인 줄 아는지 포클레인을 피해 몸을 비틀다 결국 구덩이 속에 빨려 들어가듯 굴러떨어진다. 제발 자기 새끼들만이라도 살려 달라는 듯 어미 돼지들이 애처로운 눈빛으로 입을 벌리고 운다. 새끼 돼지들은 배를 까뒤집고서 죽은 듯 누워 있거나 성체인 돼지들 사이에 끼어 압사해 버리고 만다. 나는 돼지들이 흘리는 눈물을 방관한다. 이내 돼지들 위로 흙이 쏟아져 내린다. 겨울이라 깊게 파지 못한 작은 구덩이에서 수백 마리의 돼지들이 우글거린다. 돼지들은 결국 네발로 서 있지도 못하고 세로로

선 채로 끼어 옴짝달싹하지 못한다. 돼지들은 자기들 위로 쏟아져 내리는 흙을 피해 다른 돼지들을 밟고 튀어 오르기도 한다. 나는 튀어 오르는 돼지를 몽둥이로 때리며 다시 구덩이로 집어넣는다. 돼지들은 점점 흙에 파묻혀 그 모습을 감춘다. 나는 흙 속에서 점점 잠식당하고 있는 돼지와 눈이 마주친다. 까만색 눈동자 속에는 살처분의 현장을 그저 바라만 보고 있는 내가 있다. 나는 돼지의 눈을 똑바로 쳐다보지 못하고 피해 버린다. 돼지들의 절규 소리는 순식간에 매장되어 버린다. 삽시간에 조용해진 부지에 먹구름이 몰려온다. 돼지들이 묻힌 자리 위로 하나, 둘 빗방울이 떨어진다.

어이! 어이! 나는 그것이 나를 부르는 소리라는 것을 알아챈다. 나는 자연스럽게 뒤를 돌아보며 나를 부르는 음성을 따라간다. 일용직 노동자로 일자리를 전전할 때부터 내 이름은 김용규가 아니라 '어이'가 됐다. 이제는 용규라고 불리는 것보다 어이라고 불리는 게 더 자연스러울 지경이다. 나를 부른 감독관은 나에게 손짓하며 말한다. 저기 새끼 돼지들 담은 포대 자루 이쪽으로 들고 와. 감독관은 한 손에 플라스틱 통에 담긴 소주를 들고 있다. 소주로 목을 축이는지 그의 코와 광대뼈는 겨울바람에 부르튼 것처럼 붉은색이다. 그가 움직일 때마다 남산만 한 배가 옷 속에서 튀어나올 것처럼 출렁거린다. 내가 왼쪽으로 고개를 돌린 곳에는 포대 자루가 산처럼 쌓여 있다. 포대 자루 안에는 태어난 지 얼마 되지 않은 새끼 돼지들이 들어 있다. 갓 태어나 털조차 나지 않은 돼지들은 주먹만 하다. 포대 자루는 그저 묵직하기만 하다. 힘껏 다리를 움직이며 어미 젖을 찾던 새끼 돼지들은 눈을 감았다. 나는 이를 사리물고 그 포대 자루를 구덩이 속에 집어넣는다. 새끼 돼지나 새끼를 밴 어미 돼지들을 처분할 때면 위장이 울렁거렸다. 임신한 아내를 두어서 그런지 더욱 그런 것 같았다. 나는 내 아이를 먹여 살리기 위해 새끼 돼지를 구덩이에 넣는다. 한 중년의 남자가 나를 따라 새끼 돼지들을 밀어 넣다가 결국 헛구역질을 하고 만다. 나는 이름 모를 이의 등을 두드려 준다. 그는 이번 살처분 현장에 같이 봉고차를 타고 온 한국인 노동자였다. 그도 나와 마찬가지로 이곳에서는 어이로 불린다. 그는 누런 위액을 토해 내며 생리적인 눈물을 흘린다. 이름 없는 우리는 소리 없이 눈물을 흘린다.

 작업자들은 점심시간에 잠깐의 쉬는 시간을 가진다. 몇몇 일용직 노동자들은 하얀색 막사 아래서 텅 빈 눈으로 담배를 태우고 있다. 막사 구석에는 일회용 도시락 용기가 아무렇게나 수북하게 쌓여 있다. 그 위로 돼지들 위를 맴돌던 파리들이 날아와 앉는다. 아직 수백 마리나 남아 있는 돼지들의 울음소리가 내 귀를 빼곡하게 채운다. 나는 헛구역질을 하던 남자에게 입을 헹굴 물이라도 주려고 그를 찾는다. 나는 같이 포대 자루를 구덩이에 밀어 넣었던 사람들 중 하나를 붙잡고서 묻는다. 머리 벗겨지고 빨간색 넥워머한 사람 어디 갔어요? 그는 곰곰

이 생각하는가 싶더니 말을 꺼낸다. 아, 그 사람 도망갔어요. 못 버티겠다면서 어디 가던데. 나는 그에게 주려고 가져왔던 생수를 대신 들이켠다. 빈속에 물만 들이켜니 속이 더 울렁거리는 것 같았다.

나는 그저 정처 없이 걷는다. 귀에 메아리처럼 울리는 돼지들의 울음소리가 내 바짓가랑이를 잡고 놓아 주지 않는 것처럼 느껴진다. 특히나 새끼 돼지는 내가 직접 멱을 따 죽인 것마냥 손에 불쾌감이 상당하다. 돼지 울음소리를 피하기 위해 현장과 가장 멀리 떨어진 곳으로 계속 걷는다. 도저히 밥이 목구멍으로 넘어가지 않았다. 가까이에서 파란 지붕의 민가가 보인다. 아마 돼지 농가 주인 부부의 집일 것이다. 나는 나뭇잎 하나 없이 앙상하게 말라 버린 나무 옆 작은 정자에 걸터앉아 담배에 불을 붙인다. 담배는 불을 붙인 곳부터 천천히 내 마음처럼 까맣게 타들어 가고 있다. 담배 한 모금을 깊게 빨아들인다. 그러고는 착잡한 마음에 한숨을 내뱉는 것처럼 하얀 연기를 토해 낸다. 그렇게 한 개비가 두 개비가 되고, 두 개비가 세 개비가 되어 버린다.

다시 살처분 현장으로 돌아가던 도중 나는 한 남자아이와 마주친다. 남자아이는 나를 보고서 당황한 듯 뒷걸음질을 친다. 까맣게 그을린 피부에 붉은 볼을 한 남자아이는 영락없는 시골 아이의 모습이다. 나는 마스크를 쓰고 방역복 차림인 내가 외계인처럼 보여서 그런가 싶어 뻘쭘하게 방역복 모자를 벗는다.

그러다 아이의 배가 유독 불룩하다는 것을 깨닫는다. 아이의 불룩한 배가 꿈틀꿈틀 움직인다. 아이의 패딩 지퍼 사이로 뽀얀 핑크빛 살결의 아기 돼지 엉덩이가 보인다. 태어난 지 몇 주 지나지 않아 보이는 돼지는 아이의 품을 파고들어 작은 꼬리를 흔들고 있다. 아이는 당황한 듯 말을 더듬으며 변명하듯 나에게 말한다. 얘 태어나자마자 저희 집으로 데려와서 전염병도 안 걸렸구요, 깨끗해요. 나는 아이를 가만히 내려다보고 서 있다. 내가 잠깐 고민을 하는 사이 아이는 그것을 그냥 가라는 신호로 알아들었는지 헐레벌떡 나에게 등을 돌려 어디론가 뛰어가 버린다. 나는 아이의 뒷모습을 바라만 보고 서 있다가 다시 현장으로 발을 옮긴다.

　나는 감독관을 부른다. 감독관님, 그게 말입니다. 내가 우물쭈물하는 사이 감독관은 인상을 팍 찡그리며 말한다. 어이, 빨리 말하지 않고 뭐 해? 어떤 아이가 새끼 돼지를 데리고 있더라고요. 애완용으로 기르는 것 같던데. 그저 모른 척해 줄 수 있었지만 나는 감독관에게 일을 잘하는 사람으로 눈도장이 찍히기 위해 말을 건넨다. 징기스는 일을 잘하는 사람으로 눈도장이 찍히면 살처분 정예 요원으로 차출되기가 쉽다고 했다. 정예 요원은 처음 온 일용직 노동자들한테 돼지를 처분하는 시범까지 보여 주며 통솔해야 하는 사람이다. 살처분 현장에서 하는 일이 많지만 그만큼 일당도 조금 더 높다고 했다. 아이가 태어날 때까지는 최대한 돈을 모아 놓아야 하는데 살처분 현장은 나에게 있어 큰 기회였다. 감독관은 나에게 버럭 소리를 지른다. 너는 돼지 안 가져오고 뭐 했어? 나중에 처리 잘 안 했다고 들켜 봐. 공무원들이 우리 업체를 찾아 주겠냐고. 가뜩이나 경쟁 업체들이 우후죽순 생겨나고 있는데. 그는 나에게 눈짓을 한다. 얼른 새끼 돼지를 회수하지 않고 뭐 하고 있느냐는 듯한 눈빛이었다. 나는 다시 왔던 길로 그 남자아이를 찾아 떠난다.

　나는 금방 아이를 찾아낸다. 아이는 살처분 구역에서 꽤나 떨어진 흔들 그네에 앉아 시간을 보내고 있었다. 그 돼지 이리 내라 아가야. 아이는 돼지를 꼭 안고서 울먹거리는 눈으로 나를 바라본다. 그 순간 나는 그냥 모른 척 넘어가 줄 걸 그랬나 하며 뒤늦은 후회를 한다. 새끼 돼지는 아이의 품속에서 아무것도 모르는 듯한 눈빛으로 나를 바라본다. 나는 결국 아이의 품에서 돼지를 떼어 내려고 애쓴다. 아이의 손이 나를 밀치고 아이의 손톱이 내 얼굴을 할퀸다. 몇 분간의 고전이 이어지고 나는 결국 돼지를 손에 넣는다. 아이는 그 순간 세상을 잃은 것처럼 울음을 터뜨린다. 나는 아이의 울음을 외면하며 등을 돌린다. 아이가 나의 바짓가랑이를 붙잡고서 거친 시멘트 바닥을 뒹군다. 나는 거칠게 아이의 손을 떼어 낸다. 아이가 끈질기게 숨넘어갈 듯 울면서도 나를 따라오자 나는 빠르게 발을 놀린다.

　나는 결국 감독관 앞에서 새끼 돼지를 포대 자루에 넣고서 짐짝처럼 구덩이 속으로 던져 버린다. 나는 거칠게 얼굴을 쓸어내린다. 살처분 현장에서 일하려면 언젠가는 익숙해져야 하는 감각이다. 그 순간 주머니에서 휴대폰이 몸을 떨며 진동한다. 나는 지친 목소리로 아내의 전화를 받는다. 휴대폰 너머에는 한동안 아무 소리도 들리지 않는다. 그 순간 아내가 옅게 울먹거리는 소리가 내 귀를 할퀴듯 들려온다. 뭐야. 무슨 일인데. 불길한 예감이 나를 덮친다. 아기가…… 아기가……. 아내는 결국 말을 다 잇지 못한다. 초기에는 그런 일 많다잖아. 나는 아내를 달래며 몸조리를 잘하라는 말을 끝으로 전화를 끊는다. 나는 팔을 힘없이 축 늘어뜨린다. 새끼 돼지들이 들어 있던 포대 자루의 묵직함이 나를 무겁게 짓누른다. 다시 돼지들의 비명 소리가 내 머릿속을 헤집어 놓는다. 다시 위장의 위치가 뒤바뀌는 듯 속이 울렁거리기 시작한다. 나는 무언가라도 토해 내고 싶은 듯 깊은 한숨을 내쉰다.

이름 없는 돼지들은 일사천리로 땅 밑에 매장되고 현장에 있던 사람들은 잠깐의 죄책감을 털어 내고 집으로 가기만을 고대하고 있다. 몇몇 사람들은 도망을 갔는지 아침보다 현장이 썰렁하다. 이 새끼들아 빨리빨리 안 해? 방역 감독관의 목소리가 들린다. 외국인들은 살처분 현장을 날듯이 뛰어다닌다. 작업 시간이 오후 6시를 넘기면 일당이 50퍼센트나 늘어나기 때문에 방역 감독관은 우리를 계속해서 재촉한다. 이제 돼지 울음소리는 들리지 않는다. 주변 축사들도 텅 비어 잡초들만이 널브러져 있을 것이다. 이름이 없는 것들은 쉽게 죽는다. 나는 어쩌면 땅속에 묻히는 돼지들이 나일지도 모른다는 생각을 한다. 트럭이 오고 가는 소리, 중장비들이 움직이는 소리가 현장을 채운다. 나는 어디선가 들려오는 돼지 울음소리에 고개를 든다. 돼지 울음소리가 들리는 곳을 따라가다 몸을 숙인다. 무릎을 굽히고 등을 숙여 땅 위에 귀를 대어 본다. 땅 밑에는 살처분된 돼지들이 있다. 돼지들이 운다. 나는 눈을 질끈 감는다.

우리가 한번 바보답게 되든 안 되든 들이박아나 보고 죽자. ─『전태일평전』에서

타오른 불꽃 봉오리

내가 전태일이라는 인물을 처음 알게 된 나이는 열세 살. 선생님께서 『전태일, 불꽃이 된 노동자』를 읽으라며 책을 내밀었다. 나는 단지 이 책 표지에 그려진 사람은 누구일까라는 호기심에 책을 펼쳤다. 그 책 속에는 내가 겪어 보지도 상상하지도 못했던 내용이 쓰여 있었다. 그중 나의 손을 굳어 버리게 한 단 네 글자, '분신자살'. 충격은 쉽게 가시지 않았고 그의 일생을 들여다보니 참으로 참담했다. 그때 당시의 나와 같은 열세 살의 어린아이들이 빛도 들지 않는 먼지 구덩이에서 노동하고 있는 것을 보고 몹시 안쓰러웠다. 이건 동정일까 연민일까. 무엇이든, 그때의 나는 다소 이기적이었던 터라 '전태일은 시대를 잘못 타고났구나.' 그 이상 그 이하로도 생각하지 않았다.

2년이 지난 지금, 조금은 성숙해졌을지는 몰라도 최고의 갈등을 겪는 시기 중학교 2학년이 된 나는 또 전태일 열사와 마주하게 되었다. 『전태일평전』. 다소 낯설고 딱딱해 보이는 책 표지. 제목이 나의 시선을 이끌었고 암묵적이고 진지한 문구가 표지를 더 돋보이게 했다.

또다시 그의 일생을 들여다보았다. 숨구멍조차 작아 가쁘게 숨을 쉬고 있는 비좁은 닭장 같은 곳에서 공포감에 휩싸인 채 노동하는 그들. 온갖 부패에 찌들어 있는 평화시장과 폭압, 폭력의 악덕 업주들. 하루하루 열심히 일해도 그들과 빈곤은 멀어질 수 없는 이 현실. 단지 학생복을 입고 친구들과 함께 웃고 떠드는 저 학생들처럼 되는 것은 머나먼 환상이고 그로 인해 또 좌절하고 자학하는 그들. 사랑마저 사치라 표현하는 그들. 이 사회를 증오하고 비판하고 싶지만, 또다시 막노동하러 가야 해서 그냥…… 그냥 체념하는 그들.

부패, 빈곤, 환상, 좌절, 자학, 사치, 증오, 체념 이따위 말과 어울리는 사회를 눈을 감고 상상해 보았다. 끔찍했다. 내가 지금 읽고 있는 이 글이 정녕 실제로 일어났던 것인가……. 그의 생애와 활동을 보며 '이 땅의 영원한 청년 노동자 전태일, 숨을 거두다.'라는 문장을 끝으로 책을 살포시 닫았다.

나는 아무 생각도 나지 않았다. 그냥 그저 가슴이 답답하고 금방이라도 나올 것 같은 눈물을 참느라 몽우리가 진 목구멍, 그리고 미세하지만 느낄 수 있었던 나의 떨림. 이것은 무엇을 의미할까. 2년 전처럼 동정과 연민으로 가득 찬 위로였을까. 아니다. 가슴이 답답했던 건 그가 만들어 낸 후예의 사회를 보고 있는 나의 모습과 함께 아직 부족한 사회에 한탄하는 것이었고, 눈물이 나올 것 같던 것은 그의 마지막 순간마저 멋있었다는 동시에 짧은 인생을 마무리 짓는 불꽃과 그것의 흔적, 화상이 날 울렸다. 마지막으로 내가 떨었던 것은 전태일 열사를 존경하고 있었다는 것이다. 누굴 존경해 본 적도, 깊게 생각해 보지도 않았던 나에게는 생소한 감정과 느낌이었다.

나는 그의 모든 일생을 공감해 줄 수 없었다.

분신자살. 과연 옳은 선택이었을까? 누구 하나 붙잡고 묻고 싶다. 아직도 확신이 가지 않는다. 내 머릿속에서는 두 가지 확신이 휘젓고 다닌다.

일생에 자식 걱정하랴, 돈 벌랴, 살림하랴 온갖 성한 곳 한 군데 없지만, 그 와중에 아들 걱정까지 하여 마음고생이 심하셨던 어머니와 어린 동생들을 뒤로하고 노동운동을 시작으로 자신을 희생한 무책임함. 그런데도 이 사회를 바꾸겠다고 나선 그의 용감함과 정의로움, 그리고 이 사회가 바뀔 것이라는 확신으로 모든 노동자의 영웅이 된 그.

이처럼 남을 위해 애쓴다는 것은 결코 쉬운 일이 아니다. 우리의 현대 사회가 이를 되돌아보게 한다. 전태일은 남을 위할 줄 알았고, 도울 줄 알았으며 헌신적이었다. 그는 사회의 진정한 빛과 동시에 불꽃이 되었으며 이것이 의미하는 바는 사회가 그로 인해 조금이라도 바뀌었다는 것이다.

이 글의 저자, 조영래 변호사님 또한 사회를 위해 힘썼다고 했다. 그런 도중, 전태일 사건을 접하고 난 후 그는 전태일의 일생을 책으로 세상에 널리 알리려 했다. 어쩌면 이들은 같은 생각과 마음을 가지고 있던 것이 아닌가. 사회 개혁뿐만이 아닌,

힘이 없는 사람들을 도우려 했던 목적이 같았던 것일지도 모른다. 근로기준법, 당시 전태일은 근로기준법이라는 작디작은 희망을 발견해 사람들에게 알리려고 했다. 노동자들을 위한 이 뜻깊고도 쓰라린 마음이 내 가슴을 더 후려쳤던 것 같다.

자신의 이익을 위해 누군가를 희생시키고 자신에게 유리한 사회를 쟁취하며 권력을 쥐고 있는 사회에서 그는 사회의 부패를 빠르게 자각하고 그들의 앞에 섰다.

사회를 나무라고 비유해 보면 전태일은 고작 아직 싹도 트지 않은 작은 꽃봉오리일 뿐이었다. 하지만 그들은 땅속 깊숙이 박혀 있는 우직한 뿌리였다. 시간은 걸리지만 언젠가 싹이 트고 꽃이 필 수 있는 나무의 희망인 꽃봉오리와 절대 나오지 못하는 땅속에 박혀 가만히 영양분만 쭉쭉 빨아먹는 뿌리, 그 꽃봉오리는 금세 타올라 불꽃이 되었다. 작은 꽃봉오리는 자신이 꽃이든 불꽃이든 중요하지 않았다. 정말 중요한 건 이 작은 몸짓에 나무가 흔들렸다는 것이고, 불꽃으로 인해 나무가 달리 보였다는 것이다. 그 나무는 전보다 빛났고 뿌리는 조금씩 뽑혀 나갔다.

과연 나무는 뽑혔을까?

참으로 어리석은 질문이었다. 그러기엔 아직 한참 멀었기 때문이다. 작은 꽃봉오리는 첫걸음만 동행했을 뿐, 이제는 '우리'라는 꽃봉오리가 뿌리를 뽑아야 한다. 그것은 아마 전태일 열사처럼……. 아니, 그보다 더 할 수 있는 고난과 많은 희생을 해야 할지도 모른다.

'내 죽음을 헛되이 말라.' 전태일이 남긴 말이다. 자신이 죽고도 세상이, 이 각박한 사회가 변화되는 그 순간을 포기하지 않고 한 말인 것만 같다. '헛되이 말라'라는 말은 자신의 삶과 바꾼 그들을 위하는 마음이 헛되지 않고, 이런 비관적인 사회에서 자유로운 세상인 출구로 노동자들을 데려다주라는 깊은 뜻이 담겨 있는 것이 아닐까? 시작부터 죽음을 각오하고 했던 모든 일을 아무도 알지 못한 채 불이 다 져 버린 이후 그제야 쳐다본 그의 일생이 너무나도 안타까웠다.

"근로기준법을 준수하라! 우리는 기계가 아니다!"이 말을 하며 제 한 몸 바친 그 장면들이 떠올라 마음이 뭉클했다. 노동자들을 위한 이 따뜻하고도 포근한 마음이 훗날 완전하지는 못하지만, 더 나은 세상이 되게 만들었다는 것, 예전의 정당하지 못한 사회는 현재로선 당연한 게 아니라는 것을 꼭 기억할 것이다.

이 글을 쓰고 있는 와중에도 아른아른한 잔상이 남아 그때의 그 감정을 다시금 느끼게 한다. 전태일 열사는 지금 세상에는 없지만, 아직도 우리의 삶 속에서 수많은 이들을 울리고 있다는 것을 잊지 말자.

삶의 문제는 결국 죽음의 문제이며, 죽음의 문제는 결국 삶의 문제이다.

비인간의 삶에 미련을 갖는 자는 결코 인간으로서 죽을 수 없고, 따라서 결코 인간으로서 살 수 없다.

인간을 물질화하는 세대, 인간의 개성과 참 인간적 본능의 충족을 무시당하고 희망의 가지를 잘린 채, 존재하기 위한 대가로 물질적 가치로 전락한 인간상을 증오한다." ―「전태일의 일기」에서

춤추는 발들을 위하여

사늘한 눈 내린다.
어둑어둑한 방 안은 가죽 냄새에 잠기고
살짝 열린 장지문은 누런 장판 위에
여명을 한 발짝씩 들여놓는다.
대청마루 아래 가지런히 놓여 있는,
스무 살의 발에는 조금 크던 에나멜 구두.
여자는 푸르스름한 새벽빛이 쌓인 차가운 구두를 신고
눈송이들이 내리자마자 녹는 흙길 위를 조심스레 걸어간다.
아직 꼭 들어맞지 않아 구두 안에서
달그락거리던 발은 쉽게 얼었다.
그러나 새벽이 다 가도록 새근거리던 동생들의 얼굴
핫팩처럼 코트 안에 달라붙어 춥지 않았다고 한다.
하나뿐인 오라버니 손에 에나멜 구두가 들려 왔던 날.
희미한 웃음 너머 어깨에 묻어 있던 흙먼지와 시퍼런 멍.
돼지 저금통을 갈라도 충분치 않아
오라버니 어깨에 철근을 메야 했음을 알았던 그날

여자는 구두를 끌어안고 밤새 눈물을 흘렸다 한다.

벚꽃 휘날리는 교정을 걸었어야 할 고운 두 발

일찍이 차가운 세상에 들여놓게 한 것이 못내 미안했다던 오라버니.

녹지 못해 하얗게 쌓여 가는 눈길 위로

여자의 빨간 구두 두 개의 불꽃처럼 타닥타닥 타오른다.

구두를 벗지 못해 영원히 춤을 춰야 했던 소녀가 있었다던데

여자에게도 벗지 못하는 구두가 있었다.

꽃들도 창백한 입김만을 거리에 흩뿌리던 겨울밤.

집으로 돌아와 발갛게 얼어붙은 발을 꺼내어 녹일 때도

여자는 행복했다고 한다.

추운 겨울을 녹이는 불꽃 같은 삶을

굽이굽이 춤추며 살아왔다고 말하는 듯한 발,

나는 지나온 길이 지도처럼 새겨져 있는

엄마의 발을 한참 동안이나 바라본다.

겨울의 짧은 해는 어둑어둑해 오고 찬 북풍이 얼은 두 뺨을 갈기며 지나가고, 뼈에까지 스며 오는 외로움과 부모님에 대한 죄책감으로 나는 동생을 끌어안고 소리 없이 울었습니다. 흐느끼던 동생도 내가 울자 기어이 큰 소리로 목놓아 우는 것이 아닙니까? ─『전태일평전』에서

야간비행

푸른 가을하늘은 구정물처럼 흘러간다
기름때 묻은 슬픔들 다 씻을 수 없다
차라리 같은 얼룩 지닌 밤이 더 낫다고 했다

밤은 펄럭이는 날갯짓 소리와 함께 온다 누군가 사각사각 깎
아 온 날개들로 이루어진 밤

불빛들로 불면을 앓고 있는 도시,
창문 너머로 몸을 숙이면
땀내 나는 작업복 벗지 못한 굽은 어깨
골목을 돌아 사라지는 모습 보인다

저 사람의 왼쪽 어깨에 힘겹게 매달린
가방 안엔 어떤 꿈들이 들어 있을까

지금쯤 자그마한 방 안에
꺼질 듯 말 듯한 불 하나 밝혀 놓고
자기만의 날개를 깎아 만들고 있을까

어둑한 새벽녘 속에 몸을 숨기고서라도
날아가고 싶은 곳은 어디일까 궁금했다

붙잡힐 손도 없는 낙엽들의
낙하는 아름다워도
붙잡아 줄 손이 없는 세계에서의
추락은 홀로 지상에 떨어지는 별처럼 외롭겠지

그날 창밖으로 내다본
비 내리는 풍경의 필름 사진 한 장
눈꺼풀에 붙어 떨어지지 않고
이상하게 선명하던 자수정의
달은 울며 기억해 달라고 말했다

무슨 일인가 일어날 듯 신비로웠고
잠든 기억도 없이 깨곤 했던
보랏빛의 밤 동안
달의 눈물을 손에 받아 들여다보았다
그 찰랑거리는 작은 호수의 기억은
우릴 영원히 살게 해 줄 거라고 말하고 있는 듯했다

거꾸러지지 않게,

어깨를 나란히 하고 서로 얼굴을 확인하며
오늘도 감감한 밤하늘에 날갯짓 소리가 계속되도록,

오늘의 비행을 지도에 기록하고 싶었다

오늘 밤 슬픔의 총합이 빛나는 종착역이 될 때까지

그들에게는 푸른 하늘을 쳐다볼 권리도 없고, 오늘을 생각할 시간
도 없으며, 내일에의 꿈을 키운다는 건방진 여유는 더더구나 없다.
—『전태일평전』에서

칠월

새들이 바람을 자유케 한다.

스웨터의 털실처럼
촘촘히 짜여 있던 바람이
한 줄씩 풀려나오는 모습을 본다.

나는 칠월,
달력의 마지막 장까지
남김없이 살아 냈으나
달력은 넘어가지 않았다.

가늘게 굽이치는
모기향이 날마다
먼지 빛 창틀의
아름다움을 가늠해 보곤 했다.

느리고 지루한 오전을
핥듯이 밀어 올리는 시침
창틀에 묶인 바람을

단번에 풀어내는
새들의 날갯짓.

여름이 충분히
아름답지 않아서
가을이 기약 없이
보류될 것만 같은
날이면

90년대 미국 영화를
틀어 두고 잠이 든다
꿈속에서 나는 나와
무성으로 대화했다.

내 것이 아닌
저화질의 음성들만
방 안에 머무르다 갔다.

언젠가는 부드럽게
둥글어지는 입술의
모양만으로도 사랑을 하고 싶었다.

꿈속의 내가 건넨
텅 빈 말풍선을 붙잡고
거기에 뭐라도
적고 싶었다.

꿈속의 나는 한 마리
나비로 날려 보내고,
낡은 선풍기는
탈탈거리며 돌아가고.

자막 없이 알아들을 수 없는
침울한 대사들이
웅덩이 위에 떨어지는
빗물처럼 웅웅대지만

탓하지 않기로 한다.

더 이상 이 계절에
묶여 있진 않겠다고
창틀 아래로 늘어뜨려지는
바람을 보며 생각한다.

드디어 흘러가는

빛바랜 칠월.

인생이란 내일이 오늘보다 낫도록 노력하는 그것이 인생이다. 진
리란 경험에 의한 양심의 소리 그것이다. ─『전태일평전』에서

뼈가 없는 밤

은희는 전기장판을 가장 높은 온도로 맞춰 두고는 자리에 누워 해진 이불을 끌어안았다. 이불을 턱 끝까지 바짝 당기고 있자니 퀴퀴한 먼지 냄새가 콧등을 맴도는 것 같았다. 머리맡에 놓인 휴대폰을 들자 하얀빛의 뿌연 입자와 함께 오늘 날짜가 은희의 눈앞에 두둥실 떠올랐다. 12월 25일. 은희는 성탄절에도 3평 채 안 되는 작은 컨테이너에 몸을 눕혀야 했다. 전기장판과 옷장 하나만 들였을 뿐인데 두 사람이 들어와 눕기에도 벅찬 컨테이너에. 이런 컨테이너를 놓고도 사장은 은희에게서 숙소비까지 거두어 갔다.

은희는 옆으로 돌아누워 전기장판 위를 찬찬히 매만졌다. 전기장판은 고장이 났는지 가장 높은 온도로 맞춰 놨음에도 은은히 미열만 흘리고 있을 뿐이었다. 병원에 가는 것 대신에 뻐근한 허리를 뜨거운 열에 지지고자 했는데 전기장판조차 말썽이었다. 은희는 한숨을 폭 내쉬고 휴대폰에 뜬 시계에 시선을 가두다 이내 누렇게 찌든 천장을 바라보며 몇 시간을 잘 수 있을

지를 머릿속으로 계산했다. 일을 마치고 누우니까 12시. 일어나야 할 시간은 새벽 6시. 은희는 다시금 한숨을 허공에 흘려보내고 눈을 질끈 감았다. 그러자 은희의 하얗고 부드러운 미간에 그와 어울리지 않는 주름이 생겨났다. 은희는 창문이 없는 컨테이너 안에 꽉 들어찬 한숨이 자신의 목을 짓누르고 있는 것 같다고 생각했다.

　귀를 찌를 듯한 알람 소리에 은희는 눕혔던 몸을 천천히 일으켜 세웠다. 그때, 사장이 컨테이너 문을 벌컥 열고 그 틈새로 고개를 빼꼼 내밀었다. "퍼뜩 나와." 은희는 어두운 바닥에 길게 드러누운 빛을 보고 어깨를 살짝 움츠렸다. 예고도 없이 문을 여는 게 이번 한 번만은 아니었지만 이럴 때마다 은희는 적응이 되지 않았다. 사장은 은희에게 컨테이너 열쇠를 주지 않았고 원할 때마다 언제든 컨테이너를 들여다보았다. 그런 사장에게 은희가 한번은 자신에게도 열쇠를 주면 안 되느냐고 말했던 적이 있었지만 사장은 귀찮게시리, 하나를 또 언제 맞추러 간디야……, 하고 말을 늘일 뿐이었다. 은희는 컨테이너 너머로 들리는 사장의 발소리에 시선을 굳히다 이내 자리에서 일어나 흙먼지로 뒤덮인 추리닝을 한쪽 문이 내려앉은 옷장에서 꺼내 들었다.

　단나파는 벌써 나갔는지 건너편 컨테이너의 문이 활짝 열려 있었다. 단나파의 낡은 신발도 보이지 않았다. 은희는 단나파의 숙소를 바라보다가 이내 바닥에 아무렇게나 뒹구는 슬리퍼를 끌고 컨테이너를 에워싸고 있는 비닐하우스를 나섰다. 그러자 시린 바람이 노크도 없이 은희의 얼굴에 제 얼굴을 훅 들이밀었다. 은희는 마치 그런 바람이 자신의 얼굴을 베는 것 같다고 생각하며 패딩 지퍼를 목 끝까지 끌어올리고 화장실로 천천히 걸어갔다. 간이 화장실은 컨테이너가 있는 비닐하우스에서 조금 떨어져 있었다. 얼마 걷지 않아 은희는 화장실 앞을 오가는 누군가를 볼 수 있었다. 은희가 그를 자세히 보려고 눈을 찡그려 흐릿한 형체에 초점을 맞추려던 찰나, 멀리서 단나파의 목소리가 들려왔다. "은희, 일어났어? 이거, 물이 언 것 같다." 은희는 좁혔던 미간을 풀고 단나파에게 걸어갔다. 단나파는 미동이 없는 수도꼭지를 돌리며 파란 호스를 엄지손가락으로 꾹꾹 누르고 있었다. 은희는 잠시 고민하더니 이내 입을 열었다. "어쩔 수 없어. 생수 달라고 하자." 은희의 말에 단나파는 눈을 비비며 자리에서 일어났다. 단나파와 은희는 아무 말 없이 다시 비닐하우스로 천천히 걸어 들어갔다. 슬리퍼 밑창에서 뭉개지는 흙 알갱이 소리만 조용히 들릴 뿐이었다.

"사장님, 전기장판이 고장 났어요." 단나파는 새빨간 딸기 틈에서 갈색빛을 머금은 채 썩어 버린 딸기를 골라내며 조심히 입을 열었다. 은희는 딸기를 골라내다 말고 자신의 전기장판도 그렇다고 말하려던 찰나, 사장이 입을 여는 바람에 잠시 말을 목구멍 밑으로 삼켜야 했다. "거참, 맨날 고장 났다고 하면 내가 어떻게 다 사 주나." 사장은 스티로폼 박스를 들어 올리며 단나파를 향해 눈을 흘겼다. 단나파는 곧바로 고개를 떨어뜨리고 썩은 딸기에 다시 시선을 가두었다. 은희는 그런 사장과 단나파를 번갈아 보며 입을 꾹 닫았다. "오늘 포장 많다. 퍼뜩 움직이라. 아이?" 사장의 말에 은희는 뻐근한 눈을 두어 번 깜빡였다. 그러면서 마치 물기 묻은 바닥을 건조한 빗자루로 슥슥, 문지르고 있는 것 같다고 생각했다. 까맣게 물든 은희의 손톱 끝에서는 시큼한 단내가 났다.

사장은 밥을 먹고 오겠다며 비닐하우스를 벗어났고 단나파와 은희는 자리에 남아 계속해서 썩은 딸기를 골라냈다. 비닐하우스를 비집고 들어오는 바람 때문에 은희는 점점 발가락 감각이 무뎌지는 것 같다고 생각했다.

"사장님은, 힘들다고 해도 들은 척도 안 해." 단나파는 입을 삐쭉거리며 썩은 딸기가 담긴 빨간 바가지를 낡은 원목 테이블 밑으로 옮겼다. "그래도 가족들한테는 한국이 일하기 좋다고 했다. 그래야 안심해." 단나파가 옅은 웃음을 띠며 말했다. 은희는 테이블을 향해 숙이고 있던 고개를 들어 올렸다. "한국인인 나도 이곳 일이 이렇게 힘든지 몰랐지." 단나파의 시선에 왜소한 은희의 몸집이 가득 들어찼고 단나파는 그런 은희를 바라보며 곧바로 입을 열었다. "사장님 오기 전에 뭐라도 먹자." 단나파의 말에 은희는 잠시 생각하는 듯, 빈 허공을 주시하더니 이내 단나파를 바라보았다. "저번에 라면 다 먹은 거 아니야?" 단나파는 찌뿌둥한 어깨로 큰 원을 그리며 말했다. "반 개 남아 있어. 숙소로 가자."

가스레인지 위의 시커먼 서랍장에서 단나파는 검게 그을린 양은 냄비와 먹다 남은 라면 봉지를 꺼냈다. 단나파의 좁은 등을 물끄러미 바라보던 은희는 문득 처음 이곳에 왔을 때를 떠올렸다. "단나파, 기억나? 우리 처음 여기에 왔을 때, 먼지 낀 가스레인지랑 그릇 보고 그냥 굶자고 했는데 막상 밤에 일 끝나니까 너무 배고파서 몰래 같이 생라면 씹어 먹었잖아." 은희의 말에 단나파는 가스를 켜다 말고 고개를 돌려 은희를 바라보았다. "응. 나는 밥은 따로 줄 줄 알았어." 단나파는 낮게 웃다가 한숨을 푹 내쉬며 말했다. "언제까지 일을 해야 하는지 모르겠어. 계약서도 없고." 단나파의 말에 은희는 고개를 숙여 흙에 질질 끌려 새카매진 신발 끈을 바라보았다. "그러게. 고등학교 졸업만 하면 정말 어른이 될 줄 알았는데 지금 내 모습은 그냥 우리 안에 갇힌 소 같아." 단나파는 가스레인지를 향해 몸을 돌리다 말고 마치 걷는 법을 잃어버린 사람처럼 그 자리에 맺혀 멍하니 흙바닥을 바라보기 시작했다. 우리 안에 갇힌 소, 단나파는 은희의 말을 다시금 조용히 입에 담았다. 그러자 자신의 모습이 정말 꼭 그런 것 같다는 생각에 괜스레 입 안이 씁쓸한 기분이었다.

"굼뜨지 말고 저기 들어가서 마른 줄기랑 잎 좀 떼고 오기라." 사장은 딸기 골라내기 작업을 막 끝낸 은희에게 턱 끝으로 건너편 비닐하우스를 가리키더니 곧바로 등을 돌려 휴대폰을 오른쪽 어깨와 볼 사이에 끼우고 야야, 하면서 목소리 톤을 높였다. "아이고, 고맙기로. 배송지 한 번만 더 확인하고……." 은희는 사장의 굽은 등을 살짝 흘겨보다가 패딩을 턱 끝까지 끌어올리고 건너편 비닐하우스로 들어갔다. 비닐하우스 문을 열자마자 딸기의 시큼하고도 달달한 냄새가 땅끝에서부터 피어올라 은희의 콧등에 맴돌기 시작했다. 드넓게 펼쳐진 딸기밭을 보며 은희는 어디서부터 손을 대야 할지 난감해하다가 바로 앞에 길게 죽 늘어진 딸기밭에 들어갔다. 은희는 그런 딸기밭을 보며 꼭 끝이 없는 미로가 눈앞에 놓인 것 같다고 생각했다. 진녹색의 광채가 나는 잎 아래로 하얀 꽃이 잎을 퍼뜨리고 있었고 은희는 그런 꽃에 시선을 가두었다. 그러다 다른 밭에 시선을 옮겼을 때에는 마치 길게 늘어진 밭이 모두 하얀 꽃으로만 가득 뒤덮인 것 같다고 느꼈다. 은희는 말없이 그 광경을 바라보다가 눈앞에 있는 하얀 꽃을 떼서 바닥에 떨어뜨렸다. 하얀 꽃은 마치 밀도 높은 물건을 물속에 집어넣듯, 힘없이 땅 위로 내려앉았다.

비닐하우스를 밀고 들어온 달빛이 곳곳에 드러누워 푸른 웅덩이를 만들어 내기 시작했다. 단나파와 은희는 오늘 마무리해야 할 분량의 마지막 박스를 포장하고 찌뿌둥한 등을 천천히 폈다. 테이블 위에 어지럽게 놓인 테이프랑 비닐을 한쪽에 모아 두고 둘은 비닐하우스를 나왔다. 푸르스름한 달빛이 풀벌레 소리에 어울려 밤을 밝히는 불을 켜고 있었다. 컨테이너로 걸어가는 길에 단나파가 은희에게 물었다. "은희, 너 밀린 돈 받았어?" 은희는 단나파의 말에 잠시 생각하는 듯하다가 이내 입을 열었다. "아니. 계속 사정이 안 좋다고만 하던데." 은희의 말에 단나파는 눈썹을 찡그렸다. "나, 진짜 못 참겠다. 일이 힘든 건 그렇다 쳐도 돈은 제때 주는 거다." 평소에도 짙었던 단나파의 쌍꺼풀이 왠지 지금은 더 진해 보이는 것 같다고 생각하며 은희는 천천히 고개를 끄덕였다. "그래. 우리가 아무리 어려도 이건 아니지." 단나파는 내일 사장에게 말해 보겠다며 은희의 어깨를 툭툭, 두드렸다.

은희는 컨테이너로 돌아와 옷을 갈아입은 뒤, 미지근한 생수를 벌컥벌컥 들이마셨다. 오래전에 끊긴 송금 내역이 은희의 머릿속을 계속해서 맴돌았다. 벽 모서리에 시커멓게 내려앉은 먼지를 물끄러미 바라보다 은희는 몇 안 되는 짐을 챙겨 이 컨테이너를 확 벗어나 버리고 싶다고 생각했다. 하지만 지금같이 일도 구해지지 않는 세상에,라고 중얼거리며 고개를 절레절레 흔들다 다시 차갑게 식은 전기장판에 몸을 눕힐 뿐이었다.

　은희는 컨테이너 너머로 무언가 와장창 쏟아지는 소리에 천천히 눈을 떴다. 컨테이너 안은 빛이 들지 않아 캄캄했고 심지어 알람 시계도 울리지 않았기에 은희는 밤인지, 아침인지 알 수 없었다. 은희가 휴대폰을 들어 시간을 확인하려던 찰나, 사장의 고함 소리가 뒤따라 들려왔다. "아침부터 사람 성질 돋우네 이기. 알아서 돈 넣어 준다 캐도 사람 말을 알아듣도 몬하고. 한 번만 더 돈 달라는 소리 지껄이기만 해 봐라. 너네 내가 가만히 안 둘 끼다. 입 닫고 일이나 해써." 고함 소리의 끝이 날카롭게 맺어짐과 동시에 무언가가 다시금 바닥에 곤두박질치는 소리가 들려왔다. 은희는 작은 어깨를 떨며 재빨리 옷장에서 추리닝을 꺼내 입었다. 거친 발소리가 둔탁하게 울리더니 곧이어 비닐하우스 문이 닫히는 소리가 들려왔다. 은희는 재빨리 문을 열었다. 그렇게 내다본 컨테이너 밖은 엉망이었다. 단나파는 바닥에 어지럽게 뒹구는 종이 박스, 거미줄이 엉겨 붙은 냄비, 먼지가 시커멓게 내려앉은 신발, 누렇게 찌든 잡동사니들을 천천히 주워 들고 있었다. 은희는 단나파에게 다가갔다. "단나파, 무슨……." 단나파는 은희의 새하얀 맨발을 보고 천천히 고개를 들어 올렸다. 그러자 단나파를 마주 본 은희의 눈동자가 방지턱을 지나는 트럭처럼 크게 일렁이기 시작했다. 단나파의 볼에 붉은 생채기가 위아래로 길게 길을 트고 있었다. "은

희, 괜찮아. 던지는 걸, 못 피했다." 단나파는 아무렇지 않은 듯
조용히 웃어 보였고 은희의 눈가는 이내 뜨거워졌다. 은희는
아랫입술을 질끈 깨물고 등을 돌렸다.

아무 일도 없었다는 듯이 사장은 계속해서 딸기가 든 박스를
포장했고 단나파와 은희는 말없이 썩은 딸기를 골라냈다. 오늘
은 왠지 썩은 딸기를 보고 있자니 토가 나올 것 같다고 생각하
며 은희는 입을 꼭 다물었다. 단나파의 표정도 마찬가지였다.
갈색빛의 얼굴 위로 그보다 더 어두운 그림자가 단나파의 얼굴
에 자리 잡고 있었으니까.

"단나파, 우리가 이렇게까지 해야 하는 걸까?" 은희는 얼어
서 물이 올라오지 않는 변기를 내려다보며 조용히 입을 열었
다. 단나파는 바닥에 고무 대야와 나무판자를 내려다 두고 말
했다. "사장님이 일단 이렇게라도 하래." 세상은 점점 색채를
잃어 갔고 곳곳에서 한기를 내뿜었다. 한겨울에 변기 물이 얼
때마다 은희와 단나파는 전기 히터로 물을 데워 어떻게든 변기
를 녹이곤 했는데 이번에는 전기세가 많이 나온다는 이유로 전
기 히터를 가져갔으니 어찌할 도리가 없었다. 단나파는 허리를
굽혀 고무 대야 위에 나무판자 두 개를 올려 두었다. 은희는 그
런 단나파를 바라보다가 이내 허공에 긴 한숨을 흘려보내며 등
을 돌렸다. 은희의 입에서 새하얀 입김이 연기처럼 일렁였다.

"단나파, 그냥 우리 도망갈래?"은희의 말에 단나파는 굽혔던 허리를 펴고 평소보다 커진 눈으로 은희의 등을 물끄러미 바라보았다. 단나파의 입이 달싹거리더니 이내 짧지만 무거운 문장을 내놓았다. "은희, 돈 받아야지." 그 말을 끝으로 둘 사이에는 고요한 침묵이 내려앉았다. 은희는 새까매진 자신의 손을 내려다보며 그래, 돈…… 하고 중얼거렸다.

단나파와 은희는 넉가래로 흙바닥을 뒤덮은 눈을 비닐하우스 뒤로 끌어모았다. 흙바닥에선 마치 모래를 한 움큼 쥐어 칠판 위를 문대는 것 같은 소리가 났다. 하늘에서는 찢긴 종잇장이 펄럭이는 것처럼 눈이 내렸다. 은희는 새빨개진 코를 킁킁거리며 넉가래를 움직이다 말고 손에 입김을 후후, 불었다. 단나파는 그런 은희를 물끄러미 바라보다가 이내 바닥을 뒤덮은 새하얀 눈을 맨손으로 쓸어 모아 공을 빚듯 꽁꽁 뭉쳐 은희의 등을 향해 힘껏 던졌다. 눈 더미는 은희의 패딩 위에서 힘없이 산산조각이 났다. 은희는 둔탁한 소리에 천천히 고개를 돌렸다. 단나파는 그런 은희를 보며 개구쟁이 같은 웃음을 흘렸다. 덩달아 은희의 입에 기분 좋은 웃음이 걸렸다. 은희는 곧바로 넉가래를 바닥에 내동댕이쳐 놓고는 쭈그려 앉아 눈 더미를 뭉치기 시작했다. 단나파는 은희의 움직임을 살피다가 이내 짧은 괴성을 내뱉으며 반대편으로 도망쳤다. 단나파의 패딩에서 부드러운 땀 냄새가 스멀스멀 피어올랐다. 은희는 커다란 눈 더미를 두 손으로 받들고 단나파의 뒤를 쫓았다. 은희의 패딩에서도 단나파와 같은 냄새가 났다. 비닐하우스 안에서는 볼 수 없었던 표정이 은희와 단나파의 얼굴 위를 맴돌고 있었다.

은희와 단나파는 새하얀 눈 더미에 누워 멍하니 하늘을 바라보았다. 하늘에서 투박하게 떨어지는 눈송이가 단나파의 새까만 속눈썹 위에 내려앉았다. 은희의 얼굴은 열꽃이 피어나듯 평소보다 붉었다. 단나파는 팔을 휘휘 저어 눈 더미에 자신의 흔적을 남겼다. 단나파의 팔이 눈 위에서 부드럽게 움직이는 소리를 듣던 은희는 천천히 눈을 감고 웃어 보였다. 그러자 은희의 얼굴 위로 하얀 김이 서서히 몸집을 키워 갔다. 단나파는 그런 은희를 바라보다가 느릿하게 입을 뗐다.

"은희, 다음 생이라는 게 있는 것 같아?"
은희는 단나파의 물음에 여전히 눈을 감고 나긋한 목소리를 냈다. "웅…… 저번에 단나파 네가 있다고 했으니까." 단나파는 고개를 돌려 구름 한 점 없는 하늘을 바라보았다. "그럼, 우리 다음에는 꼭 다른 데서 만나자. 더 좋은 곳에서." 단나파의 커다란 두 눈이 하늘 어딘가에 걸려 움직이지 않았다. "웅……." 작은 목소리와 함께 은희의 낮은 숨소리가 색색 울렸다. 단나파는 그런 은희가 처음에는 잠깐 잠이 든 것이라고 생각했다. 그런데 숨소리는 시간이 지날수록 점점 가빠지기 시작했다. 단나파는 무언가 이상하다는 것을 눈치채고 눕혔던 몸을 일으켜 은희를 바라보았다. 은희의 얼굴이 새빨갰다. 단나파는 은희의 어깨를 흔들며 주위를 둘러보았다. 은희야, 은희야 하는 목소리가 하얗게 물든 세상에 먹혀들어 갔다.

단나파는 밤새 은희의 곁에 앉아 은희를 돌보았다. 차가운 물을 잔뜩 머금은 수건을 가져와 은희의 이마 위에 올려 두고 이불을 발끝에서부터 차곡차곡 쌓아 두었다. 단나파가 해 줄 수 있는 것은 이게 다였다. 이곳에 병원은커녕, 사다 놓은 약도 없었으니까. 단나파는 괜히 그런 은희에게 미안해 잠들지 못하고 계속해서 은희의 움직임을 살폈다. 시간이 지나자 은희의 얼굴빛이 차츰 제자리로 돌아왔다. 단나파는 은희의 손을 꼭 붙들고 컨테이너 벽에 기대앉아 밤새 꾸벅꾸벅 졸았다. 그때, 은희가 입 밖으로 작은 소리를 뱉었다. 단나파는 고개를 치켜들고 커다래진 눈으로 은희를 바라보았다. 은희는 무거운 눈꺼풀을 밀고 천천히 눈을 떴다. 그러자 누런 천장과 함께 단나파의 얼굴이 흐릿하게 일렁였다. "은희, 괜찮아?" 단나파는 몸을 숙이고 은희에게 가까이 다가갔다. "단나파, 고마워. 그냥 몸살인가 봐. 내일 일 나가야 하는데 너도 빨리 가서 자." 은희는 차갑게 젖어 든 단나파의 손에 살짝 어깨를 움츠렸다. 단나파는 은희의 말에 휴대폰을 꺼내 들어 시간을 확인했다. 정말 은희의 말대로 곧 있으면 일어나야 할 시간이었다. 단나파는 괜찮다는 은희가 걱정이 되었지만 그렇다고 좁은 컨테이너 안에서 두 명이 잘 수는 없었기에 천천히 고개를 끄덕였다.

단나파가 가고 난 뒤, 짧게 잠들었던 은희는 몸을 부르르 떨며 다시 눈을 떴다. 그러고는 주위를 살피다가 휴대폰을 꺼내들어 기상 정보를 확인했다. 영하 20도까지 떨어진 밤이었다. 컨테이너는 바닥이 지나치게 얇아 단열이 안 되고 웃풍이 많이 들어왔다. 난방장치라고는 전기장판이 다였는데 심지어 그것마저 아직 고치지 않은 상태였다. 은희는 차갑게 언 손을 매만지며 한숨을 푹 내쉬었다. 입김을 불어 가며 손을 녹여 보았지만 발과 다리는 어찌할 도리가 없었다. 뼈를 찌를 듯이 시린 밤에 은희는 쉽게 잠들지 못했다. 은희는 조용히 컨테이너 문을 열어 불을 피울 만한 것이 없는지 주위를 살펴보다가 이내 흙바닥에 뒹구는 라이터와 드럼통을 가지고 단나파의 컨테이너 앞으로 걸어갔다. 칼바람이 은희의 볼을 새빨갛게 물들였다. 은희는 바람을 조금이라도 피하고자 고개를 숙이고 서둘러 단나파의 컨테이너 문을 두드렸다. 곧이어 문이 낡은 소리를 내며 열리고 단나파의 얼굴이 드러났다. 단나파가 이불을 꽁꽁 둘러맨 채, 흐릿한 눈을 뜨고 은희를 바라보았다. "단나파, 너무 추워서 잠이 안 와. 불이라도 지피자." 은희의 말에 단나파는 은희의 손에 들린 드럼통을 내려다보았다.

은희와 단나파는 드럼통 가까이에 앉아 활활 타오르는 불을 멍하니 바라보았다. 불더미는 마른 장작을 야금야금 갉아먹으며 제 몸집을 키워 갔다. 그 위로는 연기가 날름날름 피어올랐다. 뜨거워지는 공기 위로 내려앉은 정적을 깬 건, 다름 아닌 은희였다. "단나파, 괜찮아?" 은희의 말에 단나파는 장작에서 시선을 거두고 말없이 은희를 바라보았다. 괜찮은 것의 대상이 드러나지 않았음에도 단나파는 은희가 무슨 말을 하는지 알아차릴 수 있었다. 단나파는 낮게 웃어 보이며 녹아드는 손을 천천히 매만졌다.

　"은희, 다 괜찮은데, 그냥 가족이 보고 싶어." 은희는 단나파의 눈동자 속에서 몸을 가누지 못하고 일렁이는 주홍빛의 불을 바라보다가 입을 열었다. "나도. 나도 그래." 단나파와 은희에게 휴가는 일렁이는 신기루와도 같았다. 그저 명절에만 일터에서 잠시 나가게 해 줬을 뿐, 그것을 휴가라 치고 주말에도 단 하루도 쉬게 한 적이 없었으니까. 은희는 지금쯤 집에서 곤히 자고 있을 어린 동생을 생각했다. 은희의 입가에 잔잔한 웃음이 피어올랐다. 은희는 몸이 따뜻해지니 밤의 긴장이 절로 풀리는 느낌이었다. 몇 분이 지나지 않아 단나파와 은희는 의자 등받이에 거의 눕듯이 앉아 완전히 잠에 빠져들었다.

　은희는 얼굴에 열이 오르는 느낌에 천천히 눈을 떴다가 그만 깜짝 놀라 의자를 박차고 일어났다. 드럼통은 옆으로 고꾸라져 있었고 불줄기는 바닥에 널브러진 잡동사니들을 타고 천천히 길을 트고 있었다. 곧이어 퀴퀴한 회색빛의 연기가 은희의 눈을 찌르기 시작했다. 은희는 제대로 눈을 뜨지도 못하고 단나파를 찾아 댔다. 그 순간, 불은 갑자기 제 몸을 키워 올랐고 희미하게 보이던 단나파의 형상을 순식간에 가려 버렸다. 은희는 떨리는 손을 부여잡고 단나파의 이름을 불러 보았다. 하지만 되돌아오는 소리는 비닐하우스를 잡아먹는 불줄기의 괴성뿐이었다. 은희는 뒷걸음질을 치다가 이내 돌부리에 발이 걸려 뒤로 고꾸라졌다. 빨간빛의 그림자가 은희의 얼굴에서 일렁였다. 은희는 기어가듯이 비닐하우스를 뛰쳐나갔다. 혼자만의 힘으로는 단나파를 구할 수가 없었다. 화재 감지기는커녕 소화기조차 없었으니까.

"단, 단나파…… 신고…… 부불, 불……."

은희의 입에서 흘러나온 문장이 짧은 단어로 토막 났다. 비닐하우스 주변은 너무나도 고요했으며 은희를 들여다보고 있는 존재라곤 하늘에 내다 걸린 달밖에 없는 듯했다. 은희는 불이야, 하고 외로운 고요 속에서 고함쳤다. 하지만 아무도 은희의 말을 듣지 못했다. 은희의 마음도 모르고 비닐하우스는 서서히 옷을 벗으며 회색의 뼈대를 드러내기 시작했다. 은희는 고개를 절레절레 흔들며 서서히 뒷걸음질을 쳤다. 은희의 신발창이 흙바닥에 끌리는 소리가 녹아들어 가는 비닐하우스 위로 크게 울렸다. 은희는 단나파를 삼켜 버린 비닐하우스가 왠지 몸집을 키우며 자신에게 다가오고 있는 것 같다고 생각했다. 은희의 어깨가 불규칙하게 떨려 왔고 뺨에서는 투명한 물줄기가 땅을 향해 흘러내렸다. "도와주세요……." 나오지 않는 목소리 때문에 은희는 마치 고요한 밤을 붙잡고 속삭이는 것만 같았다. 비닐하우스는 불을 껴안으며 서서히 무너져 내렸고, 동시에 먼지가 낀 방석에 털썩, 하고 앉은 것처럼 시커먼 회색빛의 연기가 허공에 솟구쳐 올랐다. 연기는 마치 단나파의 흐릿한 형상처럼 은희의 몸을 뒤흔들었다. 은희가 소리를 지르기 시작했다. 시큼한 냄새가 풍기는 은희의 목소리는 그 누구에게도 닿지 못했다.

억압이 가장 가열한 사회에서는 죽음이야말로 그 억압을 뚫는 가장 유력한 전술의 하나이라고. ―『전태일평전』에서

불꽃으로

1970년 11월 13일, 우리는 기계가 아니라는 외침을 도화선 삼아 몸을 불사른 젊은 청년이 있다. 근로기준법의 준수와 노동자들의 처우 개선만을 바라 왔던 그가 내린 결정이었다. 그렇게 평생을 가난 속에 살았던 스물두 살의 청년 전태일은 불꽃으로 사라졌다.

어릴 적에 이번 대회와 같은 책으로 독후감을 쓴 적이 있었다. 한참의 시간이 지나 표지 색이 잔뜩 바래 버린 책을 오래간만에 펼치자 매캐한 먼지가 잔뜩 일었다. 3일에 걸쳐 나눠 읽은 그 책은 부쩍 커 버린 내게 예전과는 다른 감상을 주었다. 전에 써 두었던 감상문을 찾아 읽어 보니 그때의 나는 어린 전태일이 겪었던 가난과 굶주림에 대해 적잖이 충격을 받았던 것 같았다. 그리고 그 충격이 만들어 낸 옅은 물결의 근원을 찾고 싶다 했었다. 하지만 왜인지 지금과는 다른 그때의 감상이 낯설기만 하다.

나는 이번에 책을 읽으며 "사회는 이 착하고 깨끗한 동심에게 너무나 모질고 메마른 면만을 보입니다. 저는 여기에서 각하게 간구하지 않을 수 없습니다. 저 착하디착하고 깨끗한 동심을 좀 더 상하기 전에 보호하십시오. 근로기준법에서는 동심들의 보호를 성문화하였지만 왜 지키지 못하십니까? 이 동심들이 자라면 사회는 과연 어떻게 되겠습니까?"라는 부분에서 그때는 느끼지 못했던 감정을 느낄 수 있었다. 당시 대통령에게 쓴 편지이지만 끝내 발송하지 않았다는 사실이, 자신도 겨우 스물한 살밖에 안 됐으면서 어린 근로자들을 감싸고자 했다는 사실이 너무 슬프게 느껴진다. 그리고 "평화시장에서 그의 외로운 투쟁이, 도저히 뚫고 나갈 수 없을 것 같이만 느껴지는 저 거대한 현실의 벽 앞에 부딪혔던 그 깊은 좌절의 시기에, 그리하여 끓어오르는 울분만이, 터뜨릴 방향을 잃은 채 그의 가슴속을 고통스럽게 맴돌 때, 그는 빠져나오고 싶었던 것일지도 모른다."라는 구절 또한 책을 다 읽는 순간까지 계속해서 떠올랐다. 그 스스로도 이 외로운 싸움이 가망 없다는 것을 이미 알고 있다는 이야기 같아서. 그럼에도 불구하고 끝까지 어린 이들을 위해 맞서 싸워 왔다는 사실에 더욱 목이 멨다.

이 책을 읽고 나서야 나는 그때와 지금은 다른 종류의 감정을 느끼는 게 당연하다는 사실을 받아들일 수 있었다. 왜냐하면 전태일은 그때도 지금도 여전히 스물두 살에 멎어 있지만, 나를 포함한 우리는 그게 아니라는 사실을 알게 되었기 때문이다. 산 사람은 죽은 사람을 품고 평생을 살아간다지만, 한 자락 불꽃으로 가 버린 전태일이 산 사람들에게 어떤 의미이고, 어떤 메시지를 주는지도 더불어 알게 되었다.

나는 이 책을 다시 한번 읽을 기회가 생겼음에 정말 감사한다. 조금 달라진 시야로 다시금 마주한 전태일은 내 희미한 기억 속의 모습만큼 눈부신 영웅은 아니었다. 그저 인간으로 회복되기 전, 비인간으로 밀려날 용기가 있는 평범한 사람이었다. 과연 나는 지독히도 외롭게 질서의 밖으로 추방당하면서까지 인간으로서의 의지를 표현할 수 있을까? 내 의지가 목전에 있음을 알면서도 어린 전태일과 달리 철조망을 넘지 못할 것이다. 그렇기에 언제 봐도 전태일의 이야기가 내게 다양한 구도로 영향을 끼치는 것 같다. 붉은 불꽃의 모습을 한 전태일의 평생은 스물둘에 멈춰 있지만, 나는 지금을 살아가고 있다. 몇 년의 시간이 지나 또 이 책을 펼치면 어떤 모습의 전태일이 나를 마주할지 궁금하다.

전태일의 사랑의 결단은 바로 인간답게 살려는 의지의 폭발이었다. —『전태일평전』에서

제16회 전태일청소년문학상

심사평

아직 이어져 있는 문장들

투고된 응모작들을 읽기 전에는 괜한 걱정이 앞섰다. 아마도 그건 1960년대의 한복판을 봉제 노동자로 살아갔던 전태일의 삶과 2021년의 청소년들이 쓰는 시 사이에 놓인 어떤 시차 혹은 거리감에 관한 우려였던 것 같다. 하지만 지금의 관점에서 지나간 기억과 문장 들을 새로이 길어 올리려는 시도들, 보이지 않는 존재들의 목소리를 애써 가시화하는 작품들을 보면서 그러한 생각이 군걱정이었음을 깨닫게 되었다. 아름다운 시고를 보내 준 모든 응모자들에게 다정한 감사의 인사를 전한다.

김예미의 「불꽃 고해」 외 2편은 심사위원들 모두가 첫손가락에 꼽은 응모작이었다. 물론 완벽에 가까운 작품은 아니었다. 군데군데 투박하고 서투른 대목도 눈에 띄었고 파토스가 다소 과하게 느껴지는 장면도 있었다. 그럼에도 마음을 움직였던 시라는 것에 모두의 의견이 모인 뜨거운 작품이었다. 김은서의 「레미콘」 외 2편은 3편의 고른 완성도에 눈길이 갔다. 문장의 호흡, 여백, 행갈이, 구성 등에서 시를 익숙하게 다듬는 솜씨가 느껴졌다. 특히 「레미콘」에서 아름답게 부수어지는 건물들의 이름을 하나하나 쌓아 나가는 과정이 인상적이었다. 김혜원의 「마네킹」 외 2편은 대상들을 은유적으로 연결하는 시적인 착상이 다소 반복되는 감이 없지 않았으나, 그것이 일관되게 안

정되고 담담한 흐름을 형성하고 있어 좋은 평을 받았다. 살구색 가루들이 깎여 나가는 마네킹의 얼굴과 표정을 잃은 노동자들의 얼굴이 겹쳐진 표제 시가 오래도록 기억에 남는다. 이채은의 「춤추는 발들을 위하여」 외 2편은 지금과는 다소 시차가 있는 듯한 내용의 작품이었다. 하지만 시편마다 인용된 구절과 호흡하며 과거의 시공간과 대화를 나누는 따스한 상상력이 돋보이는 응모작이었다.

　전태일청소년문학상의 공모 방식이 독특한 것은 모든 응모자가 감명 깊게 읽은 『전태일평전』의 구절을 작품의 끝에 덧붙여야 한다는 점이고, 그것은 한 청년의 아름다운 삶과 투쟁을 잊지 않고자 하는 이 문학상의 취지이기도 할 것이다. 하여 빼어나게 잘 세공된 작품이라 할지라도 본인이 선택한 구절과 시가 전혀 닿아 있지 않거나 너무 피상적인 연결고리만을 가지고 있는 응모작의 경우, 그것이 못 쓴 작품이어서가 아니라 여느 백일장에서 수상작으로 내보일 만큼 범용적으로 잘 쓴 작품이었기에 이 자리에서는 선정을 주저할 수밖에 없었다. 이번에 바깥으로 드러나지 못한 작품들은 다른 자리에서 꼭 다시 만날 수 있기를 바라 본다. 공모전이나 문학상 때문만이 아니라 평소에도 주변 사람들의 작은 목소리와 잘 보이지 않는 사회 문제에 귀 기울이는 작가가 되었으면 좋겠다는 다른 심사위원들의 당부와 격려를 대신 전하며, 재회할 때까지 모두의 건강과 건필을 빈다.

심사위원 권민경(시인), 조대한(문학평론가), 최지인(시인)

현실에 맞서 함께 싸울 동력

전태일청소년문학상 산문 부문에 응모한 120여 편의 작품들을 읽으며 전태일 정신을 다시금 되새겨 볼 수 있었다. 실상 우리가 찾는 전태일 정신은 고정된 실체가 없는 것이다. 눈에 보이지 않는 전태일 정신은 새로운 시대에 맞는 상상력으로 전승되어야 할 요구 또한 받고 있다. 우리의 노동 환경은 민주화와 역사적 질곡을 겪으며 개선되어 온 것은 사실이지만, 여전히 많은 부분이 그 양태만을 바꾸어 왔을 뿐 엄혹한 현실로 남아 있다. 좀 더 다양한 관점과 목소리가 필요하다. 청소년들이 보내온 전언은 현재를 살아가는 그들의 문제의식을 짚어 볼 수 있는 좋은 기회였다.

본심에서 주로 다룬 작품은 8편이었으나, 수상작 5편을 고르기까지 오랜 시간이 필요하지는 않았다. 최종 5편은 작품의 수준이 고르고 고민의 깊이와 무게가 결코 얕거나 가볍지 않아 순위를 매기는 것이 어려웠다. 「뼈가 없는 밤」은 탄탄한 문장과 안정된 서사로 딸기 하우스에서 일어난 화재사건을 다룬다. 그러나 안정감과는 별개로 지나치게 실제 사건을 환기하고, 여성 인물들이 그 사건을 위해 소모되고 있다는 인상을 주는 것이 단점으로 지적되었다. 「구제역」은 가축 살처분 현장의 참혹과 필수노동자들의 일상이 자연스레 오버랩되면서 강렬한 인상을 주었으나, 분량상 비교적 소품이어서 인물의 내면이 깊이 있게 그려지지 못한 것이 아쉬웠다. 「청소 금지 구역」은 그간 한국 내 외국인 노동자의 현실만큼 잘 다루어지지 않은 한국인 이주노동자의 삶을 차분하게 잘 풀어내 눈에 띄는 작품이었다. 「철가방이 간다」는 청소년 배달 노동자의 일상을 실감 나게 그려 내고 화자가 겪는 내적인 갈등을 서사적으로 잘 조직해 낸 작품이었다. 「철인삼종경기」는 여성 노동자의 현실과 연대의 어려움을 핍진하게 그려 낸다. 특히 마지막 문장 "아무래도 누가 한 사람 죽어야 될 모양이다."라는 진술은 『전태일평전』에서 인용한 것으로 그 자체로는 섬뜩한 비관을 담고 있지만, 파업을 계획한 여성 노동자들의 결연함과 겹쳐 보면 비관 속에서도 현실에 맞서 함께 싸울 동력을 엿보게 한다.

물론 많은 수의 응모작은 인물을 비극적인 상황에만 몰아넣음으로써 비참한 노동자의 삶을 그리는 데 그쳤다. 글이 현실을 아무리 잘 묘사하더라도 치열한 문제의식으로 다듬어지지 않은 비극과 죽음은 또 다른 폭력에 불과할지도 모른다. 그런 가운데 어둠 속에서도 실낱같이 빛나는 인간적 가치들을 발견해 내고, 그 작은 불꽃이 더 나은 미래를 향한 단단한 근거가 될 수 있다는 설득력을 보여 준 청소년 작가들에게 박수를 보낸다. 아쉽게 수상하지 못한 응모자들에게도 응원의 마음을 보낸다.

심사위원 박서련(소설가), 오은교(문학평론가), 임정균(문학평론가)

전태일 정신의 고백록

'전태일 정신'이 무엇일까? 인터넷 검색으로는 마땅한 답을 구할 수 없는 이 주제가, 이 대회에 도전하는 많은 청소년들을 고민에 빠지게 했을 것이다. 아마도 각자의 정의가 있겠으나 누구에게나 납득이 가는 단 한 문장으로 요약하기는 어려운 것이기에, 전태일 정신을 이해하기 위해서는 『전태일평전』을 읽어야 하고, 그렇다면 (다소의 비약을 무릅쓰건대) 『전태일평전』 독후감상문은 곧 "나는 전태일의 삶과 '전태일 정신'을 이렇게 이해했다."라는 고백록이 될 것이다.

독후감 부문은 타 분야에 비해 응모자 수가 현저히 적었음에도 심사가 쉽지 않았던 것은 이런 이유에서였다. 우리 시대의 청소년들이 전태일 정신을 어떻게 받아들이고 스스로의 삶에 적용하고 있는가를 가장 진솔하게 드러낸 글들이었기에 더욱 신중한 논의가 필요했다.

「불꽃으로」는 전태일 사후를 바라보며, 글쓴이 자신의 변화와 성장을 성찰하는 글이다. 짧은 길이에도 불구하고 진지한 시선을 드러냈다. 「타오른 불꽃 봉오리」는 전태일의 삶의 장면 장면을 직접 목격한 것처럼 공감하며 읽었음을 드러낸 뜨거운 글이다. 문장을 앞지르는 정서들이 지금은 아쉬우나 더 뜨거운 글을 쓸 소질의 증거도 되리라 믿어 본다.

「우리의 뜨거운 심장」과 「누가 전태일을 죽였는가」는 어떤 평가를 내릴 것인가를 두고서 심사위원들의 장고가 이어졌다. 여느 대회나 공모전에도 주된 테마, 글제 등이 있지만 대부분은 문학성을 드러내는 도구로서 주제를 얼마나 능숙하게 끌어들였는가를 평가하기 마련인데, 전태일청소년문학상은 독특하게도 작가가 얼마나 전태일 정신을 잘 이해 혹은 함양하고 있는가를 작품의 문학성과 거의 동등한 가치로 셈하기 때문이다. 두 글을 다른 대회에서 마주하게 되었다면 지금과는 다른 순위를 제안했을지도 모른다. 「누가 전태일을 죽였는가」는 감상한 책에 대한 오랜 사색과 자기만의 시선을 두루 담아 잘 쓴 독후감이지만, 결정적인 지점에서 전태일을 타자로 설정하며 거리를 두고 있는 점에서 아쉬움이 남았다. 「우리의 뜨거운 심장」의 경우, '잘 쓴 글'의 기준에 완벽하게 부합하지는 않으나 전태일을 '나와 우리'의 삶으로 받아들이고 있음을 작가의 진솔한 심정을 담아 고백하는 글이다. 전태일 정신을 어떻게 이해하고 글을 쓸 것인가에 대하여 청소년들이 내놓은 답변 중 모범으로 삼기에 충분할 것이다.

이십 대 초반에 열사가 분신하면서 지키고자 했던 것은 사람이 사람답게 살 권리이기도 했으나 그때까지 그가 목격한 더 어린 노동자들이기도 했다. 다시 말하면 전태일은 청소년의 권리를 위해서도 싸웠다는 것이다. 그렇기에 전태일청소년문학상에 응모된 수많은 글들이야말로 열사가 실로 바란 응답이고 소통이었으리라 믿는다.

이에 감히, 열사를 대신하여 감사를 말해 본다. 이렇게 많은 청소년들이 글을 쓰고 있다는 사실에 든든하고 감사하다. 수상자들에게는 축하를, 이번에 미처 언급하지 못한 이들에게는 다음을 향한 기약을 남긴다.

심사위원 박서련(소설가), 오은교(문학평론가), 임정균(문학평론가)

"노동자는 기계가 아니라 인간이다!"
"내 죽음을 헛되이 하지 말라!"

전태일이 스스로를 노동해방, 인간해방의 횃불로 불사르면서 외쳤던 이 피맺힌 절규들은 오늘도 우리들 가슴속에서 뜨겁게 고동치고 있습니다. 노동이 있고 싸움이 있는 곳이라면 그 어디에서나 폭풍처럼 해일처럼 메아리치고 있습니다.

죽음마저도 넘어서 버린 전태일의 불꽃은 바로 '인간선언'의 불꽃이었습니다.

불의의 힘이 아무리 강하더라도, 그리하여 그것이 아무리 인간을 억누르고 소외시키고 파괴한다 할지라도, 인간은 끝끝내 노예일 수 없으며 기필코 일어서 스스로의 주체적 삶을 실현시키기 위해 싸울 수밖에 없다는 진실을 밝힌 인간선언의 불꽃이었습니다.

전태일기념사업회에서는 노동해방, 인간해방의 횃불을 높이 든 전태일을 기념하고자 '전태일문학상'을 제정합니다.

우리는 인간을 억압하고 착취하는 모든 불의에 맞서 그것을 이겨 내려 노력하는 모든 사람, 모든 집단의 목소리를 한데 모으려는 뜻에서 제정된 이 전태일문학상이 노동운동을 그 핵심으로 하는 우리의 민족민주운동과 문학운동에 새로운 활력과 힘찬 응원가로 자리 잡을 것임을 믿어 의심치 않습니다.

전태일문학상이 공장에서, 농촌에서, 학교에서, 각각의 삶터와 일터에서 인간이 인간답게 살 수 있는 사회를 건설하기 위해 노력하는 모든 사람들이 함께 참여하고 함께 나눠 갖는 문학상이 될 수 있도록 많은 분들의 관심과 격려를 부탁드립니다.

1988년 3월
전태일기념사업회